朱晨辉◎著

ZUIHUAI DE SHI MEIYOU

最坏的是没有爱

AI

●心情美文●人生随笔●哲学感悟●情爱交融

中产阶级的心灵咖啡　都市白领的精神家园

智慧空灵的哲学之美　诗意盎然的人生箴言

首都师范大学出版社

CAPITAL NORMAL UNIVERSITY PRESS

图书在版编目(CIP)数据

最坏的是没有爱/朱晨辉著. —北京. 首都师范大学出版社,2009.9

ISBN 978-7-81119-767-9

Ⅰ.最… Ⅱ.朱… Ⅲ.①散文-作品集-中国-当代 ②随笔-作品集-中国-当代 Ⅳ.I267

中国版本图书馆 CIP 数据核字(2009)第 172410 号

ZUIHUAI DE SHI MEIYOU AI

最坏的是没有爱

朱晨辉 著

首都师范大学出版社出版发行

地　　址　北京西三环北路 105 号

邮　　编　100048

电　　话　68418523(总编室)　68982468(发行部)

网　　址　www.cnupn.com.cn

北京嘉实印刷有限公司印刷

全国新华书店发行

版　　次　2009 年 12 月第 1 版

印　　次　2009 年 12 月第 1 次印刷

开　　本　787mm×1092mm　1/16

印　　张　18

字　　数　245 千

定　　价　37.00 元

目 录

六、内心的花园

七、财富面面观

八、男女观象台

九、解读记者圈

序：灵感来自心中至爱

石　英

　　饶有兴趣地通读了朱晨辉先生的新著《最坏的是没有爱》全稿，觉得是一部既充满生活热情又具较深社会意义、既富于哲思又不乏诗质的散文随笔集。它所关注的问题既有时代感和时尚性，又对人们尤其是年轻朋友如何观照人生、处理生活中可能碰到的问题起到释疑作用。

　　我感到本集特别值得称道之处是：作者的文笔非常流畅而绮丽，在力避单调、注重变化中呈现出较强的表现力。这一特质无疑在很大程度上有别于时下许多谈社会谈人生的时兴文章：有章而无文，或虽有文而乏精。晨辉先生之文章，总的说来是理由思生，情文兼具。作为一位青年作家，达到这一层次可谓基础之基础；也是进一步向成熟作家迈进时应具备的最重要的条件之一。我不详知作者在他的成长历程中下过多少不可或缺的工夫，但可判断出有此文字底蕴是不容易的，而且很多篇什已经达到了作为成熟作家应该具备的水准。

　　我注意到，作者依文章的内容与行文风格将作品分为几个板块，其题目无不具有鲜明的提示性：偏重于探索精神和理想世界的《哲学的藤蔓》、《思想的露珠》、《内心的花园》等，偏重于探索物质和现实世界的《男人和女人》、《赚钱面面观》、《身体的行走》等。无论是何种类，总的特点是篇幅大都比较精短，意旨明确却并不直白，有时也不乏委婉善诱，而最终还是意顺旨明，读来绝无隐晦艰涩之弊。由是，亦可以从中看到行文者之性格，从而演化为鲜明无误的文格文风。

　　晨辉先生的散文固然是一种诗性的散文，而他的随笔也是文学性很强的随笔（他的许多散文与随笔文字亦不需截然区分）。因此，即使在他的说理性散文中，也绝无那种干巴巴的说教，而是充满智性的思考自心中涓流而出，给人以感染，以领悟，以共鸣。这样的篇章比比皆是。《内心的花园》一辑中之"最坏的是没有爱"（也是书名），作者在文中将

"爱"赋予了更广阔、更深挚、更崇高的内涵。这样的爱，其本质正是人生最美好的目标，最忠贞的寄托，最可靠的依恋；而任何人的生命中如果全无这种爱的追求，那就失去了最纯真的内容，最美好的素质，生活也就会变得苍白而无味。这种爱当然不仅限于男女之爱、亲人之爱，而是一切纯美之情，激人向上之力的蕴含；也是一个人生命之质的增值和延伸。在另一篇"品味大师"中，作者对此命题也有独特的见解与非同凡俗的发现。对于大师，社会人群中存在着并非一致的态度，固然有对真伪高下的审度，但也有纵属真正权威的尊重与否的问题。而在作者的心目中，不仅承认有真正大师的存在，而且以非常敬仰的心情肯定真正的大师所具有的丰碑的价值。我在读这篇文字时，深感作者在认定大师具有的丰厚渊博非同一般的具体学养而外，且从更高的角度，崇尚真正的大师所能担当的作为一个时代精神风范的地位。从某种意义上说，这也是一个国家和民族的人们，对于文化，对于人类共同智慧乃至构建心灵家园所应致力追求的目标。同样，作者在表述自己的见解时，也不乏诗质的心智和抒情的笔调，不是在告诉读者说"你必须怎么样"，而是"我觉得应该是这样的"……

如上所述，作者极富哲思，视野开阔，博学强记，对哲学、美学、心理学等造诣颇丰，善写思辨色彩很浓的散文和随笔。自然，既是自己的思考，文自独家胸臆涌出，就不可能是人云亦云、了无新意，而是字里行间爬满了"哲学的藤蔓"和凝结的"生活的露珠"，闪烁着带有特点的心智的光色。这方面的例证不胜枚举，如"热爱生活才能热爱生命"一文，突出表现了作者对生活与生命关系的深切而不俗的理解：只有无限热爱生活中一切美好的东西，才能真正感知生命存在的价值。在这里，作者将客体的广义上的生活与主体的个人的生命融会得密不可分，绝无游离。无疑，这是一种积极的生活观，一种负责任的生活态度。又如"难得清醒"，是一篇很有自主意识的、富于创见的佳作，一反"难得糊涂"被滥用成座右铭，而是毫不含糊地力主清醒地直面人生，不故意回避，不装糊涂，不欺世亦不自欺，活出真诚来，活出一个尽可能无愧无悔的人生。

我赞赏晨辉先生在语言表达上的认真态度与以真正的文学语言作"心灵倾诉"的坚持，如本集中一些旨在探讨与追寻人生尤其是情爱世界之真谛的篇章，这是人们特别是年轻一代所关注的领域，如

《性爱的秋千》一辑（另外结集出版——作者注），从不同视角揭示了人性的需要，坦率不失个性地阐明自己的观点，善于发现问题并致力于解决问题。这样的问题很难得出"最后的终结性"结论，但也不妨进行一些有益的探讨与诠释，哪怕是"仁者见仁，智者见智"也好。如果单从普及性生活知识、提倡性生活健康的角度，倒也开卷有益，可以兼收并蓄。

作者由于常年写诗，诗歌的功底较为深厚，游走在现代和传统之间的诸多诗歌，或朗朗上口或意蕴深刻，一些诗作极富启发性，不亚于本集中的散文随笔。《散文诗情》一辑（另外结集出版——作者注）中随处可见情深意切的容易打动年轻人的文字，当作者所表达的内容与所需的形式趋向统一时，自如地采用了散文诗的形式，以致流泻出"雪之恋"、"雨之魅"、"虹之殇"、"花之香"等；很自然地凝神发问"那样的一天还有多远"；怅然间，"思念在奋力地飘飞"……好读的是：这一切都不造作，遣词造句均得心应手。而《一个人看海》、《拒绝融化》、《在文字中行走》、《秋天深了》、《往事如墙》，等美文，均能反照诗的光华与热度。

作为一位青年作家，朱晨辉一直从事着新闻媒体记者的工作，他对记者生涯同样有着至亲般的钟爱，而且将工作中所感触到的甚有意义和颇有意味的问题诉诸笔端，形成不仅带有职业气息却同样是文学意味很浓的"解读记者圈"一辑中的一篇篇文字，仍然在时时提醒着读者：这是一位记者中的作家，又是一位作家型的记者。

最后，我从这部集子中内容和形式、作者倾注的心思和风格中，概括提炼出一句话："这一切都是他的真爱。"随后我竟发现，也与晨辉的书名的意思大致相近，不谋而合。

2009.4

石英：著名作家、诗人，原人民日报文艺部副主任，现为中国散文学会常务副会长、中国诗歌学会理事，享受国务院特殊贡献专家津贴，所著包括散文集《当代散文名家文库·石英卷》、诗集和长篇小说等60部逾千万字。

一、哲学的藤蔓

我们也许难以笑对苦难，但可以镇定自若，不再心有余悸，利用苦难带来的好处，让苦难成为我们余生的老师，传承生命的坚韧。

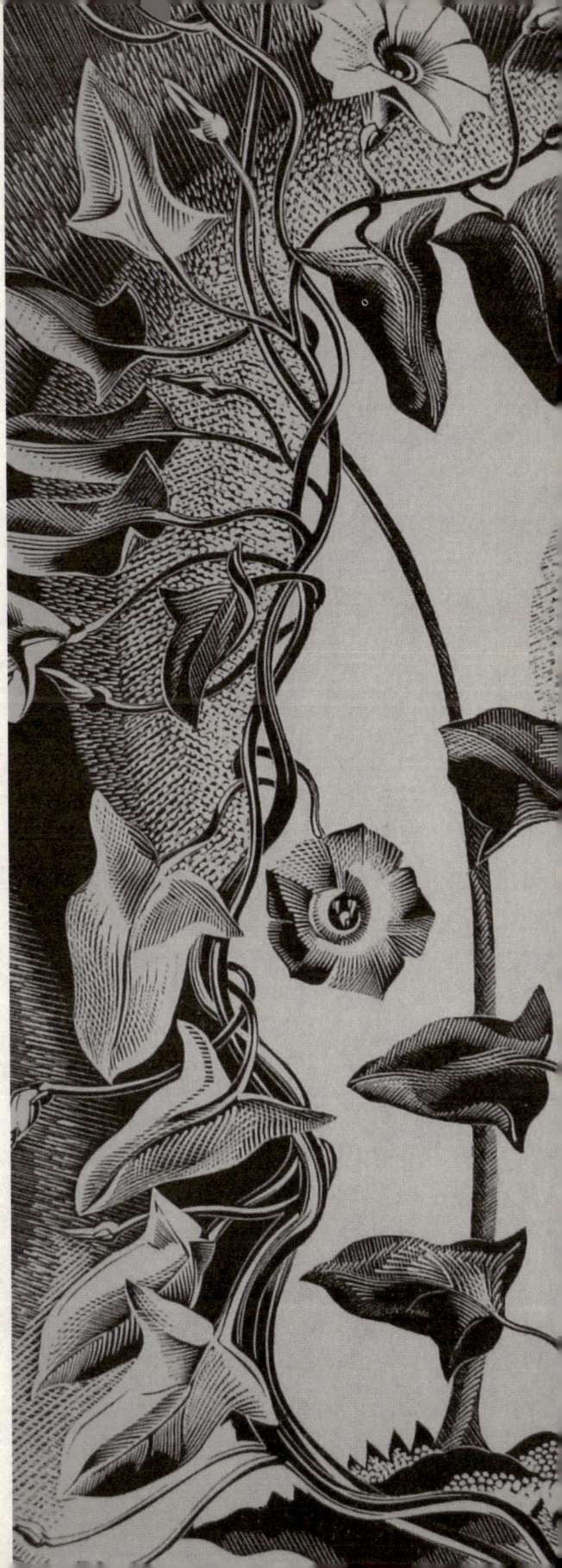

快乐与忧郁的哲学意味

　　一个人的心情可以通过行为来表达，更多的还是通过表情来诠释。对于工于心计的人来说，会刻意地将表情掩饰得很好，但把时间拉长总能发现本能的心情流露。快乐和忧郁，都会像不谙世事的孩童，轻而易举地将心思或情绪写在脸上。那些经常性地绽开俊朗笑容的人的脸上总能布满阳光般健康的晴朗，而内心苦闷甚至褊狭的人则会布满神色戚然或者眉头紧蹙的凝重。

　　快乐与忧郁是一对死敌，它们的含义截然相反，一个充满阳光，一个充斥夜色。这夜色，积极地理解可以是迷人的皎洁的月光，能为夜行的人提供隐约的道路；消极地理解可以是令人毛骨悚然的黑洞，能吞噬一切美丽的东西，让健康的人疾患缠身、心如死灰。

　　快乐与忧郁又是一对有机体，甚至是离离散散的朋友，并没有清晰的界碑，随时可以往来，随时可以转化，关键取决于哪一方的感染力和穿透力更强。一个快乐的人随时可能因为一次不经意间遇到的打击而陷入忧郁，一个忧郁的人随时可能因为一份小小的感动被照射到快乐的光束。

　　很多人在一起时，快乐的成分居多，有热烈活泼的气氛，有无拘无束的言行，有共同参与的事务。但很多人在一起时也会对其间快乐不起来的人造成伤害，因为这样的人不喜欢熙攘的热闹，不喜欢陌生的随意，不喜欢与肤浅为伍，不喜欢被高度关注，总之不喜欢融化开来，产生语言和行动的交集。这就是忧郁了，而且是与生俱来的忧郁。

　　大部分人或者正常的人，独处时分可能是忧郁的，因为不喜欢一个人时的安静、一个人时的孤单、一个人时的恐惧、一个人时的寂寞。对于小部分人或者别样的人而言，独自存在也可能是不忧郁的，因为可以远远离开凡世的尘土飞扬，静下心来思考一件事情，专心致志完成一件工作，肆无忌惮享受一份自由。这就是快乐了，一种无需与人分享的快乐。

卡夫卡对通常意义上的快乐有一种惧怕："快乐对我来说是一件过于严肃的事，我会像一个完全卸了妆的小丑那样站在那里，不知所措。"快乐在卡夫卡身上变成了"不知所措"，变成了忧郁，而卡夫卡则把他这种深深的忧郁情结释放到了独特的小说创作的快乐上。

　　浅薄的快乐，产生于瞬间，存在于瞬间。严格地说，短暂的快乐不是幸福，至多是初显快乐的端倪，只有长久的深层次的快乐才是幸福。同样，短暂的忧郁也未必就是痛苦，至多是痛苦的发端，只有永远走不出来并被深深攫住的忧郁才是痛苦。

　　为了获得真正体验到的幸福，努力保持习惯的快乐和努力钟情偶尔的忧郁，是必不可少的追求方向和处世本领。

　　快乐是一种意境，境由心生；快乐是一种生活，活在积极！

最坏的是没有爱

完美可求不可遇

　　每个人都希望自己完美，美丽的容颜、优雅的谈吐、高尚的人格、辉煌的事业……每个人也都希望别人完美，对自己喜欢的人，想亲近的人，甚至深深爱恋的人。一方面是为了平等，一方面是为了品位。

　　一个完美的人或者几近完美的人存在是一种力量，他能使身边的人感受到一种强烈的震动；他又是一种灵光，辐射给黯淡的、没有新意的人；他还是一种风景，使观赏的人美不胜收；他更是一种崇高，使心理有缺陷的人改进直到完善。这样的可以称之为人间尤物的人，在我们的社会形态中少到近乎于无，不是一种抱负远大的理想就是一种不切实际的幻想，不是还没有出现就是还没有遇见。

　　金无足赤，人无完人。从哲学意义上说，没有绝对的永远的完美，所有的完美都是相对的暂时的。你可以拥有完美的容貌和身材，完美的工作和收入，完美的朋友和圈子，完美的爱情和婚姻，但你仍然可能不够完美，还有更完美的你没有看到。就算你是最完美的，但你保证不了你的优势永远不变，一个微小的变化就能对你产生很大的影响，何况还有无法逆转的苍老，无法预测的失业，友人无情背叛、圈子疏离缩小、爱情得而复失、重拾单身生活，等等。

　　一切完美都有缺陷，正如外表太美丽的人情感容易孤独，修养太良好的人心灵容易孤独。一切缺陷也都有完美，正如生活中身体残疾的人往往身残志坚，知识贫瘠的人往往脑满肠肥。

　　随遇而安是一种完美，完美在于平静；心满意足是一种完美，完美在于实现；痛定思痛是一种完美，完美在于自省；锲而不舍是一种完美，完美在于信念；天真无邪是一种完美，完美在于清澈；疏而不漏是一种完美，完美在于宏观；善始善终是一种完美，完美在于诚信。

　　爱美之心人皆有之，但爱美心切，病急乱投医，恐怕就会弄巧成拙、弄美成丑了，轻的造成美中不足，重的导致瑜不掩瑕。完美形成于潜移默化，形成于长期累积，形成于我们内心的求索。当然，外在的完美也很重要，毕竟它可以使初次的联系之后容易地进入继续的联系，使简单的联系之后有可能进入深刻的联系。

任何时候都别觉得自己是完美无瑕的，即使已经真的被认为出类拔萃、卓尔不群。一个认为自己完美无缺的人已经不完美了，因为他已经陶醉在沾沾自喜、洋洋自得中。而这样的人充其量是在其所熟悉的窄小领域、自己认为的重要的方面略胜一筹。

没有人不希望自己的人生完美，只是这完美不是可遇不可求，而是可求不可遇。换言之，完美是等不来的，需要去寻找、去追求、去塑造。身在崇高追求中的人，才是幸福的，有意义的。人生，只有在时常检视自己、天天积极向上中日臻完美。

最坏的是没有爱

距离的形态

有了空隙，就有了距离，无论是抽象的思想的距离，还是具象的身体的距离。有了美丽，就有了距离，无论是看得见的外在的美丽，还是看不见的心灵的美丽。有了冷漠，就有了距离，无论是漫不经心的随意的冷漠，还是怨由心生的刻意的冷漠。有了热情，就有了距离，无论是高尚的有意义的热情，还是猥琐的无价值的热情。

两个人在一起，并不意味着彼此之间没有距离，区别在于，双方可能想的不是同一件事情，双方说的可能不是同一个话题。两个人不在一起，也不意味着彼此之间拥有距离，区别在于，在一起和不在一起没有什么两样，曾经的共鸣也是现在的共鸣，曾经的默契也是现在的默契，即使不在一起，所谓的距离也会在目光的牵引下、思念的升腾下销声匿迹。

真诚与虚伪之间是品质上的距离，美丽与丑陋之间是感官上的距离；爱情与婚姻是从浪漫到现实的距离，深刻与肤浅是从内在到表象的距离；现在与过去是时间上的距离，思念与重逢是空间上的距离，山峦与海洋是形态上的距离，下雪与下雨是季节上的距离；道路与桥梁、门窗与墙壁是相辅相成、合作紧密的距离，热恋与失恋、得意与失意是水火不容、势不两立的距离。

没有人希望产生距离，没有人不希望已经产生的距离不尽快消弭。严丝合缝是没有距离，恰如其分是没有距离，相见恨晚是没有距离，相濡以沫是没有距离。可是有时候，相敬如宾却是一种距离，因为太在意自己的形象，太在意对方的注意；亲密无间也是一种距离，因为没有抑扬顿挫，没有曲径通幽。很多距离的产生完全在于尺度的把握不准，比如一对多年的夫妻，也许就是因为太了解太熟悉太透明太忍让从而心生倦意，继而产生悄然的距离。有的时候，有了爱恨交加、悲喜交集，反而没有了距离，因为外在的情绪表露和鲜明的性格特征使可能的距离现身明处，避免了潜在危机。

太近的距离容易带来摩擦和束缚，太远的距离容易失去记忆和机遇，不远不近的距离容易产生快意和渴望，忽远忽近的距离容易引发误解和错觉。如何界定人与人之间的距离？我以为还是应该有一点距离，但距离不能太大，太大了会使人与人之间原本脆弱的联系变得更加脆弱，变得陌生和冷酷、疏离和分离；距离也不能太小，太小了会使人与人之间变得过于亲昵，变得随便和冒犯、拥挤和窒息。

　　就距离而言，太长太短的距离总是不如不长不短的距离来得和谐，得到更多体认。如果距离的存在是必然的无法抗拒的，我们需要学会的是，在无关紧要的距离和至关重要的距离中加以选择。

　　我和你之间的距离，产生的应该只是物质的距离、身体的距离，而不是意识的距离、灵魂的距离。前者的距离可以通过一些手段改变和缩短，后者的距离是一条鸿沟、一道屏障，阻碍了心灵的交流。也许我们都需要做的，就是让具体的距离抽象起来、虚无起来，就像你此刻注视我的文字，感觉不到与我隔着的原本实实在在的距离。

最坏的是没有爱

平等的相对论

在等级森严的社会，平等只能是一种幻想，等级低的人不太容易高攀，不太容易和高等级的人平起平坐；等级高的人不太容易屈尊，不太容易和低等级的人混为一谈。在等级不森严的社会，平等就成了一种多余，比如一个投入很多精力甚至是毕生精力致力于物质财富的人，和一个投入很多精力甚至是毕生精力致力于精神财富的人，两者看似不平等，因为前者成功的标志是赚取尽可能多的铜臭味道的金钱，后者成功的标志是得到尽可能多的深刻隽永的心得，但它们实则又是最平等的，因为他们付出的时间代价可能同样巨大，收获的人生快慰可能同样不小。

门当户对是一种平等，但门第的平等可能并非感情的平等；心心相印是一种平等，但感情的平等可能并非门第的平等。男女同工同酬是一种平等，但性别的平等可能并非认识的平等；男主外女主内是一种平等，但认识的平等可能并非性别的平等。

郎才女貌是一种常见的平等，女才郎貌却是一种不常见的平等。他们的平等源于双方的性别差异和资源互补。男人在外面打拼事业、女人在家里相夫教子是一种传统的平等，因为过去男权主义作崇，挣钱理所应当，女子没有选择，只能打理后方。女子事业蒸蒸日上、男子工作成绩平平是一种当代的平等，他们的平等源于双方的角色转换并相得益彰，因为现在女子优势尽显，适合驰骋职场；男子放下身段，适合回归家庭。

开源与截流是一种平等，因为有同样的目的同样的结果，都是为了一种保存、一种积累，只是选取的方向不同。喜悦与悲伤是一种平等，因为有同样的激动、同样的泪水，都是为了一种显露、一种悸动，只是释放的情绪不同。

彬彬有礼是一种平等，不屑一顾也是一种平等；有来有往是一种平等，有来无往也是一种平等。这是因为衡量的标准发生了变化，不同的

人要不同地对待，具体的事要具体地分析，不能一概而论、一视同仁。

也有不容易分清楚的。高中毕业时同样是考大学，有不同的结果时，考取的人就比没考取的人感受到平等，因为同样是付出却换来了录取；没考取的人就比考取的人感受到不平等，因为同样是付出却换来了落榜。但是，问题出在如果落榜是因为自己复习得不够刻苦、不够全面、不够正确，那又有什么理由认为自己是不平等的？只有考前付出的一样多，甚至落榜的人比录取的人付出的还多，并且得到的不一样多时，才有资格说不平等。问题是谁能准确地证明自己考前付出的是多少时间和金钱？如果落榜的人比录取的人付出得多，又为什么没有被录取呢！如果不是智力有问题就是方法有问题。这样看来，不录取就又是平等的了，录取了反而对智力和方法都没有问题的人不平等了。

法律面前，人人平等。这话只有在法治社会才有效力，在人治的社会（比如封建社会）不过是一个蛊惑人心的噱头，一张当权者安抚不当权者的空头支票而已。事实上，生活中有太多原本应该平等的事情平等不了，这不是人微言轻的个人竭尽全力甚至倾其生命就能扭转的，还需要廉洁的政府公仆、公正的社会结构、强大的舆论监督、威严的法律机器，齐心协力加以完善。

付出与回报

　　没有人一味地奉献而不想索取，就像没有人拼命地工作而不要报酬。奉献之后的正当索取无可厚非，这是应得的一份，毕竟牺牲了必要劳动时间。问题在于，总有一些人不愿意丝毫地奉献，只想贪婪地索取，或者很少地奉献，很多地索取。这样的人，如果不是贪婪无度至少也是自私自利了。

　　我们之所以愿意付出，是因为：付出耕耘能够收获果实；付出学习能够收获知识；付出烹饪能够收获美食；付出睡眠能够收获抖擞；付出爱情能够收获婚姻；付出真诚能够收获信赖；付出友谊能够收获朋友；付出经历能够收获历练。

　　理论上讲，付出金钱能够收获一切，在实际生活中，却有很多东西是付出多少钱都买不来的，比如情感、生命、美德、幸福。收获他们，需要付出的不是金钱而是真心。站在形而上的角度看，付出真心倒真有可能收获一切，包括金钱，一旦动用了真心，就会全力以赴、发愤图强、卧薪尝胆、百折不挠。

　　也有的时候，看得到的付出之后，是看不到的收获。我想到五种可能：

　　一种是付出的还不够，远远不够，不到实现回报的时候。比如俗话说的"台上三分钟，台下十年功"。也就是说，要么你离"十年"尚远，要么你觉得你够"十年"了，但老天对你严格且严厉，要求你必须达到"十五年"、"二十年"才能发功，成功地发功。

　　一种是付出的于事无补，属于错误的付出。比如陷入爱情中的你，为了追求爱情中一个人，不遗余力、全然不顾，而这个人早已心有所属、不为你所动。很多时候，方向性的错误就是路线性的错误、决策性的错误。

　　再一种是要求太高，明明只是付出一缕阳光，却要求收获累累硕果；明明只是付出一棵树苗，却要求收获大片森林。人要有自知之明，技不如人却总想着走捷径，投机取巧、事半功倍、以小搏大，就算天空偶尔地灿烂一下，也不会永远放晴。

还有一种付出属于痛苦的付出，即明知无望还要痴痴地傻傻地付出，幸运之神无暇顾及。这需要调整付出的力度和层次，不能一意孤行，我行我素，比如你想当一个流行的大众熟知的作家，就不要去写纯粹过于高雅的诗歌，而是要给泛泛的读者写小说，最好还能改编成剧本，以电影或电视剧的形式给形而下的芸芸众生看。

最后一种付出是虔诚的付出，不求哪怕是微小的回报，乐在付出的过程中，比如为了自己甘之如饴的目标而采取的行动，比如爱好摄影、爱好绘画、爱好音乐的发烧友，并不指望迅速成名成家，只是爱好，热烈地爱。一切的快乐，尽在热爱中。这是爱好的魅力，也是爱好的美丽。很多事情，过程比结果要动人许多，因为缺少了功利的侵扰，缺少了世俗的蛊惑。

只要付出就会有回报，我的信念依然坚定。舍不得付出的人，看不到远处，爱计较一时的得失，难以有大作为。舍得付出的人，不仅赢得了人心，也会受到命运之神的眷顾，给予丰厚的回报。这只是一个时间问题。

学会付出，是热忱的人、渴望成功的人必备的一种素质。为一件免费的事情付出，可能背后会有很多件收费的事情随之过来；为一个不好的机会付出，可能背后会有很多好的机会相应出现。只要这种付出，占用的是时间和汗水乃至力所能及的金钱，并不违背自己的原则，不用背负一生的折磨，更不需要以失去生命的代价换取。

最坏的是没有爱

算计 "算计"

算计"算计"。第一个"算计"是动词，第二个"算计"是名词。算计肯定是需要算计的，凡是需要算计的东西、算计的事情，理应好好地计算一番。

算计肯定是计算，计算未必是算计。算计肯定是用心，用心未必是算计。吝啬肯定是算计，算计未必是吝啬。绸缪肯定是算计，算计未必是绸缪。化妆肯定是算计，攒钱肯定是算计，沉着肯定是算计，缜密肯定是算计。做事认真肯定是算计，做事算计不一定是认真，因为可能是计较；做人仔细肯定是算计，做人算计不一定是仔细，因为不重视细节。潜心创作肯定是算计，潜心算计不一定是创作，因为没有文字的亮相；痴迷科研肯定是算计，痴迷算计不一定是科研，因为没有验证的成果。

工于心计、老谋深算肯定是一种算计，漫不经心、简简单单可能是另一种算计。大智若愚、举重若轻肯定是一种算计，大愚若智、举轻若重可能是另一种算计。运筹帷幄是宏观意义上的算计，润物细无声是微观意义上的算计。积极和消极、主动和主体是主观能动性的算计，存在和虚无、被动和客体是客观规律性的算计。

一般来说，斗智是南方人的算计，斗勇是北方人的算计。热爱是着迷到极点的算计，痛恨是厌恶到极点的算计。没有算计，说明缺少必要的计划和准备；过于算计，说明精明过头后的聪明反被聪明误。

为了结果的算计是手段的算计，为了过程的算计是钟爱的算计，为了成功的算计是普遍的算计，为了优秀的算计是精英的算计。为了报复的算计是人格阴暗的算计，为了感恩的算计是心地善良的算计，为了朋友的算计是友谊第一的算计，为了爱人的算计是婚姻第一的算计。为了满足私欲的算计是渺小的算计，为了江山社稷的算计是崇高的算计，为了伤害别人的算计是阴谋的算计，为了赚取金钱的算计是精明的算计。

也有不应该算计的：为了得到爱情不应该算计，为了得到婚姻不应该算计，为了得到信任不应该算计，为了亲近信仰不应该算计。精于算计的人一定有一丝不苟的一面，同时也有机敏过人的另一面。疏于算计的人一定有粗心大意的一面，同时也有不患得患失的另一面。

不同的人对算计会有不同的认识：有的人认为算计是一种必然必须，没有算计就没有斐然成绩；有的人认为算计是多此一举，有了算计就有了不良居心。有的人认为算计是一种自我保护，没有算计就没有安全屏障；有的人认为算计是一种本领能力，没有算计就难以维持生计。

讨厌的人认为，算计不仅是阴险，还是人性中的厚黑；喜欢的人认为，算计不仅是计算，还是生活中的严谨。惯用的人认为，算计不仅是能力，还是超验的主义。弃用的人认为，算计不仅是伎俩，还是人性中的丑恶。

我们应该认可这样的算计：哗众不取宠、表现不平平、绵里能藏针、软中能带硬、出师告捷身不死、聪明不被聪明误……

最坏的是没有爱

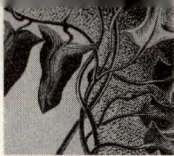

孤独是一种能力

　　真正意义上的孤独的人并不多，很多所谓的孤独其实还远远没有上升到孤独的层面。仔细观察就会发现，一个郁闷的人最先出现的苗头是无聊，无所事事；然后出现的是空虚，浑浑噩噩；再后出现的是寂寞，郁郁寡欢；最后出现的是消极的和积极的孤独，消极的孤独坐立不安，积极的孤独静如止水。这有点像倒金字塔形状，越开始的时候，人数越庞大，逐级递减。换句话说，人们因为无聊走向了空虚，因为空虚走向了寂寞。又因为寂寞，一部分人走向了消极的孤独，走向了放纵，走向了声色犬马；还有一部分人走向了积极的孤独，走向了独处，走向了思想的丰盛、灵魂的充盈。

　　热爱交际的人最怕孤独，热爱孤独的人也最怕交际。有没有一种孤独是与交际不冲突的？我的回答是：没有。所有与交际沾边的都站在了孤独的对立面，婚姻也是。婚姻关系是一种最小范围的交际，也是一种最旷日持久的交际。如果一个人既要享受孤独的美妙，又要享受婚姻的好处，不仅是不现实的，也是不道德的。新的问题来了，那些已经有了婚姻又需要享受孤独的人怎么办？要么自己妥协，暂时压制享受孤独的想法，要么婚姻的另一半妥协，支持配偶去享受孤独。这是一个两难的命题。如此看来，倘若想彻底地享受孤独，只能远离婚姻，或者逃离婚姻了。

　　热爱表现的人最怕孤独，热爱孤独的人也最怕表现。这种表现体现在，在众人面前的表演、表达、表情，通过别人的关注以期达到自我实现，自我陶醉，自我感觉良好，一旦失去了表现的土壤，就会浑身不适，更无法忍受巨大的空寂和安静，这又是孤独的前提所在。热爱演讲是热爱表现的一种形式，大庭广众之下的滔滔不绝、信马由缰，大会小会争抢发言机会，都是在掩饰自己的畏惧孤独，也是一种不自信的表现。

　　很多时候，娱乐是孤独的反义词，是诱惑孤独的吗啡。娱乐是大众

的，孤独是小众的，笨拙的人不喜欢娱乐，更不喜欢成为娱乐的对象；严谨的人不喜欢娱乐，这会破坏严肃和谨慎；守旧的人不喜欢娱乐，娱乐从来都是新潮的、时髦的、前卫的，缺少规矩。儒学的人不喜欢娱乐，学问中自有全部的娱乐。文化少的地方，娱乐方式就多；文化少的节目，搞笑成分就多；文化少的内心，娱乐心思就多；文化少的商品，廉价售卖就多。我指的文化是高端的文化，我指的娱乐是大众的娱乐。娱乐也是分等级的，最低级的娱乐形态是身体的娱乐，满足生理需要的娱乐，比如吃喝拉撒睡。尤其吃和睡，更是娱乐的一道重要节目，而吃什么、如何吃、和谁睡、怎么睡，更是很多世俗之人趋之若鹜的向往。低级往往也是低俗的同义词。次之的娱乐形态是物质娱乐，浮在精神表层，就像于风和日丽的海边，于清纯的海水中带上呼吸管，优雅地浮潜，姿势翩翩。典型的物质娱乐还有电影、电视、MTV、酒吧、茶馆、咖啡厅以及走马观花式的旅游，浮在精神表层的物质娱乐也是世俗的娱乐，也是拥趸者众多、已经普及或正在普及的娱乐。高级意义上的娱乐则是带有一种贵族气息或一种高雅品位的精神娱乐，比如打高尔夫，比如滑雪，比如弹琴，比如去欣赏非通俗的音乐会、歌剧和戏剧，比如读书和写作，比如高品位的交谈，比如一切带有私人色彩和私密兴致的聚会活动。这既是一种心灵的娱乐，更是一种严肃的生活。严肃的生活有时候是需要一点娱乐精神的。高级意义上的娱乐会和孤独很近，因为惺惺相惜，"曲高和寡"。

每个时代都会存在孤独的人群，都会看见娱乐的影子，但有三种时代下，娱乐的作用举足轻重：一种是悲惨的时代，比如万恶的旧社会，好在学一点阿Q的娱乐精神就能够自我解嘲，让物质的问题变小。一种是动荡的时代，比如战争的乌云密布，好在娱乐可以带来有限的短暂的欢愉，借以忘记生活的痛苦。一种是和平的时代，比如当代，娱乐会以几何的速度攻城略地，袭击着人们的视野和身心，比如有的卫视推出不仅是热闹还是吵闹和喧嚣的综艺类节目，看这样的节目肯定孤独不起来。不能说作为始作俑者的电视台不对，存在即合理，毕竟这样的电视台要生存，要走向市场，要赢得大众口味，要吸引广告主投放。低俗、世俗、脱俗，这三种娱乐形态构成了我们当今的娱乐社会。但很多时候出现最为广泛的浅薄的精神，只会让社会浮躁，变成浅薄的社会，继而渗透到生活，成为浅薄的生活。

最坏的是没有爱

　　有了热烈，就有了孤独；有了浓郁，就有了孤独；有了伤心，就有了孤独；有了美丽，就有了孤独。一个陷入爱情的甜蜜与忧伤的人，无疑更能体会孤独的滋味，皆因有了牵挂，有了想念。一个失去亲人后悲痛万分的人，无疑会彻骨感受孤独的存在，皆因有了绝望，有了无助。

　　有两种孤独是迥然不同、截然相反的：一种是形而上的孤独，也是高级的贵族式的深刻的孤独；一种是形而下的孤独，也是低级的平民化的肤浅的孤独。前者可以长久地保持孤独的形状，后者往往一不留神就滑回了寂寞、空虚和无聊的精神谷底。

　　孤僻可能是孤独，但孤独绝不是孤僻。孤僻是性格的产物，真正的孤独是心灵的产物。孤僻是一种障碍，是一种问题。真正的孤独是一种光环、一种美感、一种修养、一种典范。不管孤独的真相和真意如何，已经在被越来越多的人当做一种时髦、一种标榜。于是，言过其实的孤独、乏味的孤独、泛泛的孤独、虚妄的孤独，渐渐在我们这个时代大行其道，被喜欢附会的人津津乐道。

　　让一个喜欢孤独的人"一意孤行"，有条件的时候适时进入孤独，深入孤独，总比让一个不喜欢孤独的人意气风发、志得意满，更能体现人性的深度。

论自由

　　自由是一个词义宽泛的词汇，很多时候，人对自由的渴望超过了对生命的渴望，比如著名的诗中说"生命诚可贵，爱情价更高，若为自由故，二者皆可抛"、"爬出来吧，给你自由"，均是指政治和躯体的自由。在具体的生活中，人们还需要面对更多的自由，思想的自由、心灵的自由、民主的自由、言论的自由、商业环境的自由、人员流动的自由……

　　不同的人对自由会有不同的感受。对于厌学者，逃课就是自由。对于厌世者，自杀就是自由。对于有钱人，平安就是自由。对于没钱人，温饱就是自由。对于强大者，跋扈就是自由。对于弱小者，保全就是自由。

　　自由也是可以有特权的。对于智者，沉默就是自由。对于哲人，深邃就是自由。对于作家，创作就是自由。对于诗人，抒发就是自由。对于记者，采访就是自由。对于编辑，尺度就是自由。对于人民，富裕就是自由。对于国家，强大就是自由。

　　自由是依附在某种事物之上的。美味是肠胃的自由，肮脏是污渍的自由，沁香是花朵的自由，书籍是学者的自由；天空是云彩的自由，飞翔是鸟儿的自由，葱绿是作物的自由，智慧是人类的自由。微笑是表情的自由，渊博是知识的自由，修养是内在的自由，修饰是外在的自由。畅通是道路的自由，景物是视线的自由，聆听是耳朵的自由，放歌是喉咙的自由。

　　也有不是自由的事物，生病不是自由，生爱同样不是自由；失败不是自由，成功同样不是自由；专制不是自由，民主同样不是自由。喧闹不是自由，寂静同样不是自由；身陷囹圄不是自由，心被桎梏同样不是自由；工作乏味不是自由，工作有趣同样不是自由；约定俗成不是自由，随心所欲同样不是自由；默默耕耘不是自由，光彩照人同样不是自由。

　　一个童年缺少自由光顾的人，长大了必然会对缺失耿耿于怀，于是

最坏的是没有爱

就会锻炼出来一种本领，即使在狭窄的一小块空地上、污浊的一大片空气中，也能自由地伸展、自由地呼吸。

一个青春萌动、春心荡漾的人，进入了自由恋爱的围场，就会驰骋在浪漫的原野上，让爱情和甜言蜜语无拘无束地释放开来，走得远些的，释放出来心灵之后，还有自由的身体。

一个深受婚姻枷锁禁锢的人，呆久了必然会对单身耿耿于怀，于是渴望重新回到自由身，调整好一直不仅蹩脚还憋屈的角色，自己支配喜怒哀乐的剧情，靠近真正想要的生活。

一个与社会、与人群格格不入的人，在人多的场合木讷寡言、手足无措，缺少融合的能力，不能自由自在。这样的人只会蜗居在自己的象牙塔里，任由个人的爱好自由发挥。

一个开放的包容的时代，总是会允许自由以各种形态存在，比如思潮，比如意识，比如舆论，比如理论，比如人权，比如物权。

热爱自由的人，如果生不逢时，赶上一个法制尚不健全的社会，做一个自由主义者可能也是尚不健全的想法。过去的人物很多，擅长以笔为剑，鞭挞讥讽社会阴暗和丑恶的鲁迅、莫泊桑、契科夫、杰克·伦敦……他们作为作家，所处的社会无疑缺少足够的自由。

节制欲念

　　没有欲念的人是不存在的。欲念是人类的内心活动，不同的人有不同的欲念，同一个人在不同的时候不同的心境下，欲念也不同。欲念可以分为容易实现、不难实现、难以实现和不能实现四种。

　　饥饿的人希望自己吃饱，困倦的人希望自己睡好，嬉戏的人希望自己童真，做事的人希望自己运好，彷徨的人希望自己坚定，冗长的人希望自己扼要，自卑的人希望自己自信，自信的人希望自己微笑。这些都是容易实现的欲念。

　　贫穷的人希望富可敌国，邋遢的人希望改变面貌，浅薄的人希望人生快活，深邃的人希望精神富饶，豁达的人希望心灵宽宥，空虚的人希望上满发条，悠闲的人希望忙碌起来，忙碌的人希望获得回报。这些都是不难实现的欲念。

　　涂鸦的人希望成为画家，动笔的人希望成为文豪，外向的人希望宠辱不惊，臃肿的人希望身体苗条，单纯的人希望自己复杂，渺小的人希望自己崇高，幼稚的人希望自己成熟，成功的人希望辉煌永葆。这些都是难以实现但并非不能实现的欲念。

　　健康的人希望长生不老，病重的人希望活蹦乱跳，有钱的人希望买来感情，丑陋的人希望拥有美貌，矮小的人希望能够长高，年老的人希望回到年少，黝黑的人希望皮肤白皙，打鼾的人希望鼾声不吵。这些都是几乎不能实现或者肯定不能实现的欲念。

　　人的欲念还可以另外分为四种：一种是基本的生理欲念，凡是动物都要经历的必不可少的欲念，比如婴儿时通过啼哭满足吃喝拉撒的欲念，比如成年后通过生殖满足传宗接代的欲念。一种是基本的社会欲念，凡是人类都要经历的必不可少的欲念，比如孩提时通过玩具和游戏满足思维认知的欲念，比如少年时通过上课和赛事满足知识和竞技的欲念，比如通过交友、旅游等满足情感和好奇心的欲念。第三种是多数人存在于内心、少数人体现于行动的猥琐的欲念，比如坑蒙拐骗、偷盗抢

劫、杀人越货、赌博、毒品、乱性等等一切可能引起道德惩戒和法律制裁的犯罪行为。第四种是多数人无心恋战、少数人兴致勃勃的崇高的欲念，比如慈悲为怀、持续不断的善良和爱心，比如孜孜不倦追寻头顶的星光闪烁和道德文化的准则，比如热爱真理超过热爱生命，比如最终目的有利于人类福祉的崇高的欲念。

当今世界，金钱的欲念是最为困扰人类的欲念，它就像吗啡一样让人上瘾，在人类心理学上，对人们有着和性一样的重要位置，都能够激活大脑的愉悦中心，随时会引发中枢神经的兴奋机制。金钱也是最"毁人不倦"的欲念，像马蜂一样，一旦被它蜇上，肯定会带来麻烦，严重的难免千疮百孔、遍体鳞伤。

在众多的欲念中，求知欲和发现欲是科学家、哲学家身上都必备的东西，比如爱因斯坦和达尔文，比如牛顿和爱迪生，比如马克思和恩格斯，比如古希腊的苏格拉底、柏拉图、亚里士多德、赫拉克利特……这两种欲念能把人们引向知识的大门，帮助我们打开知识的殿堂。这样的欲念非常崇高，崇高到可以把人用伟大和平凡加以区分。

从宗教来看，佛家的无欲、道家的无为，都有自己的道理，未必不比西方的哲学高明。两千年前的中国，就已有圣贤意识到，如果不加控制欲念，就不能真正快乐。我们作为智慧有限的普通人，不可能短期内达到最高的境界，不太容易选择无欲无求、无欲则刚的人生。

欲念欲念，有了欲就会引来念，不同的欲引来不同的念：食欲会引来对食物的想念，情欲会引来对爱情的想念，性欲会引来对肉体的想念，钱欲会引来对富有的想念。但愿你的欲望是充满节制的欲望，不是贪欲；但愿你的念头是充满理性的念头，不是贪念。

苦难是我们余生的老师

一

　　苦难无处不在，从我们降生的第一声啼哭就已预示着拉开了苦难的帷幕：幼年需要父母的滋养，少年需要知识的滋养，青年需要爱情的滋养，中年需要事业的滋养，老年需要回忆的滋养。在这一过程中，历经大大小小的苦难的磨炼乃是必然。

　　苦难和死亡一样，是我们人为控制不了的，是一篇不论想不想写都必须要写的人生大章。

二

　　灾害是一种苦难，来自于地质的灾害和人为的灾害。前者属于天灾，比如地震、海啸、洪水、泥石流。后者属于人祸，比如属于防范引发的火灾、车祸、建筑物倒塌以及身心受到的人为侵害甚至被谋杀。

　　贫困是一种苦难，来自于物质的贫困和心灵的贫困。前者大到食不果腹、衣不蔽体、债务缠身、无家可归，小到陋室狭小、经济拮据、家徒四壁、生活无着。后者小到得过且过、无所事事、浑浑噩噩、碌碌无为，大到财富炫耀、知识缺乏、文化贫瘠、精神空虚。

　　病痛是一种苦难，来自于身体的病痛和精神的病痛。前者分为与生俱来的遗传病，比如血友病、色盲和后天突发的不治之症，比如各种癌症。后者属于器质性的精神疾病，比如焦虑症、强迫症、抑郁症、恐惧症乃至严重的精神分裂症。他们都会严重影响家庭生活，折磨不贷。

　　失去是一种苦难，来自于亲人的失去和朋友的失去。前者属于年幼丧父丧母、中年丧妻或丧夫（包括丧失婚姻）、老年丧子，后者属于从小一起长到大的、尚未来得及感恩的一度交往甚密感情甚笃的好友。

三

　　苦难常常猝不及防地向我们扑过来，一如突然涨潮的海水。20岁忽然残了双腿的史铁生在看透了"死是一件无须着急的事，是一件无论

怎样耽搁也不会错过的事"才在轮椅里决定将自己从死亡的诱惑里摆渡出来，"决定活下去试试"。这使他走上了一条通过写作摆脱厄运的自我救赎之路。这同时也印证了巴尔扎克的话："世界上的事情永远不是绝对的，结果完全因人而异。苦难对于天才是一块垫脚石……对能干的人是一笔财富，对弱者是万丈深渊。"

四

什么是苦难？失败不是苦难，失意才是苦难；身伤不是苦难，心伤才是苦难。正如丘吉尔所说："当你战胜了苦难时，它就是你的财富；可当苦难战胜了你时，它就是你的屈辱。"再听听歌德的诗意箴言："让珊瑚远离惊涛骇浪的侵蚀吗？那无疑是将它们的美丽葬送。一张小红脸体味辛苦所留下来的东西！苦难的过去就是甘美的到来。"国产的歇后语同样能给我们以营养：学会在黄连树下弹琴，苦中作乐。

五

对于苦难，镇定的我尝试着运用自己的表达方式和语言风格：苦难让我们无从躲藏，学会躲藏才能避免更大的伤亡。苦难让我们身心俱疲，学会挺住才能重燃生活的希望。苦难让我们难掩悲伤，适度悲伤也是一种强大的力量。苦难让我们人生灰暗，百战不殆才能迎来久违的阳光。

六

苦难会征服两种人：一种是自暴自弃、自怨自艾的人，另一种是麻木不仁、冷酷无情的人。苦难会导致两种结果：一种是痛定思痛后的剑走偏锋、与众不同，一种是身陷其中后的不能自拔、玩世不恭。用某位哲人的话说叫做"苦难是人生的丁字路口，一头指向超越，一头通往堕落。"

七

苦难会使一颗心长久地照耀不到阳光，于是变得不再滚烫火热，不再铿锵有力，甚至还会阴冷而冰凉、绵软而苍白。

苦难会使一颗心不需要阳光的照耀，只依靠自己的体温捂热清醒着的灵魂，对缺失具有自我修复的能力。

八

哲人一定是经历过很多苦难的，否则不会产生富有哲理的哲学思想。在中国的哲学评论家里，周国平对苦难表达出了人性中脆弱的一面："不要对我说：苦难净化心灵，悲剧使人崇高。默默之中，苦难磨钝了多少敏感的心灵，悲剧毁灭了多少失意的英雄。何必用舞台上的绘声绘色，来掩盖生活中的无声无息！纵然苦难真有净化作用，我也宁要幸福。常识和本能都告诉我，欢乐比忧愁更有益于身体的保养，幸福比苦难更有益于精神的健康。"

我们也许难以笑对苦难，但可以镇定自若，不再心有余悸、噤若寒蝉，利用苦难带来的好处，让苦难成为我们余生的老师，传承生命的坚韧。我们也许无法避免天灾人祸，但可以汲取经验教训，从更高的境界来看待灾祸，找出战胜灾祸的办法，学会因祸得福。塞翁失马，焉知非福？公元前6世纪的希腊寓言家伊索有着另一种表达："如果你受苦了，感谢生活，那是它给你的一份感觉；如果你受苦了，感谢上帝，说明你还活着。人们的灾祸往往成为他们的学问。"

九

大凡杰出优秀者，都会经过苦难的历练，在寂寞与清贫中坚守着自己的理想，默默地在自己的岁月中打磨着智慧的光华，也许终老一生也不为人知。我相信这样的人因由思考散发出来的智慧之光不会像灰尘一样随风逝去，不会不留下些微的痕迹。

十

苦难总是能够浓缩深刻与厚重。平凡会与苦难保持距离，渺小更是远离苦难。没有苦难，铸就不了伟大。伟大承载了苦难的重托。

十一

有些人一生都没有机会品尝到苦难的滋味，这未必是一件好事。一切幸福的发端，源于苦难的启发，源于时运不济之时的受益。

十二

在本质上对生命持悲观态度，在生活中学会化解沮丧的情绪。这看似矛盾，实则相通，在苦难的夹缝中求生，兴致勃勃地活，总比浑浑噩

噩地活，来得坚韧和达观。

十三

一棵树，最难以被樵夫砍断的部位，是伤口长出来的树瘤。一个人，最能体现清澈、澄明的地方，是流过泪的眼睛。

幸福是来自灵魂的努力

一

不同的年龄阶段，有不同的幸福观。对于小孩，幸福就是和相仿的同龄人一起嬉闹；对于中小学生，幸福就是作业和考试不要那么繁重；对于大学生，幸福就是找到了可心的极有可能留下来的实习单位；对于恋爱中人，幸福就是产生一种微妙的渴望、亲近的情绪；对于婚姻双方，幸福就是恩爱之后还有情人般和亲人般的牵挂。对于中年职场人士，幸福就是能够不断地升职和加薪。对于父母，幸福就是孩子能够平安长大、立业成家；对于子女，幸福就是下班回家有老爸老妈发自内心的关怀和做出来的可口饭菜。

不同的人生追求，有不同的幸福观。对于懒人，幸福就是好逸恶劳，期待发一笔横财；对于坏人，幸福就是阴险狡诈，坑蒙拐骗；对于忙人，幸福就体现在马不停蹄的忙碌本身；对于好人，幸福就是赠人玫瑰、手有余香；对于哲人，幸福就是通过哲学思想惠及普天下心灵受苦的人；对于商人，幸福就是抓住了稍纵即逝的一切可以挣钱的机会；对于官员，幸福就是捧上了人人羡慕的饭碗，从铁饭碗到金饭碗腐败的官员还可以权力寻租、权力变现；对于教师，幸福就是通过自己的谆谆教诲，桃李满天下；对于医生，幸福就是诊断无误，或经自己之手挽救了奄奄一息的病人；对于律师，幸福就是能够用正义之剑战胜邪恶，保护当事人的合法权益；对于记者，幸福就是精心采写的报道得以刊登，还能引起巨大的社会反响；对于作家，幸福就是除了提供丰富多彩的精神食粮，还能让阅读的灵魂感动、净化和升华。

二

有一种笑容不是幸福，习惯性的笑容背后是职业的训练使然。有一种笑容就是幸福，天真烂漫的孩子的笑容就是幸福。

有一种快乐不是幸福，充其量只是短暂的幸福，比如食物穿肠的果

腹。有一种快乐就是幸福，即使短暂也是幸福，比如一见钟情的爱情。

有一种得意不是幸福，充其量只是会耍小聪明，比如占小便宜。有一种得意就是幸福，不仅得意还有意义，比如发明家的发明创造。

有一种占有不是幸福，甚至还是霸道，比如把自己的意志强加于别人之上。有一种占有就是幸福，比如辛勤的付出后得到的巨大荣誉，像奖章、奖状、奖杯、证书……

有一种默契不是幸福，充其量只是配合得好，是必要的和必须的，比如工作。有一种默契就是幸福，是心与心的召唤，心与心的感应，比如心领神会、心照不宣。

有一种婚姻不是幸福，充其量只是搭伙过日子，比如同床异梦。有一种婚姻就是幸福，比如志同道合、趣味相投、相敬如宾、生死与共。

三

同样是爱情，有的人认为被对方爱着是幸福，有的人认为爱着对方才是幸福。

同样是婚姻，有的人认为有对方的爱就是幸福，有的人认为有对方的钱才是幸福。

同样是人生，有的人认为功名利禄就是幸福，有的人认为虔诚地献身信仰才是幸福。

四

幸福的标准有时候不好拿捏，都知道大智若愚、大巧似拙、大象无形、大音希声、上善若水、厚德载物……是一种至高的境界，但运用到实践中，人们却未必挥洒自如。正如周国平在论幸福时指出的：聪明人嘲笑幸福是一个梦，傻瓜到梦中去找幸福，两者都不承认现实中有幸福。看来，一个人要获得实在的幸福，就必须既不太聪明，也不太傻。人们把这种介于聪明和傻之间的状态叫做生活的智慧。

幸福一般来说是与肉体无关的，肉体的努力顶多叫快乐，灵魂的努力才能叫幸福。但肉体的快乐很少的时候也能升华为灵魂的幸福。

幸福往往是与目标有关的，伟大的目标和不伟大的目标都能带来幸福。这属于个人价值观的范畴。

五

一切幸福都以一个非常动人的事情开始，都以一个不那么动人的事

情结束。最为典型的就是：生命的诞生与死亡。

六

越是高官，越不容易幸福。越是有钱，越不容易幸福。越是美丽，越不容易幸福。越是娱乐，越不容易幸福。一言以蔽之，越是顺利，越不容易幸福，只能算是畅通，而不是舒畅，只因陷得太深，难以自拔。

七

幸福是一种态度，态度端正的人容易找到幸福。

幸福是一种虚无，是与不是都无法验明正身。

八

光荣肯定是一种幸福，而且是给多少钱都不应该出售转让的。以此类推，名誉和地位也应该是。

九

舒服是一种感官的幸福，也是低层次的幸福。愉悦是一种心灵的幸福，也是高层次的幸福。身体的交合如果有了心灵的介入，说不好听一点，不是畜生了；说好听一点，是灵与肉的交锋和交融，是人类的幸福。

十

本质上来说，幸福是不分阶层的，不同阶层的人应该能体验到同一种幸福。实际上而言，幸福已经被世俗的偏见侵袭了，幸福出现了差异。就像我们阅读一本小说，起点低的人只是看到人物的对白、有趣的故事，起点高的人还能看到叙述的结构、隐藏的思想。

十一

财富有可能带来幸福，幸福绝不意味着拥有财富。有时候，遇到一只母鸡下蛋是幸福的，遇到一只公鸡打鸣却觉得吵闹。这说明幸福取决于主观能动性。

十二

艰苦的生活和优裕的生活里都能找到幸福。但是没有人愿意过艰苦的生活，源于满足精神需求的前提，往往需要满足基本的物质需求。

为什么富有的人的幸福感不如贫穷的人幸福感来得多？因为富人已

经习以为常，穷人弥足珍贵。还因为从总体上，人们对物质的享受是有限的，对精神的享受是无限的。

十三

为了迎接我们心底的幸福，最好两手都能硬，既要追求外在的表面的幸福，也要追求内在的实质的幸福。

十四

一个民族，乃至一个国家，进步的标志无疑应该是：在完善了民主和法制后，人人都能追求宽阔的自由，人人都能享受可口的幸福。

二、生活的露珠

人生就是一次时间的旅行，不取决于走马观花、马不停蹄地看了多少路上的风景，而取决于通过驻足和眺望风景，内心得到了怎样的收获……

你有什么样的朋友

人虽然是高级动物，但喜好群居这一特点与同是哺乳类的大象、狮子、狼狈、猿猴等没有区别，忍受不了没有同伴的集体生活。"同伴"前面还能加上"要好"，自然就上升为了朋友。朋友的数量取决于个体的差异，情商高、交往能力强的人会有较多的朋友，从几十个到上百个；寡言少语、性格内向的人会有较少的朋友，寥寥无几，屈指可数。但是，数量的多不代表风光，数量的少不代表木讷。

人际交往中，取得朋友的方式有两种：自然交往的朋友和刻意交往的朋友。前者是意识形态的吸引使然，后者是功利目的的吸引使然。自然交往的朋友比较容易以诚相待，因为有共同的爱好、共同的情趣、共同的追求。一句话，拥有共同的价值观。这样的人，成为朋友本来就是时间和机会问题。刻意交往的朋友可能是生意场上的伙伴，可能是工作中的对象，为了利益交换结成的同盟。这样的人成为朋友都是本着利益优先原则，只要利益不再，同盟随时可能瓦解。

自然交往的朋友，不但容易产生快乐，还容易产生幸福。刻意交往的朋友，只能产生快乐，不容易产生幸福。无论哪种朋友，只要彼此连接的纽带存在，都可以成为永远的朋友。不过自然交往的朋友更容易成为心灵上的朋友，刻意交往的朋友更容易成为社会上的朋友。那些能够产生思想共鸣，能够达成内心默契的朋友，才是真正的朋友。

有两种人发展成为朋友之前需要慎重：一种是多次交往后自己对其仍无法取得充分信任的人，还一种是初次交往中对方急于利用自己的资源、私念流露得过于明显的人。没有永远的朋友，只有永远的利益。但这应该是对亲人、恋人和爱人以外的人而言，有这三种关系的人是应该凌驾于真正的朋友之上的。亲人是我们与生俱来的不可失掉的亲密朋友，一般来说不会有经济的纠葛。恋人和爱人虽然是依照顺序先后出现，但出现就能奠定非同寻常的亲密关系，所以注定不必有朋友之间的客客气气、彬彬有礼。

还有三种关系的人至少起点上是在朋友之下的：同事、情人和酒肉朋友。这三种关系必然离不开利益的纠结。当然，为了共同的利益，同事也可以发展成为朋友，但在单位表现出来，就是帮派了。情人本质上不属于朋友，属于合同约定的甲方和乙方，但情人也可以转化成朋友，如果能坚决地不再保持情人的关系，作为朋友的身份就能够长久。酒肉朋友也不能说绝对不是朋友，一起喝酒一起吃肉时就是朋友，不过这种时候永远只是少数的时间，如果除了一起喝酒一起吃肉，还能一起做事一起担当，还能合作得非常愉快，非常成功，这样的酒肉朋友已然不是酒肉朋友，用广西桂林的话讲就是可以直呼对方叫"狗肉"的那种相谈甚欢的朋友了。

不同的年龄段，会交往不同的朋友，就像饮下不同的酒。少年时交上的同龄朋友，风风火火，侠肝义胆，像啤酒，干杯也行，吹瓶也行，要的就是这份豪气冲天。少年时的朋友，到了老年还能密切往来，那是比自己亲人还亲的朋友，像品红酒，酒劲在后头。少年时交上的成年朋友和成年时交上的少年朋友，那是忘年交，能够最大化地优势互补，还鲜有代沟，像品鸡尾酒，不要多但要别致，别有一番味道。中年时交上的朋友很多都是事业上的伙伴，有着共同的利益甚至共同的追求，像品上好的白酒，慢斟细酌才能品出醇厚。

不同的心情下，会选择不同的朋友。心情特别好或者特别差的时候，一般都会放宽选择朋友的标准，新认识的人也很快能成为朋友。心情百无聊赖、兴趣全无的时候，一般就不愿意见朋友，更不愿意结识新朋友。

什么样的朋友最好？我以为：在很多方面值得自己学习，不必称呼为老师但在自己心里就是老师的人；在我们只馈赠了一滴水，却要拿涌泉相送的人；不必天天见面，但不超过一二周总会有一个问候电话、不超过一二个月总会相见的人；在我们需要朋友出现时，总能义不容辞地奔向我们的人。当然，这需要我们自己首先做到。

爱好是一种生活方式

　　没有爱好的人就缺少了热爱的能力，从热爱家庭到热爱工作；没有爱好的人就增加了交往中的隔膜，大都冷漠而且自闭。爱好就是一种专注地投入和上瘾，而方向正确的专注投入和上瘾不是坏事，专注投入和上瘾说明了兴趣浓厚而不是兴趣索然。唯有专注投入和上瘾，才能术有专攻、精神抖擞、事半功倍、卓尔不群。

　　爱好是一个人喜爱的物件或者喜欢做的事情，是我们生活中除了吃饭、睡觉、工作之外心甘情愿为之交付出去的时间。每个人都有自己的爱好，有些人愿意表现出来，有些人把它隐藏在内心。爱好可以分为生理和心理的、物质和精神的。我曾经问过一个四岁小男孩的爱好，他的回答是：吃和玩。一个真实得有点可爱的回答，而且符合马斯洛五类需求层次理论中的第一类：生理需求。小男孩回答后从大人多少有点失望的反馈中意识到回答不妥，加了一句"还有背诗"。背诗是不是真的是这个小男孩的爱好我无从考证，但背诗肯定不是属于生理需求。

　　马斯洛其他四类由较低层次到较高层次排列的需求是安全需求、社交需求、尊重需求、和自我实现。在小孩子的世界里，吃喝玩就是最好的爱好，也是唯一的爱好。在大人的世界里，将吃和玩当做唯一爱好的人也大有人在，只是不会直截了当地宣扬而已。

　　热衷吃和玩的爱好，也没有什么不对，只要没到混吃等死、玩物丧志的地步。但一个青年人抑或成年人，除了吃和玩再没有其他的爱好，显然心理年龄还停留在小孩子的生理阶段。

　　生理的爱好和物质的爱好都是必然而由衷的爱好，心理的爱好和精神的爱好则是产生于偶然，发展为必然。成功的人士大都有这种爱好，并且善于去发扬光大。

　　相对于生理的爱好和物质的爱好，心理的爱好和精神的爱好总能彰显出高贵的影子。高贵的爱好也有很多，比如包括文学、书法、摄影、绘画、音乐、舞蹈、雕塑等在内的艺术；包括集邮、集币、集各种古玩

在内的收藏；包括发明创造；包括烹饪美食；包括云游四海；包括探险考古，甚至包括政治。不一定都成为所爱，选择一样潜心热爱，怡情怡性还能陶冶情操。

一般来说，爱好到了熟悉的程度，就会从爱好者变成了专家、行家。文学家一定最爱好创作，书法家一定最爱好泼墨，表演家一定最爱好舞台，摄影家一定最爱好风光，画家一定最爱好涂鸦，音乐家一定最爱好演奏，舞蹈家一定最爱好伸展，雕塑家一定最爱好形状，收藏家一定最爱好古董，发明家一定最爱好试验，哲学家一定最爱好真理，政治家一定最爱好治国。

对于大多数人来说，爱好就是爱好本身而已，是茶余饭后的一种消遣。一位瑞士学者根据行为举止和兴趣爱好的不同，将人分为四种色彩类型：黄色——酷爱自由和独立；绿色——追求自身价值；红色——积极进取；蓝色——追求宁静。专家从遗传学上解释，这四种色彩可以在任何人身上得到体现：蓝色类型的人甚至在极为愤怒的时候都不会随意发泄情绪；绿色类型的人总爱幻想着一鸣惊人，体现自己的价值；红色类型的人精力充沛，在经常不断的运动中得到满足；而黄色类型的人崇尚自由。权且认同这个颜色理论，那么大家庭中的成员最好由各种颜色类型的人搭配在一起，才会和谐融洽。如爷爷奶奶是蓝色类型的，孩子是黄色类型的，父母是红色和绿色类型的，就是最佳组合。这个理论也可以应用到恋人身上，女性问初交的男友"你是什么星座的"可以改成问"你是什么颜色的"了。颜色匹配，就继续交往，否则早点结束，免得增加成本。据说最出色的主妇和母亲往往是蓝色类型的妇女，但是她们通常对性比较冷淡，因此红色类型的男人与这样的女人生活在一起未必比与黄色和绿色类型的女人生活在一起更幸福。而任性又虚荣的女人的最佳搭档应当是性格温和而忠实的男人，这就是和谐而互补的蓝绿同盟。

爱好可以决定颜色，颜色可以决定生活方式。专家认为蓝色类型的人喜欢躺着休息，业余爱好是厨艺、音乐、钓鱼或编织。红色类型的人通常喜欢从事有趣的运动，哪怕在院子里干活或在健身房锻炼，还爱读惊险小说，看警匪片。绿色类型的人喜欢收藏，往往有独特的藏品，喜欢运动，但是对于他们来说，主要的不是参与，而是结果——胜利和获奖，此外还有一个爱好，就是喜欢漂亮和时髦的服装。黄色类型的人热衷于获得新的知识和感受，天性爱打猎、游览、旅行，喜欢看纪录片，

读报纸杂志，不放过任何重要的展览，他们从开车、开船甚至开飞机中体会到快乐。

爱好是一种生活方式，小到工作之余的小小投入，大到生理需求之外的全部时空。爱好是一种情感寄托，发展得好，成为发烧友甚至笃诚宗教般的信仰，是自己领域里拥有话语权的一种才能；发展不好就是偏执，就是不良嗜好，就是落后社会里的陋习。

爱好应该以不影响工作为前提，工作和爱好各自都需要占据大量的时间和精力。是否能不相冲突？我的忠告是：把工作当成爱好，或者把爱好当成工作，长此以往，一定会有不错的前途。

浪漫是自觉的行动

浪漫大都和风流有关，风流不一定都是浪漫，也可能是放浪或下流；浪漫大都和艺术有关，艺术不一定都是浪漫，也可能是技艺或散漫；浪漫大都和爱情有关，爱情不一定都是浪漫，也可能是无爱或情色；浪漫大都和年轻有关，年轻不一定都是浪漫，也可能是轻佻或散漫。

一段浪漫的爱情总是让爱过的人感到妙不可言、美不胜收、耿耿于怀、念念不忘。一段不浪漫的爱情总是让爱过的人感到循规蹈矩、按部就班、乏善可陈、味如嚼蜡。

人人都渴望浪漫，浪漫的爱情、浪漫的动作、浪漫的祝福、浪漫的礼物。人人都欠缺浪漫，因为缺少时间，缺少金钱，缺少意识，缺少机缘。拥有浪漫的人总是能心渠充盈；没有浪漫的人总是会心渠干涸。

能透析浪漫所产生的作用的人，一定浪漫。浪漫无处不在，浪漫不一定需要很多的钱，浪漫在于细节、源于创意。一个人是不是浪漫，有先天的因素，更有后天的刻意。

这个世界上有两种爱情，一种是节约型爱情，一种是奢侈型爱情。节约型爱情的浪漫可以体现在：一句恰到好处的赞美，一朵新鲜欲滴的玫瑰，一件小巧别致的装饰，一次含情脉脉的注视……对于节约型爱情，两人互相轻钩手指在街上的行走就是一种浪漫，一起去看画展、赏戏剧是一种浪漫；在公园树林深处偏安一隅、盘地而坐是一种浪漫。奢侈型爱情离不开浪漫，虽然可能庸俗，但效果不打折扣，比如价值百万的闪着璀璨光芒的钻石，国外某处风景秀丽海滩的度假往返机票，北京燕莎、贵友、赛特的高档名贵时装。这样的浪漫，普通人无从享受，有钱人享受不够。

浪漫是无处不在的，如果恋爱中的男女，选择去一个多少有点浪漫氛围的餐厅就餐，比如必胜客，如果先去的一位想制造一点浪漫，赢得心上人的喜爱，完全可以信手拈来一张菜谱，在等待中信手涂鸦，把菜

名化成诗意："没有你的时候／就像摩卡咖啡不加糖／牵挂／宛如一角刚切开的皇上皇比萨饼／缠缠绵绵不绝如缕／于是我渴望长出一对／'风情鸡翼'／在'夏威夷风光'的婆娑下／和你'佳节成双'"。

在日常生活中，随时都可以捕捉到浪漫的身影。花前月下是浪漫，甜言蜜语是浪漫，诗情画意是浪漫，出其不意是浪漫。想念是一种浪漫，等待是一种浪漫，焦灼是一种浪漫，热爱是一种浪漫。独闯天涯，不仅是一种浪漫，还是一种勇敢；烛光晚餐，不仅是一种浪漫，还是一种情感；异地相见，不仅是一种浪漫，还是一种机缘；突如其来，不仅是一种浪漫，还是一种惊羡。

浪漫不能太贵重，太贵重了就是孤注一掷；浪漫不能太稀少，太稀少了就是死水微澜；浪漫不能太低贱，太低贱了就是自惭形秽；浪漫不能太宽泛，太宽泛了就是自由散漫。每个人都应该学会浪漫，把浪漫当做灯盏；每个人都可以发现浪漫，对浪漫望眼欲穿；每个人都应该热衷浪漫，在浪漫里翩翩起舞；每个人都可以制造浪漫，让浪漫美轮美奂。

浪漫是有年龄段的，年轻时容易浪漫冲动，年老时容易谨小慎微。浪漫也是有阶层的，学文科容易浪漫情怀，学理科容易严谨治学。浪漫也是有前提的，有花朵的地方会递进浪漫，有凸枝的地方会递减浪漫。浪漫是一种能力，是一种反应，一种爱情诞生后的自觉行动。浪漫是一种美丽，是一种温馨，一种意想不到的惊喜与惊奇。

有钱人具有有钱人的浪漫，可以订制成百上千朵玫瑰，通过排场通过气势制造浪漫。没钱人有没钱人的浪漫，可以通过别致的小物件，可以自己巧手叠鹤，把浪漫体现在精心花费的心思上。浪漫不会自己送上门来，浪漫的时机也需要拿捏得恰到好处，需要迫切的渴望和牵肠的思念作为前缀，在日积月累的相处中无处不在且不失时机地显露出来。

节日是施展浪漫攻势的最好时间，除了对方的生日是一个节日，春天里抽枝发芽的情人节和秋天里的满枝金黄的光棍节，也是让浪漫云集的绝佳契机。浪漫应该是单身者最爱，派上用场的机会也最为频繁。

也有很多浪漫，以为浪漫，其实不然。渴望艳遇的浪漫不是浪漫，而是风险；拥有情人的浪漫不是浪漫，而是负担；超出承受的浪漫不是浪漫，而是压力；恳求施舍的浪漫不是浪漫，而是可怜。

每一朵花开、每一处草坪都应该属于浪漫，每一个生日、每一个节日都应该属于浪漫，每一次相遇、每一次相聚都应该属于浪漫，每一次会心、每一次交欢都应该属于浪漫。

喜欢浪漫，不是讨厌浪漫，所以浪漫永远都是温暖的，而不是冰凉的；意料之外，不是意料之中，所以浪漫永远都是设计的，而不是天然的；推陈出新，不是因循守旧，所以浪漫永远都是新鲜的，而不是老套的；你的浪漫，不是我的浪漫，所以浪漫永远都是个人的，而不是集体的。

希望你能拥有浪漫，哪怕稍纵即逝的瞬间！希望你能拥有浪漫，拥有一生一世的体验！

最坏的是没有爱

告别年轻

　　无论身处幼小时、少年时还是中年时，都会在和父母甚至祖父母比较之后，感知自己的年轻。但幼小时的年轻懵懂无知，中年时的年轻是自我解嘲。对年轻体会最深的还是校园时代，尤其是大学校园，可谓是稚气尽脱、厚重莅临、身体强健、精神抖擞。

　　每年的六七月间，各个大学校园里都无一例外地上演着一年一度的毕业大片，剧情纵然伤感，倒也颇能体现莘莘学子的真性情。大学生活可谓是一个人成长过程中，最美好也是最后的单纯学习、单纯交往的阶段。怎样迎接崭新的开始，诠释对大学的留恋，表达对青春的眷恋，告别泉水一样清澈的简易人生，却是每一个大学生在结束四年象牙塔生活、行将离开校园之际的疑问。离开校园，是对无忧无虑学习生涯的一次重要告别，也是对年轻的一次重要告别。然后是走向工作，走向社会，在险恶的江湖中跌几个跟头、呛几口河水，直到走向心理上的成熟、生理上的衰老。

　　作为女生，年轻和漂亮是自身特有的财富，拥有这种财富同时还能恰到好处地使用这种财富，一定是优越、聪明的。但女生慢慢地就会变成女人，就会慢慢地像贪生的人恐惧死亡一样害怕人老珠黄，于是开始受到化妆品广告中能延缓衰老的蛊惑，未来的岁月会在明知不能青春永驻的沮丧下拿出收入中不菲的部分，给自己买来一点心理安慰。

　　男生不同，无论生活还是工作，走向社会的男生会深深体会到，年轻往往印证着"嘴上没毛，办事不牢"的社会偏见，想成就一番事业的男生无不希望给人留下见多识广、熟谙世事的少年老成印象。哲学家说：青年人相信许多假的东西，老年人怀疑许多真的东西。真的东西受欢迎过度就会出现假的，比如假钞假币；假的东西精湛到一定程度就会被认为是真的，比如仿古工艺品。

　　青年人可塑性强，机会充裕，虽然容易轻信却也能及时修正错误，上进心强的青年还会发愤图强，励精图治。事实上，老年人并不喜欢青

年人锋芒毕露，他们会为你在某一方面超过了他们而惴惴不安，于是给你的成功添上了偶然和幸运的色彩，却很少知道你在成功的背后付出的艰辛。

有很多顺利和不顺利的人是年轻的，尤其生理年龄的年轻被认为是幼稚的习惯代名词，他们会急于渴望告别年轻。怎样才能告别呢？我给出的建议是：先让心老！当然不是老谋深算，更不是老气横秋，而是一种成熟的心态，一种沉稳的作风，一种语速和走路慢下来的持重。

短篇圣手汪曾祺说过："人总要把自己生命的精华都调动起来，倾力一搏，像干将、莫邪一样，把自己炼进自己的剑里，这，才叫活着。"十年磨一剑，何必用十年？只要从困境中试着找到突破口，占据最佳的位置，挑战现实，超越自己，找到快乐。毕竟上天给了每一个人幻想的能力，也不会吝啬再给每一个人实现梦想的能力。

告别年轻，就是告别孩提和童真的境况，包括离开成长的环境和说话的语境，包括改进家庭的窘况和失败的状况；告别年轻，就是告别单纯和幼稚的思维，包括摒弃傻傻的相思和盲目的多维，包括学会藏而不露和隐忍不发。

告别年轻，告别的不仅是表面上年纪的尚轻，还有骨子里尚未长大的心灵。

漫谈成熟

什么样的人是成熟的？这很难具体地量化，何况成熟这个词太过于抽象，每个人都会有自己赋予的定义。但成熟又很具体，因为成熟必定要通过一些具体的事例表现出来，比如做事的态度和角度，比如做事的方式和方法。

成熟肯定是一种长大，但长大不一定就是成熟。成熟肯定是一种成功，但成功不一定就是成熟。长大也是有很多种的，最常见的是身体的增高、年龄的叠加；不容易看见的是视野的开阔、思想的复杂。几乎所有的年轻人都会渴望尽早地在各方面长大，步入成熟者之列，而不愿意被人指责"嘴上没毛，办事不牢"。

成熟与不成熟，可以通过处世的能力体现出来，成熟的人对待一件事情，一定会想得长远、想得全面。成熟的人行动之前，必然先要深思熟虑一番，甚至是殚精竭虑，一旦决定，就会迅速、果敢地出击。

成熟还体现在应变能力上，并且依靠这种能力攻克一个个坚固的堡垒。比如一个做销售的人，在和客户沟通时，必然要面对客户的冷漠、诘问、刁难等等，那么一个优秀的销售人员成熟之处在于，有足够的耐心和坚定的恒心，有自信的表情和热情的回应。关键是，当客户开始对你的产品有了兴趣，但基于风险考虑提出这样或那样的疑虑时，你能否在第一时间毫不犹豫地通过自己对产品和市场的理解，进行真诚的有说服力的解释，从而打消对方的顾虑。这也是为什么有的销售人员业绩斐然甚至被升为主管、经理，有的却总是业绩平平甚至黯然退场的差异所在。

成熟还是一种综合素质的具备，只在某一领域的业务上、技术上的精通还不能叫成熟，只能叫专业，叫业内人士。从这个意义上讲，成熟是一种对宏观的驾驭，对全局的考量，是不流于表面的智慧。辩证地看待成熟，成熟也有消极的一面。一些人因为成熟变得老谋深算，机心重重。还有一些人因为成熟自命清高，看破红尘。前者是一种入世，过于

世故，反而可能会应了"机关算尽，反误了卿卿性命"。所以在完善自身的同时应该尽量避免走刻意追求洒脱追求练达的极端。后者是一种出世，愤世嫉俗，带有悲剧和壮烈的色彩，这类人会有在气质上郁郁寡欢、在精神上沉重如铅、在生活中离群索居、在行动中举步维艰的尴尬境遇。美国心理学家戴埃在《你的误区》一书中说："人一旦失去了对生命的兴趣，就可能在精神上垮掉。"不能说这样的人不成熟，但至少是脱离了现实生活的根基，就像一棵树，你可以任由自己的风格成长，但必须得有土壤这个生存的前提。当然，真正成熟的人，体验挫折经受磨炼也是一种不可或缺的需要。

成熟，是一道极具诱惑力的风景线，是一轮炫目耀眼的美丽光环，我们都在期待它的垂青和眷顾。当一个人意识到自己还很不成熟时，已经开始在向成熟靠拢了。

没有绝对的成熟，一切事物都是相对而言；没有完美的成熟，一切美满都有缺失之处。

崇尚清高

"人太谨则无智，水至清则无鱼。"古人说的无智，无的是圆熟的智，这无鱼，无的是世俗的鱼。水太洁净了令鱼无法成活和人太清高后会被别人敬而远之是一个道理。但水至浊，未必不是泥沙俱下，鱼在浑浊不堪的水里，照样会面临生存的危机；但人不谨，未必就能如鱼得水，尤其在恶劣的人际环境下，在所交谈的对象，素质也好品质也罢都让自己感到失望，这时候保持并不由衷的和蔼、并不发自内心的微笑，就会成为一种沾染上平庸的负担。

很多时候，清高的同义词是清贫，是自信，是高尚，是孤独；清高的反义词是合群，是虚伪，是庸俗，是作贱。在一切都充满功利色彩和铜臭味的社会里，一个不刻意追求金钱的正直人士，向金钱妥协时，自尊心受到的伤害程度是巨大且惨痛的，当其无力独自承担生存时，也不得不冷静下来客观地面对现实。

不是所有的人都能迈进清高的大门。清高是一种力度，也是一种深度，在人们通常还没有达到清高所要求的高度时，往往会曲解清高的含义。一个真正懂得清高、崇尚清高的人，即使尚未达到清高的境界，也可以通过完善自我，抵达清高。当然，过度清高会流于傲慢，会盛气凌人，会离群索居，会滋生偏见和格格不入。

崇尚清高，不是崇尚世人皆醉我独醒、世人皆浊我独清。清高是文人的宿命，往往是清高阻拦了文人与外界的沟通和交往。清高的人多半认为自己比别人高，或多或少的高，所以不屑与人沟通。曾几何时，清高被当作知识分子一种独有的外在精神气质，是古今中外优秀文人的一大特色。他们人品纯洁高尚，不慕名利，不同流合污。清高之士崇尚的是宁静淡泊，他们觉得能甘于淡泊，心中自有无限快乐，一心做自己的学问，就会有几分真学识。

从古至今，都有因清高而清贫的人。孔子的得意门生颜回，德性高尚，谦逊好学而生活贫苦，"一箪食，一瓢饮，居陋巷，人不堪其忧"，

他也不改其乐。美国瓦登湖畔的诗人、散文家、哲学家梭罗，遗世独立两年两个月又两天，自己筑屋耕作，过着极为简朴的生活，写下了传世之作，他在《瓦尔登湖》一书中说："如果一个人和他的同伴步调不一致，那可能是他听到了另一种鼓点的节奏。让他随着他所听到的乐调走吧，别管它是真切合拍还是遥远低回。"美国另一位哲学家莫里斯在《开放的自我》一书中这样写道："人应当有较多的时期单独生活，应当有较多的时间让自己进行思考并且认识自己。"他们通过身体力行，实践着清高。

在需要清高的时候适度清高，有助于保持我们心理上的优势，是我们和一些道不同不相谋的人保持清晰距离的一种方式。这是对具有优势的人而言，那些不具有优势甚至还不懂得怎样才能具有心理上优势的人，最好还是远离清高，先从认识清高、崇尚清高做起吧！

难得清醒

人不能太清醒，也不能太不清醒。太清醒了容易消极，容易出世；太不清醒容易糊涂，容易专注。古人云"木秀于林，风必摧之；堆出于岸，流必湍之；行高于人，众必非之"，这是针对出类拔萃、宁折不弯、清醒过度、适得其反的人。很多自以为清醒的人，恰恰是身陷混沌之中。

郑板桥说"难得糊涂"是对习惯于清醒的已经有大智慧的人而言，是自命清高、本来就糊涂的人借以开脱自己的借口，聊以自慰，是消极的自我解嘲、自圆其说。这样的糊涂积压太多，已经不能说是难得了。

做任何事情都能拿得起放得下的人，举重若轻，堪称悟透人生的最高境界。有些"明白人"拿得起却放不下，做事明知不可为而为之，乃至身枯力竭仍在拼命。还有些人干大事糊里糊涂，但在小事上聪明，为蝇头小利而费尽心机，锱铢必较。如此说来，效法先贤采菊东篱，难得糊涂，方是人生之佳境。但表面上的糊涂不是真的糊涂，不过是将清醒隐藏而已。

郑板桥无疑是清醒的，而且聪明。聪明人要装出糊涂样，而且要装得煞有介事，也不容易。"难得糊涂"是人生的一种大智慧。当然这"糊涂"指的是大事不糊涂，小事则可以糊涂一点，忽略一点。这样的人生态度，即使从健康的角度也值得称赞。毕竟人生有太多的负担，小事糊涂，忽略不计，至少可以降低心理压力。否则，像诸葛亮这样的聪明人，也会因为"事无巨细，务必躬亲"，什么都不肯忽略，把自己的身体搞垮，54岁时便"星陨五丈原"了。

白天的懈怠和夜晚的梦境都是一种不清醒，在于是主动追求的和被动出现的。一旦适应了白天的浑浑噩噩、麻木不仁的生活态度，就会缺少激情，缺少斗志。这种心安理得、随遇而安的状况会一点一点蚕食曾经的敏锐和勤奋。夜晚中凡是睡着的人都避免不了做梦，身在梦中的人谁也不会怀疑梦中情节的真实，而且还会沿着梦境继续演绎下去，醒来

之后才知道这并非是生活的真实写照。尽管很多时候，人生如梦、梦如人生！

糊涂与清醒的区别，就像谬误与真理的关系，是唯物辩证法中既对立又统一的矛盾关系，二者在特定条件下可以相互转化，但更多的时候，是一对生死冤家，彼此极力排斥对方。崇尚"难得糊涂"者，并非都理解了郑板桥本意。作为一句哲理名言，郑氏用意在于劝导人们不必计较眼前蝇头小利，遇事要着眼长远。他所推崇的是一种处事美德，不是某些人所理解的"看破红尘"的处世哲学。换句话说，就是在逆境面前能应对自如，对成功与失败都能以平常心对待，达到人生的平衡。

在金钱至上、世风日下的物质为王的社会，如果有人还能不为享乐的诱惑所动摇，坚持和守卫自己的崇高信仰，可谓算是难得的清醒了。

快乐教育是一种心理营养

　　快乐教育作为一种方法，毋庸置疑、无可辩驳地证明了其行之有效和人性光辉。在如今的教育环境和体制下，快乐教育越来越受到急切望子成龙的家长青睐，已有聪明的家长摸索出自己的个性化教育模式，并走到了学校前头：一个姓范的 9 岁半女孩，在爸爸"快乐教育"的作用下，用 3 年半时间学完小学课程，连跳两级升入初中，并用半年时间写出 12 万字的作品《玩过小学》。一个叫南南的 15 岁的女孩，在 2002 年以 677 分的高分从北京八中少儿班考进清华大学，她妈妈著书《快乐女孩成长笔记》介绍了她的快乐教育法，那就是没有填鸭式的知识灌输，没有机械性的大量习题训练，更不用去上补习班。每年寒暑假，南南的父母从来不让南南补课，但是一定会带孩子去旅游或外地考察，张驰有度。

　　爱玩本来就是孩子的特性。南南从小就经常在家长的带领下到户外玩耍，而且每次都很尽兴。南南的妈妈一般不会让孩子玩电动玩具，而是玩那些可以自己动手动脑的玩具或游戏，并尽可能地陪她玩，在这个过程中进行互动式的交流。这些非常有利于孩子的启蒙。南南的妈妈发现，等孩子玩尽兴后回到家会变得特别静得下心，这时候再给她讲故事或是陪她看书，孩子会非常顺从。

　　缺少快乐教育，就会缺少主动学习的兴趣和动力。除了客观制约，每个人的主观能动性还没有全部开掘，还没有学会转化，还不具备把枯燥无味变得生动有趣的能力。义务教育也好，高等教育也好，继续教育也好，学习应该是伴随我们成长到老的忠实朋友，不但不能厌恶抛弃，还需要建立亲密无间的关系。如果不能换一种积极的思维，认识到让学习变成一种快乐的过程，那么陪伴我们一生的学习不仅是不快乐，还会是负担。

　　从心理学的角度看，快乐与刻苦是两个范畴，快乐与痛苦对立，刻苦与懒惰对立。快乐与痛苦是一种心理情感体验，而刻苦与懒惰是一种

心理意志体验、行为态度的反映。因此，快乐教育与刻苦学习是相一致的，引导学生以苦为乐。从哲学角度看，苦与乐是一个过程的不同阶段，快乐教育是就教育目标提出和实现而言，而刻苦学习是就教育的过程或目标的实现方式途径而言，两者是统一的。学生所付出的辛苦越多，目标实现时就会越快乐。

除了学习阶段需要采取快乐的方式，我们在生活的各个阶段和领域，都应该时时保持一颗快乐的心、感恩的心。当然，很多时候付出辛苦是必要的，现在的辛苦是为了以后的不苦。用两句大家都耳熟能详的前人的话共勉：书山有路勤为径，学海无涯苦作舟。还有两句大家烂熟的：宝剑锋从磨砺出，梅花香自苦寒来。还有两句大家不是很熟的：业精于勤荒于嬉，行成于思毁于随。

对知耻者而后勇能够大器晚成的人来说，没有经历过苦难磨砺的人生，不是能够芳香四溢的快乐人生。但是，即使必须经历苦难的磨砺，也要学会以快乐的态度和快乐的方法应对。何况，对于大多数人可能简单平凡的人生就更应该抓住快乐的琴弦，弹拨出属于自己的幸福乐章。要用这样的心态，影响自己、熏陶后人。

你是节水分子吗

某某分子这个词，在很多人尤其是很多人的小时候看来，总是贬义成分居多，比如反革命分子、反党分子、右派分子、捣乱分子等。即使像积极分子、考研分子、知识分子这样的褒义词，在包括我在内的很多人听起来也有揶揄的成分。某某分子这个中性词语在特定的年代特定的时期里，似乎一出生就被烙上了讽刺的印记。

不管什么印记，在水源告急的当下，本质上做一个节水分子是可以引以为荣的。因为没有一样东西比水对人类乃至地球上的万物更加重要。人有了水，即使没有食物也能坚持数日。对于地球，饮用水的匮乏远比其他东西的匮乏后果严重，导致的后果包括土地干旱、庄稼歉收、牲口死亡、饥荒蔓延、不洁水引发的疾病、迁徙、地区性冲突直到规模不等的战争。毫不危言耸听地说，下一场战争一定是为水而战。人口拥挤的亚洲，水资源安全问题已成为一个危险的火药桶，绝非盛世危言。要知道，为中国和印度提供淡水资源的青藏高原和喜马拉雅山脉的冰川的融化速度是世界平均水平的三倍，由于变暖加速，十几年后可能完全消失，某些河流会变成季节性的。

美国宇航局近年来探索地外文明的一个重要指标，就是发现其他星球上是否存在着能够流动的液态水。浩渺的宇宙，迄今为止也不过才一个地球适宜人类繁衍，适宜生物存活。我们人类的祖先正是因为地球有了海洋，才有了生命的最初形态和体征，并经过亿万年的基因变异，出现了形态各异、种类繁多的浩浩荡荡的海洋生物和陆地生物。而人类的祖先则从海洋动物、两栖动物、陆地动物、代替恐龙称霸地球的高级动物。这循序渐进的演变进程，如果其中任何一个进化的环节发生偏差，地球上的生物都不可能是现在这个样子。

对于没有节水意识的人，认为可以信手拈来的水并不是取之不尽、用之不竭的。尤其是人类赖以生存的未被污染的清洁淡水，早已成为稀缺资源，在全球很多城市出现告急。至少有四种属于最爱浪费水的人：

第一种是经济条件较好的人，第二种是经济条件一般却生性大手大脚的人，第三种是与经济条件无关但是有洁癖的人，第四种是不用交水费或者交固定水费的人。这四种人都会在经意和不经意间对浪费水习以为常、司空见惯。而第一种人对节水还有一个偏见，就是总会认为节水是一种用不起，是一种吝啬、小气。这是让节水人士接受不了的，明明是为了惠泽全人类，却被误解是为了一己之利。

节水分子每每去别人家里做客，如果发现其卫生间的马桶不是节水式设计就会不舒服；每每看到别人洗菜洗碗，不是直接拿到水龙头下冲洗，而是放在洗碗盆里用放进去的水洗，还能把用过的水倒出来再次循环利用，便会为自己又找到一个志同道合的节水分子感到由衷地欣慰。某节水分子更是把节水做到了极致，连自己家里两个卫生间都安装上男用小便池。这种节水行动也许另类，但节水意识值得效仿。

节水不仅仅是一种环保意识，还应该上升为国家意志，进入立法，成为国策，比如水利部对于重工业、宾馆饭店、洗染业和洗浴业等耗水大户是否有紧密的监测？对节水产业的勃兴和节水技术的广泛应用是否有政策的倾斜？总之，节水不是偶尔为之的事情，不是遥远的事情，不是别人的事情，不是少数人的事情。

为了子孙后代不会面临干涸的河道和无地下水可采，行动起来吧，做一个彻头彻尾的节水分子，做一个清澈透明的节水分子，做一个下意识的节水分子。一个下意识的节水分子，一定还是一个节电分子，乃至对所有的能源浪费都有着节约本能的节俭分子、环保分子，减少碳排放，少养或者不养动物，多养能吸收二氧化碳的植物，小到一盆花，一棵草，大到一片树林乃至森林，即使做不到无碳生活，至少能减少依赖，积极应对无碳挑战，从细微做起，比如，洗澡时调小水量，冬天时调低温度，睡觉前关掉电器，一个人的脏衣服手洗，一个人乘电梯改爬楼梯（如果不太高），一个人在家时不必打开很多的灯，一个人出行时尽量放弃开车。企业作为排碳大户，其经营者更是应该把一切可能燃烧和腐烂的东西降到最低，不得已为之，树立购买碳排放指标的现代意识。只有我为人人，人人才能为我。

治病不如防病

　　没有人愿意患病，也不是说患病不治，有病当然要治，而是要说如果预防得好，根本就不会患病。如果不能预防在先，即使没病也会有病，即使痊愈也会复发。患病很痛苦，治病往往也很痛苦，吃药也好，打针也好，手术也好，化疗也好，哪一样不痛苦？只是治病的痛苦是有盼头的，也有的病治起来是以为有盼头主观盲动。身体的行动取决于身体的健康，身体不强健，行动就会步履蹒跚。强健的身体取决于没有病，既没有大恙，也没有小疾。但很多时候患不患病不是以个人意志为转移的。任何一种疾病的出现都是一种负担、一种拖累，任何一种疾病的出现也都是有原因的、有先兆的，肯定是某个方面防范的不够，给病魔以可乘之机，积少成多、由轻变重。人体的免疫力大多取决于遗传基因，但环境的影响也不可小觑，如饮食、睡眠、气候、工作和情感的压力等，尤其是在写字楼工作的人群，由于室内外温度的差异，再加上城市环境的污染，更容易让免疫力下降，导致患病。除了遗传性的疾病之外，所有的常见和不常见的各类病症都是如此。

　　思维的活跃取决于意识的清醒，意识的清醒取决于没有严重的器质性精神疾病，也没有受外部境遇干扰导致的性格偏执。医学上通常把精神疾病大致分为器质性与功能性两大类，前者是指广义的器质性精神障碍，后者乃指目前的科学技术水平尚未能发现明显脑部形态结构学病损的疾患。随着科技水平的进展，诸如分子生物学与基因生物学的突破，所谓的功能性精神病范围在日渐缩小，最终有可能被自然淘汰。广义的器质性精神障碍包括明显的脑部解剖损害、全身性中毒和躯体疾患而影响脑生理功能所致的精神障碍。有脑部病变所致的精神障碍称为脑器质精神病，全身性中毒及躯体疾病导致的精神障碍俗称中毒性精神病和症状性精神病。当然，纯粹学术领域的探讨留给专家学者去做，我在这只是简单提及，在了解皮毛的基础上防患于未然。

　　古话说"亡羊补牢犹未晚，船到江心补漏迟"。身体和心理也是一

样，发现了及时就诊，没发现积极预防，否则没病就会变有病，慢性病就会变急性病，病重就会追着死亡，真的死亡倒是一身轻了，一了百了。但很少有人愿意主动追求死亡，即使安乐死也并不被多数国家的法律接受。为了减少自己未来可能的提前死亡，越早重视防病越能活得长久。想长寿的人，最好为自己准备两个长期的私人医生（有钱并认同者容易实现）：一个是能为身体疾病诊断的医生，一个是能为心理疾病诊断的医生。仅有医生还不够，还要化被动为主动，比如加强锻炼、养成良好生活习惯、定期做体检、经常做松体按摩等等，把可能的疾病苗头消灭在萌芽中，毕竟很多疾病早期发现早期治疗要比晚期发现晚期治疗更容易治好。这是针对身体的疾病，针对心理的疾病，则可以保持乐观心态、不大吵大嚷、不神经兮兮、不歇斯底里、定期和心理医生交流、避免接触让情绪受刺激的事情。

预防得病的办法有很多，有医生朋友告诉我，有六点是必须的：一是借助睡眠，因为睡眠好了能增加人体免疫力，免疫学家通过"自我睡眠"试验发现，良好的睡眠可使体内的两种淋巴细胞数量明显上升。而医学专家的研究表明，睡眠时人体会产生一种称为胞壁酸的睡眠因子，此因子促使白血球增多，巨噬细胞活跃，肝脏解毒功能增强，从而将侵入的细菌和病毒消灭。二是限制饮酒，每天饮低度白酒不要超过 100 毫升，黄酒不要超过 250 毫升，啤酒不要超过 1 瓶，因为酒精对人体的每一部分都会产生消极影响。即使喝葡萄酒可以降低胆固醇，也应该限制每天一杯，过量饮用会给血液与心脏等器官造成很大破坏。三是保持乐观情绪，乐观的态度可以维持人体于一个最佳的状态，尤其是在当今社会，人们面临的压力很大，巨大的心理压力会导致对人体免疫系统有抑制作用的荷尔蒙成分增多，所以容易受到感冒或其他疾病的侵袭。四是参加运动，除了周末，每天运动 30 到 45 分钟，持续 12 周后，免疫细胞数目会增加，抵抗力也相对增加，运动只要心跳加速即可，晚餐后散步就很适合。五是补充维生素，每天适当补充维生素和矿物质，因为身体抵抗外来侵害的武器，包括干扰素及各类免疫细胞的数量与活力都和维生素与矿物质有关。六是改善体内生态环境，研究表明，以肠道双歧杆菌、乳酸杆菌为代表的有益菌群具有免疫原性，能刺激负责人体免疫的淋巴细胞分裂繁殖，同时还能调动非特异性免疫系统，去"吃"掉包括病毒、细菌、衣原体等在内的各种可致病的外来微生物，产生多种抗

体，提高人体免疫能力。健康人不妨选择最顺其自然、最少副作用的食疗，比如多吃些新鲜萝卜、各种菇类、乳酸菌饮料、人参蜂王浆以及偶尔吃点灵芝等；而健康边缘人群可以服用微生态制剂来调节体内微生态平衡。

　　一种积极的人生，良好的心态和上佳的状态必不可少。总之，被动不如主动，治病不如防病，凝重不如放松，愁容不如笑容。此乃达观之境界。

小·的也是美的

十年前曾为所服务过的报纸经济时评栏目用这个标题写过言论，大意是肯定某企业家眼光独到，不做华而不实的大规模、大投资、大风险、大难度的产品，比如冰箱、洗衣机、空调、彩电、音响、家具、汽车、时装等大宗商品，而是细分市场后嗅到新的商机，专攻小而精的生活用品，比如打火机、剃须刀、电熨斗、吹风机、指甲刀、木梳，甚至是从大商品所用的配套产品上找到能做大规模的小东西，比如皮鞋里的鞋垫、衣服上的纽扣、大宗商品的包装物，等等。从商业的角度看，大众关注的目光小，船小好调头，商机自然大。

现在自己仍然喜欢为小正名。因为很多时候，我们可以拥有小，却无法拥有大。我们可以拥有小小的光束，却无法拥有巨大的太阳；我们可以拥有小小的蜗牛，却无法拥有庞然的大象；我们可以拥有小小的枫叶，却无法拥有尽染的枫林；我们可以拥抱小小的溪流，却无法驾驭翻卷的海浪；我们可以亲近小小的草坪，却无法揽尽无垠的草原；我们可以住进小小的房子，却无法奢望大大的宅院；我们可以拥有平凡的工作，却无法期待大笔的横财；我们可以拥有小小的普通，却无法拥有伟大的神圣……没有小，哪里有大？聚沙才能成塔，集腋才能成裘，积少才能成多，由小才能变大。每一座高楼都是一砖一瓦砌起来的，每一条公路都是一米一里修出来的，每一种进步都是一点一滴累积成的，每一种人生都是一分一秒过出来的。

喜欢为小正名的还有英国著名地缘政治学家杰弗里·帕克，他对"小"的关注是用一本书来体现的，《城邦：从古希腊到当代》一书就是要让人们认识小的美、小的好。因为城邦不是宏伟壮丽的帝国，也没人关注它的荣辱兴衰以及是否有雄才大略的君王。城邦最明显的地理特征是建制比较小。对于希腊人来说，小是美，任何东西都要适合于人的需要，城邦也不例外。正因为有了小小的城邦，才有了孕育大人物的土壤。希腊城邦在艺术、建筑、科学和哲学等诸多方面都登峰造极，涌现

出成为后世的光辉典范的才华与能力得到充分表达的城邦公民，像苏格拉底、柏拉图、亚里士多德、埃斯库罗斯、索福克勒斯、欧里庇得斯、希罗多德、欧几里德等至今脍炙人口，《伊里亚特》、《奥德赛》、《俄狄浦斯》、《美狄亚》有很多人耳熟能详。就是继承希腊城邦精神的亚历山大城也成了文明进步的引领者，而意大利的城邦威尼斯、佛罗伦萨正是文艺复兴的基地与摇篮，乔托、薄伽丘、但丁、彼得拉克、拉斐尔、列奥拉多·达·芬奇和米开朗基罗等文艺复兴大师与巨匠都是在那个时代，让艺术成为整个城邦事业的一部分。

也有大人物出现问题的。20世纪末，我应某出版社的朋友之邀为《第三帝国》(21本)写就的书评中提及了不是一般的大人物——希特勒。我文中说这是一场惊心动魄的超现实主义噩梦，我们万分庆幸地没有亲身经历，毕竟它从年代上和地理上都显得过于遥远。从"权力的中心"到"帝国的扩张"，从"狼群"到"噩梦沉沦"……每一本书都有从未发表过的照片和亲历者的回忆录，以及新解密的官方档案，从各个侧面记录了希特勒纳粹德国由崛起到覆灭的整个过程。这21本书不仅构成了一部完整的"第三帝国史"，还让人置身于那血雨腥风的黑暗年代：喧嚣狂热的柏林、遍地瓦砾的华沙、烈火燃烧的斯大林格勒、沙尘滚滚的北非、难以生存的集中营、犹太人的种族灭绝，历历在目、感同身受的同时让人不寒而栗、毛骨悚然。而这一切，都是当初一个叫阿道夫·希特勒的奥地利流浪汉一手造成的，并最终将德国推上了穷兵黩武的不归路。当希特勒从一战中的一个下士走上二战中权力的顶峰时，曾有政客嘲讽地说道："一只疯狗再次出笼了，但我们的桩子可以拴住它。"可事实上这只疯狗没被拴住不说，反而四处咬人，连当时的英法列强都被狠狠咬了一口，一度体无完肤、疮痍满目。第三帝国苦心经营了12年，丧钟以1945年4月30日希特勒在总理府坚固的地堡指挥部中绝望自杀为标志。驱使希特勒下决心"坚守岗位"的是瓦格纳的著名歌剧《众神的黄昏》，希特勒只想让顾问圈子里的戈培尔留下来与自己一道分享"辉煌的终曲"，不仅狂妄自大还异想天开的希特勒对其说："当我们离开这个舞台之际，地球将会为之震颤。"肯定是震颤了，但那是一种胜利之后、正义力量无比激动的欢呼雀跃，一种太长时间压抑、经历痛楚和煎熬之后的大爆发。种族灭绝和战争的噩梦以悲剧告终。希特勒及其追随者的事业虽然只经营了12年，却为自己在人类社会铸就了一座永远耸立的耻

辱柱，让世人明白无误，曾经有那么一小撮没有人性的家伙，是如此残忍。这样的大人物，在这可以套进"大的就是丑的"逻辑，不要也罢，不仅没有很多小人物的理想来得美，而且还要被钉在历史的耻辱柱上，遭到世人的唾骂和诅咒。

国家大剧院不可谓不大，但大的设计不能说败笔至少也是有瑕疵。比如从进门到进场太过于复杂，需要在不同地方上两三次楼梯，还要穿过加起来差不多有500米的走廊和大厅，临近入口还要根据座位号码选择上楼还是下楼。最要命的，剧场池座第一排的两边各六个坐椅，根本就是设计缺陷，坐在这个位置的观众无法看到舞台表演。演员和布景在进深处时，观众是一点都看不到的，演员靠近前面圆弧时，观众只能看到侧面或者背影，使得这里的观众要么时常引颈起身离座，要么干脆做一次盲人，由观众改为听众，观赏性大打折扣，这个位置的门票是400元。

还真不能一味地迷信大，毕竟大也是通过人来实现的。迷信大导致的恶果就是仿真盛行，造假泛滥。就我们平时家庭所用的桶装水而言，据有关部门统计，北京市场有一半都是假水、黑水，业内叫2号水，水店大都是使用郊区杂牌水厂利用简单过滤设备灌装的水，贴上诸如哇哈哈、乐百氏、农夫山泉、雀巢等假标，夜深人静时送货，这还算有点职业道德的，有的干脆就直接在水店里屋灌自来水，"毁"人不倦。不仅家庭，很多政府部门也浑然不知，办公室里摆放着的竟然是一块多钱成本的"名牌"桶装水。

小的也是美的，把小做到极致的，做到蜚声海外的典型当属靠小商品起家的浙江省义乌市，从各种神像到圣诞装饰品、吸尘器、剃须膏等你想象得到的任何小东西，每天来自全球各地的批发商数以万计，而在经济危机的大环境下，越来越受到青睐的小件正在以小规模但大数量的商贸活动呈现勃勃生机，没有哪个地方像义乌那样准确而充分地体现着中国的商业雄心。这种小规模大数量的商贸活动，或者叫微型贸易一直以来都是以义乌为圆心，辐射到巴西的夜市或也门的露天市场，以及中东的任何一个城市。作为全球最大的批发市场，义乌成为全世界小规模贸易联系的结点，数千人每天直接为各种肤色的数万地球人源源不断地提供着物美价廉的小东西，为"义乌指数"提供小商品流量的数据，反映出"中国制造"品牌的升级和尖端性。

　　小的也是美的，因为大在很多时候就是过犹不及、大而无当。例如成语中的大大咧咧、大动干戈、大发雷霆、大放厥词、大难临头、大逆不道、大权独揽、大煞风景、大惑不解、大吃一惊、大错特错、大打出手等，都是形容大的不好，有的还非常严重。

　　小的也是美的，因为小代表了一种满足，一种浓缩的精华，一种以退为进。例如成语中的小家碧玉、小康之家、小鸟依人、小巧玲珑、小器易盈、小试锋芒等，无不是在说小的好处，小的可爱。

　　小的也是美的，至少有美的一面，是一块经济实用的招牌。

慢的才是稳的

自然界的法则昭示一个哲理：新陈代谢和行动缓慢的动物，因为减少了能量的燃烧，寿命往往较长。行走的慢是一种安全的慢，比如动物界中的乌龟是慢的，蜗牛是慢的，老牛是慢的，大象是慢的，毕竟没有谁看到它们摔倒过；比如人类中的孩童是慢的，病人是慢的，老人是慢的，盲人是慢的，又有谁看到他们选择慢后惊慌过？发展的慢是一种稳健的慢，国家中的发达国家是慢的，慢的原因在于已经起点高，增长自然就慢；贫穷国家是慢的，慢的原因在于起点低甚或没有起点，不想有起点；发展中国家是慢的，慢的不是发展速度，而是配套的法制和民主。

2009 年某个骄阳似火、足以让人汗流浃背的夏日午后，我在日本某个城市的繁华街头路过，不由地被驻足引颈的密集人群吸引，站在停有一辆广播车的马路对面，和成百上千位可能同样爱好政治的日本人一起，聆听广播车上日本首相麻生太郎举着扩音器为日本国临近的选举慷慨激昂的演讲，这个有人在认真地讲、有人在认真地听的炎热场面让我叹为观止、感慨万千。我不懂日语，也不知道麻生讲演的内容，但我知道他一定是在鼓舞自民党的士气，尽量避免在日本中间偏左的民主党将麻生的自民党掀翻在地取而代之，以应对民主党四面楚歌，继而控制国家机器。时局险恶之下，麻生怎能不披挂上阵、占到前台为自己的支持者加油打气呢！经济发展固然重要，但政治发展必不可少，如果用科学的发展观辩证看问题，经济发展达到一定规模后必须要慢下来，等等其他滞后的领域跟上来。一个成熟的国家必然是一个民主先行的国家，一个伟大的国家必然是一个心胸宽阔的国家。做人做企业也是一样。

客观地讲，民主在中国还是取得了很大的进步，与半封建半殖民地和新民主主义的社会时期相比就更是，比如社会对言论自由的包容。也是在 2009 年夏天中的某天，新华社的《参考消息》转载《香港时报在线》标题为"性与中国的信用差距"一文中指出，《求是》杂志的姊妹刊物《小

康》杂志，其研究中心一次每年例行的网上调查显示，在 49 类社会群体中，最讲诚信的五个群体依次为：农民、宗教职业者、性工作者、军人和学生。成为新闻的是，宗教职业者和妓女首次进入最讲诚信的社会群体。抛开宗教职业者不说，性工作者成为最讲诚信的群体相当令人吃惊。在中国的文化中，妓女被认为恬不知耻，而且无情无义。《中国日报》发表评论称，在恬不知耻之风盛行之际，我们常为谁堪信任感到困惑。性工作者在这份诚信调查表上出人意料地位居前列，确实异乎寻常。深圳一名小生意人说，只从做生意的角度来看，妓女或许真的比其他职业的人更讲诚信。还是这个调查，诚信最差的 5 个群体是：房地产老板，秘书，经纪人，演艺明星，导演。很多人都知道个中缘由，很多行业也都有自己的潜规则，我就不点破了。局外人总是容易一知半解，甚至以偏概全。

慢的好处还体现在人口上，正是因为中国施行了少生、优生、慢生的计划生育政策，使中国的人口总数在 30 年后减少了 4 亿多，但是再早以前的快的恶果已经逐渐显现出来，老龄社会的到来已经为期不远。快的弊端还体现在收入差距扩大上，过于宽松的货币政策必然会贫富分化，何况过多的资金可能流向的不是实体经济而是金融中介，比如用于银行增发的信贷，只会浮增资产价格的剧烈泡沫和财富逆向再分配效应，而农业、制造业和服务业依然萎靡不振。低收入者所获得的财富远远小于高收入者所获得的财富，穷者愈穷，富者愈富。结构性问题会成为社会不稳定的导火索。

新闻是需要快的，文学是需要慢的，慢的新闻不是新闻而是旧闻，快的文学不是文学而是文艺。好的新闻要的就是急就章，满足新闻的 5 个 W 要素即可，就是"报料"，就是提供信息，而不是让读者进入文学审美。好的文学作品一定是经过反复修改、文火煨出来的，一定是经过精雕细琢反复打磨、经得起历史考验的。别的作家我不知道，反正我几乎是每重看一遍自己的作品都有小到个别字的润色、大到结构性调整的冲动，即使一天前的新章，即使十几年前的旧作。

没有慢，何谈快？没有慢，何谈远？功亏一篑、半途而废、欲速则不达、有勇无谋都是这个道理。因为过快的发展潜伏着危机，聪明的船长会担心遇到暗礁而选择慢一些，聪明的司机会担心车祸而选择慢一些，聪明的生意人会担心后续的资金和管理跟不上而选择慢一些。快鱼有快鱼的生存方式，慢鱼有慢鱼的生存理念，谁能最后脱颖而出，谁也说不准。慢不是停，快也不是刺激，甚至快还有可能是灾祸，一场突如其来的地震、海啸、洪水、火山爆发，都会造成万劫不复的毁灭。

人生就是一次时间的旅行，不取决于走马观花、马不停蹄地看了多少路上的风景，而取决于通过驻足和眺望风景，内心得到了怎样的收获，以及是否值得细细地回味和慢慢地咀嚼。

最坏的是没有爱

三、文化的贝壳

品味思想大师们的佳作，好像漫步在知识的庄园，一垄垄深刻隽永的文字作物，在山水之间显露出一片片绝美的风景，感动和震撼着我们贫瘠的内心。

大运河：一个被风化的地理名词

　　与万里长城并称为中国古代最伟大工程的京杭大运河，早已风光不再，对很多北方人而言，存在的只是听说中的传说。年代的逝去，萎缩了河床和枯竭了流水，昭示着其命运开始淡出人们视线，成为一道历史的风景。我在一次"运河文化遗产保护与可持续发展高峰论坛"上，以记者的身份见证了有关方面为了保护和挽救式微的京杭大运河所做的种种努力：将浓缩运河沿岸 17 个城市（北京、天津、沧州、德州、聊城、济宁、徐州、扬州、临清、宿迁、淮安、镇江、常州、无锡、苏州、嘉兴、杭州）人文风物精髓的微缩景观落成在 4.6 公里长的运河两岸，让17 座 18 平方米的巨型雕塑按照所代表城市在大运河沿岸分布，由北至南依次分布在 17 个亲水平台上，通过地景雕塑的形式记录当地最具代表性的人物、风景名胜和传说故事。

　　即使搞出再大的动静、再大的排场，若要恢复大运河明清鼎盛时期的物流辉煌也绝非易事。三四十年前，大运河在济宁以北就已经断流，只有河床依存，有的河段只剩下泄洪和充当污水沟的功能，甚至有的河道已经不通，无法使用。之所以有热热闹闹、轰轰烈烈的所谓的保护活动，更多的应该是有着切身利益的相关方面的包装炒作行为，毕竟从实用功能上，大运河的北段已经彻底退出了历史舞台，完成了昔日政权赋予的使命，运输的需要也早已被货运火车、货运汽车、货运飞机、到天津港的货运轮船取代。

　　风光已经成为过去，过去确实风光。大运河的往昔也是辉煌无比的，当初也是一项劳民伤财、耗资巨大的国家掌控的公共基建项目，但初始的目的却是皇帝外出旅游时的专用交通御道。如同提到万里长城就会想到秦始皇一样，人们谈及京杭大运河自然会联想起隋炀帝杨广，公元 605 年，这位历史上著名的暴君一声令下，数百万国民手起锄落，耗时六年贯通了这条供其南下游乐的运河，却也奠定了以洛阳为中心、北京和杭州为两端的运河轮廓，并渐渐负担起南粮北运的任务，即将南方

的粮食漕运到北方，鼎盛时期，粮船多达万余艘，兼负运盐、运货，现在则是反过来，主要是担负北煤南运，兼负建材的运送，仍是一条重要的运输干线。可以说，没有运河就没有大运河沿岸 2000 余座城镇，包括北京、天津、沧州、济宁、扬州、镇江、无锡、苏州、杭州等因运河而兴盛的名城。运河末端的杭州城，正是倚借通江达海的大运河，在唐朝时与广州、扬州并称中国三大通商口岸。南宋时期，江南"漕运"鼎盛，杭州人口突破 124 万，跻身世界十大城市行列。明清、民国时期，运河两岸官办粮仓集聚，获得"天下粮仓"的美誉。电视剧《胡雪岩》中对此有浓重的笔墨。

　　大运河如今已渐渐成为被风化的一个地理名词，基本上失去了物流的价值，对商人来说不具任何意义，对我个人倒有点意义，因为我的美丽的故乡在大运河的终点，我的生命的成长在大运河的起点，萌生顺着大运河回家看看的想法也就不足为奇了。"小时候，乡愁是一枚小小的邮票，母亲在这头，我在那头；长大后，乡愁是一张窄窄的船票，我在这头，新娘在那头；而现在，乡愁是一湾浅浅的海峡，我在这头，大陆在那头。"为了更符合个人心境，我"篡改"了台湾诗人余光中这首著名的《乡愁》："小时候，乡愁是一封按时拍来的电报，父亲在这头，奶奶在那头；长大后，乡愁是一通打不完的电话，乡情在这头，乡音在那头；而现在，乡愁是一条风蚀的古河道，思念在这头，美丽在那头。"

亲近玉石

亲密玉石，就是亲密一种文件，就是不仅让心灵亲密、还要身体亲密，让温热的玉石与渴望的身体，在中医穴位的指引下绻绻摩挲。中医学称"玉乃石之美者"，玉石已被证明是个好东西，中医也是个好东西，结合在一起就更是好东西，都属于中国古老文化的传承。但好东西知道的人少自然就失去了好的意义，堪比国宝一级的好东西毕竟也属于国粹精华，也需要弘扬光大。玉石的医疗保健作用不用我说，《本草纲目》中有详细记载：味甘性平无毒，具有除胃中热、喘急烦懑、滋毛发、滋养五脏、柔筋强骨、止渴、润心肺、肋声喉、安魂魄、益气、利血脉、除气癃、明耳目、活血块、疗妇人带下十二病，久服轻身长命等疗效。特种玉石具有清热解毒、润肤生肌、活血通络、明目醒脑之功效，像紫晶、石英、金刚石、红宝石、岫岩玉、绿宝石、蓝宝石、海蓝宝石、翡翠、琥珀、独玉（南阳玉）、玛瑙、绿松石、青金石、水晶、孔雀石等这些让人眼花缭乱的玉石，其中医功效也很了得，各放异彩。

我们日常用于装饰的玉佩、玉镯、玉簪、玉梳、玉链、玉带、玉枕、玉扳指、玉摆件等玉石，在一般人眼里只是一个和金银一样的装饰品，喜爱有加的人们更多地是用于佩戴和收藏，对于玉石能起到保健作用的功能却鲜为人知，比如玉石含有多种对人体有益的微量元素，这些元素散发的启动波和人体细胞的启动波是同一种波动状态，经常佩戴和使用玉器，或利用特制的玉石按摩球，通过反复摩擦和刺激人体的经络、穴位，激发和调动人体的抵抗功能，使人体细胞随着从玉石散发出的波动产生共鸣共振，细胞组织更具活力，并促进血液循环，增强新陈代谢，排除体内废物，提高免疫力。好处还不止这些，我深入研究后又有新发现，利用电热原理对玉石进行升温加热，加热后的玉石会放射出远红外线，具有脊椎矫正、热灸、推拿、指压、温热作用，对急需热量的人体来说好处多多。如果按摩师能将玉石和中医的特点善加运用，康体养生和医疗护理市场一定前景光明。

玉石不是普通的石头，不仅仅是因为外观好看，属于宝石一类，其内部结构的化学成分中含有多种对人体有益的微量元素，如锌、镁、铁、铜、铬、锰、钴等金属元素，锌可以治疗糖尿病，激活胰岛素，调节能量代谢；锰可以对抗自由基对人体造成的损伤，参与蛋白质、维生素的合成，防止老年痴呆症、骨质疏松、血管粥样硬化；硒是谷胱甘肽过氧化物酶的组成部分，能催化有毒的过氧化物还原为无害的羟基化合物，从而保护生物膜免受其害，起到抗衰老作用，还能解除有害重金属如镉、铅等对人体内的毒害。经常做玉石按摩，可使所含微量元素被人体皮肤吸收，改善人体微循环，活跃细胞组织并产生特殊的"光电效应"，聚集蓄能，形成相当于电子计算机中谐振器似的电磁场，与人体发生谐振，从而使人体各项生理机能运转得更加协调，达到防病健身的作用。某些玉石尚有白天吸光，晚上放光的奇妙的物理特性，当光点对准人体的某个穴位时，能舒经活络、疏通脏腑。

玉石对人体的保健作用早就被人类发现，我国古代无论是皇宫还是民间，用玉石医病非常常见，民间早有孕妇分娩时用双手握玉以镇痛助产的习俗。我国古代几位著名的高寿皇帝武则天、乾隆、康熙以及慈禧太后等都曾久用玉枕安眠，玉的镇静、安神、驻颜功效在慈禧太后的美容秘法中也是体现得淋漓尽致。医学解释是颜面皮肤受脑神经支配处于紧张状态时，用清凉的玉石按摩可以镇静神经，收缩毛孔，促进循环。从现代生物、物理、化学和医学等领域的分析研究表明：玉石本身是蓄气最充沛的物质。有诗云"玉在山而草木润，玉在河则河水清"，说明玉石不仅对人的养生有益无损，也滋润着大自然万物。

温润可爱的玉石，让我这个义务宣传员说得神奇无比、威力巨大，经营玉石生意的商家知道了一定会笑逐颜开的。

喝咖啡还是喝情调？

咖啡是舶来品，却是时下国内很多白领商务活动的最爱，但最爱的当属一个帝王，他生命垂危时可以为了喝到咖啡低三下四乞求，这个人就是拿破仑。听起来很怪，但确有其事，据说拿破仑胃癌晚期甚至到了弥留之际时，最渴望的就是美美地喝上一杯咖啡，苦苦地哀求了医生20次，但还是被一次次拒绝，因为严重的胃溃疡已经到了一滴咖啡都不能沾的地步。这景象让他的随从唏嘘不止："望着这个曾经拥有巨大权力的威严的人在乞求一匙咖啡，像个孩子一遍遍央求却没得到，却也一直没有发怒，我的眼中涌出了泪水……"我要是那个医生，肯定于心不忍，肯定给他喝了，晚死几分钟或几小时又有什么意义呢！当然，拿破仑爱喝咖啡，估计和他被流放5年多的英属圣赫勒拿岛盛产优质咖啡有关。因为拿破仑爱喝，圣赫勒拿咖啡一直成为咖啡经销商的厚爱和卖点，仿冒的也不少。

咖啡可能在人类的进化过程中还起到过推动作用，有学者推测，50万年前的人类祖先，脑容量突然增加了30％很可能是因为在埃塞俄比亚的大森林里转悠时，随手抓一把野生咖啡树叶当食物充饥，渐渐就发生了"神奇的变化"，就聪明成了智人。是否有演绎和杜撰的成分我不知道，但专家确实考证出，由于茶叶、咖啡和可可等软性饮料中含有对人的精神有轻度兴奋作用的生物碱，对人的大脑神经有轻度刺激和麻痹作用，而易成为人们的日常嗜好。这也许可以间接地佐证咖啡能促进思维敏捷。

咖啡在历史上一直都很流行。拿破仑把咖啡称作"智力饮料"，据说法国哲学家兼作家伏尔泰每天要喝72杯咖啡。一个时期的土耳其，如果丈夫不能为妻子提供咖啡，妻子可以和丈夫离婚。1735年，德国作曲家约翰·赛巴斯蒂昂·巴赫完成了他的《咖啡大合唱》，这支曲子歌颂了咖啡。除了咖啡本身的魅力，喝咖啡的环境也至关重要，甚至会超过咖啡本身的吸引力。很多人都有这样的情

结：向往经常来到某个能放松身心的休闲去处，咖啡馆或茶馆，不仅仅为了享受氤氲缥缈的咖啡香气，还希望能够品味一种闲适自在的生活，催醒人们内心深处某种快要消失的怀旧情感。当然，只要有大把的时间和大把的钞票，再加上一点浪漫主义的闲情逸致，别说坐上一整天了，就是坐上一整年也不会觉得枯燥，因为咖啡对喜爱它的人，可以成为一辈子的情人。

坊间流传着这样一个说法："小学生去麦当劳，中学生吃必胜客，大学生泡星巴克。"驱车北京街头，确实可以从窗外不时闪现的"STAR-BUCKS"墨绿色标志感受到全球咖啡店中的老大——星巴克的星罗棋布的存在。就像麦当劳、必胜客一直倡导售卖欢乐一样，星巴克把美式文化逐步分解成可以体验的东西，强调气氛的管理、个性化的店内设计、暖色的灯光、柔和的音乐。顾客可以随意谈笑，甚至挪动桌椅，任意组合。这样的体验成为星巴克营销风格的一部分。星巴克独特的"第三空间"经营理念，使这个以海妖为标志的公司拥有了如海妖般无法抵御的魅力。"第三空间的概念并非我们凭空而造，而是通过发掘顾客的需求，最终形成这样的一个想法。"时任星巴克中国华北区负责人的王先生曾在接受我的专访时如是说。

擅长开店的商家在选址上都会非常注重靠近目标商圈。咖啡厅不像酒店，或者其他娱乐场所，人们不会只为喝一杯咖啡而跑得很远，一般都是就近就便，店面一般选择在写字楼集中的商务区域、休闲娱乐场、繁华的商业区等地方。咖啡店大都爱模仿甚至突出美式风格，比如用暗红与橘黄的色调，加上各种柔和略带暖色的灯光，以及体现西方抽象派风格的一幅幅艺术作品，再摆放一些随手可取的时尚报纸杂志，点缀一些精美的欧式饰品，营造富有亲和力的温馨氛围。

在咖啡店，除了用嘴品尝咖啡，还能让耳朵品尝到一些爵士乐、美国乡村音乐以及钢琴曲，这些音乐正好迎合了那些时尚、新潮、追求前卫的白领阶层的需要。他们天天面临着强大的生存压力，十分需要精神安慰，这些音乐正好起到了这种作用，确确实实让人感受到在消费一种文化。无论钱多钱少，在幽雅的环境中一起喝一杯着重烘焙的咖啡，是都市人应该有的趣味。它是真正温馨而城市气氛十足的。

"如果我不在办公室，就在星巴克；如果我不在星巴克，就在去星巴克的路上。"不知从何时起，这句话俨然成了都市白领的流行语。在这个嘈杂、喧闹，各方面迅速现代化的年代，在都市的地铁沿线、闹市区、写字楼大堂、大商场或饭店的一隅，在人潮涌动的地方，在闹中取静的地方，总会有这样一些个可以让心灵小憩的喝咖啡的场所，静静地展开灿烂妩媚的笑颜。而你是不是接受诱惑，则要看你是不是向往，有没有闲暇向她"调情"了。

带着思考去阅读

　　我们为什么要阅读？回答这个问题的前提是我们热爱阅读，百般热爱，以至痴迷。这绝对不是大多数人，甚至少到狭义地理解为只是阅读所有书籍形式的文字的人。但是，我们如何享受自己阅读的权利？如何控制自己阅读的权力？我们宽宥的视线所及，不都是快意和欢愉，有太多进入我们眼帘的事物不是那么纯净和清澈，甚至会使目光变得混沌和迷茫。信仰非常重要，人生最可怕的是没有信仰，一旦信仰缺失，就会堕落成为物质的傀儡和金钱的奴隶。

　　阅读和读书是两个概念，广义上的阅读，我们只要睁开双眼，就开始了一天的阅读，从室内到室外，从熟人到生人，从美丽到丑陋，从生动到平淡。但这个过程中有多少是带着思考的？又有多少思考是正确的？比如我们阅读一场电影或者一场话剧，我们会形成自己的感官收获和价值判断，这完全取决于阅读的视角和阅读主人的文化积淀。狭义上的阅读是只和文字有关的，包括让文字借助一切形式的载体，包括一切浅薄的和深刻的阅读。相对而言，大部分的书籍和一些人文杂志总是有那么一点深刻在里边的。

　　很多年前，我采访卖过书名为《爱之沧桑》诗集的万盛书屋老板刘苏里，作为饱读诗书的学者，他很容易说出闪光的话："我们离真正的解放还差很远，对书籍的阅读是一条通向解放的途径。"是的，解放是需要好书来帮助实现的。什么叫好书呢？每个阅读者的标准不同，但阅读之后心情特别舒畅甚至引发创作灵感的肯定算一种。

　　就像写作，时间久了总会从量变到质变，总会诞生一些奇思妙想，萦绕于脑海之间。阅读也是一件很安静也很个人的事情，孤独的人应该喜欢阅读，忧郁的人也是。能够沉下心来有选择地阅读一些有意义的文章，它们就存在于把书页翻过来翻过去的过程中间。这个过程会带给我们饱满而高昂的喜悦。

　　我坚信阅读的意义，它总是能把我们与另一些人区别开来，过滤分

层，变成不一样的人生。即使是成功的企业家，也罕有不阅读的习惯，亚洲四小龙之一的韩国，为什么经济增长迅速？其中一个很大的原因就是企业家爱阅读，研究机构针对该国 1253 名公司 CEO 和董事会成员的调查证实了这一点，被调查的企业高管每月都要阅读一二本书，目的大多是获取人生智慧，其次是抓住时代的脉搏和寻找经营理念。可见，读书可以明志可以"明目"、明心，这在任何国度、任何人群里都是不争的事实。

阅读归根结底，不是阅读什么，而是在什么都可以阅读、不得不阅读下，带着思考去阅读，从肤浅的表面后面洞察深刻的本质。如果还能从中体会到快乐，就是真正由衷的快乐，价值连城的快乐。但这种快乐并不是给每个人准备的，少数人认识到了真谛，会经常索取，多数人无暇顾及或者无意顾及，只得境由心造了。

不是大众生活必需品的专注、自觉、深入的阅读，永远都不会成为一个大众事件，也不应该成为大众事件。

在文字中行走

　　没有一个人看得见这种行走，这样的行走远离众人、独处一室、枯坐桌前、神飞意驰。但每一个人都有能力有机会看见这种行走，当一些表达思想的文字宛如天边的七彩虹霓，让驻足凝视的人为之一振的时候。这需要行走的人，行走得好看、行走得飘逸、行走得认真、行走得会意。

　　在文字中行走，必然要经历一场智慧雨的浇淋，诗意盎然的文字才会变幻成绚丽夺目的彩虹，给人带来仰视的美感和愉悦。文字的魅力给忠实于写作的人带来无限的遐思想象，正如波德莱尔所说："在字和词中有某种神圣的东西，我们不能率意为之。巧妙地运用一种语言，就是施行某种富有启发性的巫术。"

　　在文字中行走，需要精心呵护行走的部位，那是对许多仍然不习惯和键盘亲密接触的人已然磨起硬茧的手指，也是一旦行走起来就会矫健如飞、精神抖擞的手指，是有时也因行走太久而略显麻木和酸疼的甚至被腱鞘炎光顾的手指，是不分季节更替都辛勤耕耘并指望能结出果实的手指。

　　在文字中行走，有可能举目眺望时看不到飘逸的风筝和蠕动的云彩，有可能环顾四周看不到同行者的足迹和支持者的鼓舞，但是想想萨特说的"写作就意味着拒绝生活"，或者想想史蒂文森说的"写作就是以死亡的方式去生活"，往往就会释然。在文字中行走就是一种生活，一种真正属于在文字中行走的主人的生活。因为不仅在这个过程中，使文字得到了新生，也使语言充满了活力。而"创造语言就是创造一种生活。"这是维特根斯坦说的。

　　在文字中行走，这样的人有资格有力量拔除道路两边一束叫浅薄、一束叫浮躁的杂草，它们会挡住前进的步伐，阻碍道路的畅通。卢梭说得好："任何刚劲的东西，任何伟大的东西，都不会从一支唯利是图的笔下产生出来。需求和贪欲也许会使我写得快点，却不能使我写得好

些。"为了自己也能写得好些，我宁可慢点写、少点写，写不出来就不写，一慢二看三通过，思索通过再创作。

在文字中行走，有的人会觉得孤独寂寞；有的人会觉得热闹非凡；有的人受好奇心驱使走得漫不经心；有的人心有余而力不足不能善始善终；有的人走着走着发现了其中的艰辛、艰难、艰苦，觉得还是当副业为好；有的人走着走着就走成了职业，走成了文学界或者影视界炙手可热的作家和编剧。

在文字中行走，作为普通的庞大的写作人群的一员，每每深入浅出、忘我投入，就会感到时间像一道绳索，套在日渐僵硬的脖颈上，一点一点收紧。这样的紧迫感和危机感，让我担心灵感的枯竭、智慧的逃逸、状态的不复和身体的疾患。这对任何一个有限的生命个体而言，是迟早要发生的。

品味大师

　　品味大师，不是品味一种食品。品味大师，就是品味一种食品，还是一种名贵的补品。

　　品味大师，是和大师之间一种幸运的交谈，这样的交谈又是一种疼痛、一种裸露。我的灵魂因为这样的交谈而衣不蔽体、羞愧难当；这样的交谈又是一种快感、一种通达，我的意识因为这样的交谈才懂得穿什么样的衣服不失体面，还能保暖。这种渐次性的交流使我认定大师就是18世纪英国自然主义哲学家休谟所说的那种"人类中比较优秀的一部分人"。休谟还说这部分人不满足于只过一种单纯的动物式生活，而致力于心灵的种种活动。同一时代的德国诗人海涅在《还乡曲》一诗中写道："我的心完全和海一样/有潮汐也有风雨/并且在它的深处/蕴藏着许多明珠。"可以认定这部分人就是通过心灵的种种活动，使自己最终成为在心的深处蕴藏着许多明珠的大师。

　　当我们如饥似渴、如获至宝地翻阅一部部闪烁着大师思想火花的好书时，这种品味会令心灵的房间为之一亮，令每个周而复始的白天里的太阳和夜晚里的灯盏失去意义。看上去充足的光线，照射不到我们的内心，更无法消除内心深处隐藏的一些黑暗死角，而大师们的作品不然，那种光芒四射的明亮效果不仅能进入眼帘，也能照进心渠。法国现实主义雕刻家罗丹在《艺术论》一书中说："我们在人体中崇仰的不是美丽的外表的形，而是那好像使人体透明发亮的内在光芒。"我相信罗丹之于女人和我之于大师，在产生内在光芒这一结论上是一致的。这种独特的魅力还形成着纵横交错、四通八达的道路，带领我们的心奔向远方。

　　通过对大师作品的热爱，仿佛还能领略到大师人格的熠熠光辉和心灵的重重高贵，以及大师们具有穿透力的文字锐感。大师不仅永远存在，而且他们中的绝大部分天赋甚高。当然，天赋高低并不一定是成为大师的先决条件，天赋高，好比是优质的建材或肥沃的土壤，至于能否盖出美观实用的房子或长出丰收饱满的作物，还要看人为建造的过程和

人为呵护的过程。

如果作为一个人后天的努力方向正确，付出的辛劳超出常人数倍，还能耐得住清贫、寂寞和社会的麻木，即使天赋不高，同样会浮出水面、脱颖而出的。因为休谟还说过："学者从事比较高级和困难的心智活动，需要许多闲暇时间来从事单纯的个人思考，要是没有长期的准备和严格的劳作，就不能完成这种工作。"

我恍惚间穿过时光隧道，看见一位老人在书屋里这样教诲年轻人："那些从父辈（先人）继承而来的东西，你必须首先通过自己去赢得它，如果你想真正占有它的话。"说这话的老人是当时在德国身居高位的歌德，那时他的身体虽然老矣，但犀利的智慧依然朝气蓬勃。

品味不是把玩，品味大师能让我们提升品位，那就尽可能多地品味好了。19世纪英国浪漫主义诗人布莱克说"时代是相等的，但天才永远在时代之上"。20世纪美国未来学家约翰·奈斯比特在《大趋势》一书中写道："我们生活在一个夹缝时代，这个夹缝时代正是一个充满变化与疑问的时代。我们对前面的路途要有一个清楚的感觉，一个清楚的概念，一个清楚的远见。"具体到我们是否意味着：更多地去品味带有天才痕迹的大师们富饶的营养，最终使我们的思考，也在时代之上呢！

静谧的夜倾心读物

没有一个时代像现在这样急功近利，看看街头巷尾越开越多的肯德基、麦当劳、永和豆浆甚至杭州小笼包、成都小吃店就知道，这是一个快餐的时代；看看屈指可数越来越少的能够滋养心灵却效益下降的书店、好卖的是琳琅满目的浅显报纸和花花绿绿的华丽期刊就知道，这是一个速读的时代。但是，总有少数意义上的深邃男人具有精神上的洁癖，总有相反范畴的浅薄女人会毁坏这样一种仰望。总有一些人钟爱阅读，钟爱那种需要静下心来的厚重的阅读，让优秀的读物萌发内心的欣喜之情；总有一些人相反，让单调起来的日常生活接近蝇营狗苟，饱食终日、不思进取。

远离白天的尘土飞扬和摩肩接踵，于文静的内敛的深沉的低调的夜晚中，亲近书籍是文人们多年来养成的习惯。对于很多爱书人，每当喧闹的嚣张的耀眼的裸露的白天，一点一点地被翩跹而至的夜晚覆盖之后，一本本思想内涵丰富的好书就成为一面面迎风飞舞的旗帜，成为一双双明亮深邃的眼睛。而爱书人充满渴求的身心常常接受着这样一些旌旗的指引和这样一些慧眼的注视。

在学生时代进入校园的读书，往往是不自觉、被动的读书行为，这几乎是每个人一生中必经的驿站；在非学生时代不进入校园的读书，往往是自觉、主动的读书行为，这几乎是一些人终生的跋涉。一次耐心的读书活动，总会产生精神的亢奋。20 世纪的法国女作家乔治·桑说得好："一本书总是一个朋友，一个劝告，一个雄辩而平静的安慰者。"

在夜晚属于自己的空间里品味读书的乐趣，尤其是品味思想大师们的佳作，好像漫步在知识的庄园，一垄垄深刻隽永的文字作物，在山水之间显露出一片片绝美的风景，感动和震撼着我们贫瘠的内心。谦卑的人走着走着就会看到一些高大的身影在附近晃动，同是 20 世纪的德语作家卡夫卡在他的文学书简中说："一本书必须是一把能劈开我们心中冰封的大海的斧子。如果读一本书，它不能在我们的脑门上击一猛掌，

使我们惊醒，那我们为什么要读它呢？"

　　读书还需要体现在持之以恒、全力以赴、坚忍不拔、默默无闻的行动上。书山有路勤为径，学海无涯苦作舟。这句古语知道的人多，践行的人少。我们为什么要读书？除了中国的古语，外国人说得同样好，2007年去世的美国作家西德尼曾说："把我们的灵魂尽可能地引向更高的完美的境界，因为我们堕落的灵魂在黏土般的环境中日益腐化。"这至少部分地说明了我们渴望读书的原因。

　　徜徉在大片大片未知的浩瀚的水域，撷取一簇簇优美的浪花，装修思想的卧室。在知识的海洋里游弋，浑身上下会乐不可支，肌肤在知识的浸泡下光滑如鲜，显露出青春和健康的本色。上岸之后，被武装起来的头脑，会迎刃而解生活中那些棘手的问题。而夜晚的时候读书，一切外界的干扰遁隐无形，四周散发着静谧的书香，带我们进入忘我的境界。当然，头昏脑涨之际，不妨小憩一下，走出户外，望一望高空悬挂的月亮，体会一下周围冷风的追逐，这时候，我们的身体可能会被寒意侵袭，但我们的心灵不会感觉到冷。

　　在一定的时间里，面对无穷的未知领域，必须培养全方位的饥饿感，以备具有良好的求知的胃口，从所需要的精神食粮中，如饥似渴地获得喷香诱人的满足。必须定期读到一些能令人拍案叫绝的文章，以便让供求关系市场平衡，为灵感提供源源不断的原料，用于开发新的作品。真理喜欢垂青"挨饿"的人。

　　夜晚的时候倾心读物，需要较高的文化素养和品位，需要抛开许多物质的欲念，所倾心的读物才会很乐意地被喜欢的人阅读。而喜欢阅读的人，在阅读的过程中，有机会使自己的一部分成绩，成为别人笔下的人物，或者自己档案里的读物。

话剧未必都高雅

很多人都把观看话剧视为一种高雅的享受，虽然这种高雅没有芭蕾舞或者交响乐来得恰如其分，但精彩的对白、投入的表情还是让爱看者的感官受到了近距离的感染。原来话剧才是可以真正雅俗共赏的。后来发现流行的事物无一例外地被世俗的风猛烈吹着，话剧也是深受其害。经济大潮的风起云涌，使话剧正在淡出或从来没有进入过很多人的生活，更不用说养成定期掏钱买票观看的习惯了。即使有此习惯的人也可能很少复习，这归结于话剧自身的不景气和自己时间上的不争气。话剧业整体萧条，原因还在于无法像后来的电影和电视剧，几乎可以无成本地进行重放重播。一部话剧上演一次，演员就要真演一次，即使同一部话剧，演多少次，演员就要陪着多少次，人工成本巨大，如果是到各地巡回演出，开支更是巨大。而观众的时间也是越来越金贵，口味也是越来越媚俗，动辄数百元的话剧票价跟常年三四十元半价的电影票价比起来还是"高高在上"，最终导致了高雅的话剧少之又少着、微乎其微着。

近年来流行的小剧场话剧，顾名思义，无论从情节长短、演员阵容、剧场规模都与传统话剧不同，是近年来"调转风向"颇为明显的一种舞台表演形式。小剧场话剧作为一种最时髦的新戏剧剧种近来有燎原之势，从北京到上海，再到哈尔滨，都是一派欣欣向荣的景象，其中一个原因是六七十元的低票价使大多数人都能承受，另一个原因是有意识地贴近了大众，而不是小众。但有一个动向似乎在悄悄蔓延，与目前国内多部较能引起观众共鸣的小剧场话剧一样，几乎所有的题材都离不开男女关系，这在立意上明显有媚俗的倾向，看看这些篇目就心知肚明：《恋爱的犀牛》、《关于爱情归宿的最新观念》、《性情男女》、《请让我来做你的情人》、《跟我的前妻谈恋爱》、《自我感觉良好》、《有多少爱可以胡来》、《危险关系》、《夜·游戏》、《镜子·女人》，还有某位年轻导演一个人就导出的《大于等于情人》、《恋人》、《人模狗样》、《初恋50次》，各式各样的爱、颓废和搞笑是屡试不爽的主题。好像只有扯上男女关系，把感情甚至性的方面弄得问题百出、冲突不断，才会吸引观众的眼球。

试验话剧《琥珀》中的两段经典台词颇具代表性："在消费时代没有好名和恶名，只有名声。"、"生命就是一个游戏。我只做爱，不恋爱；只花钱，不存钱；只租房，不买房。因为我不愿面对这个世界，我要跟它保持距离，我要像一个熟练的老手那样掌握世界，在它面前保持无动于衷，不失理智，无论生活在我面前搞什么花样。"对于由高级白领组成的非职业组在大雅之堂表演的翻来覆去炒男女关系、立意没有什么美学意义可言的小剧场话剧，总让人觉得是主办方在利用具有玩票性质的热心参与者对舞台的任意把玩。随随便便就会缺少敬畏感。当然，在30岁左右的人群中，注定会有一批拥趸者，喜爱这类一会儿哭泣一会儿叫喊、一会儿疯狂一会儿伤感的试验话剧，因为他们所演绎的舞台上的性情男女，就是他们周围生活的一部分，但立意的媚俗使它的魅力大打了折扣。

过于随意还体现在缺乏经验的年轻导演在编排上的败笔。不久前我在东单某剧场观看一场职场题材的小剧场话剧，由于准备不充分，开场互动环节搞得非常蹩脚，一位通过观众击鼓传花选出的相貌平平的体重属于重量级的女性，被主持人要求对自己的爱人或男朋友现场表达心声，这位女性表示没有男朋友，现场尴尬，最后改为向同来的女性好友表达。结尾时，年轻的女导演上台为接下来几个月的演出广告足足诉说了10分钟，大倒观众胃口。中国现代戏剧大师曹禺说过，写戏、演戏，首先要考虑观众。著名戏剧大师斯坦尼斯拉夫斯基在他的代表作《我的艺术生活》中这样告诫演员："必须使演员的精神修养和技术急速地追上前去，提高到他的形体修养现在已达到的那种高度。只是到那时候，新的形式才会获得必要的内部根据和证实，而没有这些，外表上的东西将仍然是毫无生气的，将会丧失生存的权利。"经验缺乏的年轻导演们，无疑应该挖掘厚重题材，未必题材厚重就是沉重，就是无人问津。

如果是小剧场演的、不知名导演排的话剧，出现瑕疵还情有可原，但国家大剧院里上演的世界名著让观众倒胃口就不应该了，话剧《简·爱》中，演男主人公罗彻斯特的演员，把傲慢无礼这个词语演绎得惟妙惟肖，甚至过了度，既不高雅也不优雅，因为他和演女主人公简·爱的演员演对手戏时，几次旁若无人地吸着雪茄，任凭烟雾由小变大、由少变多，从舞台上空一直飘荡到观众席，难闻的烟草味道使得许多观众不自禁地咳嗽起来，这让人怀疑究竟这是演员的特权完全可以强加给观众呢？还是出于剧情的需要，必须真实地终于原著？如果是前者，观众作为花钱买票的消费者，是否更有理由大吸特吸呢！如果是后者，扮演罗彻斯特的演员是否剧尾时应该真正失明变成盲人呢？原著中描写简·爱和罗彻斯特最终还是结合了，并育有一子，是否也应该把两个人做爱的细节在舞台上原汁原味地重现呢？出现问题的还有台词，简·爱在和牧师的对白中说出的"近一个多月来……"是明显病句，究竟是不到一个月还是超过了一个月？我不知道，我只知道在这句话的语境里，"近"和"多"不该同时出现，如果意思是想表达不到一个月，"多"就是多余的了；如果意思是想表达超过一个月，"近"就不该靠近。可能是编剧马虎了，不一定是文字功底的问题。

对于话剧，喜欢演也好，喜欢看也罢，都没有问题，问题是演什么样的话剧，给什么样的人看？当这个时代已经陷入愈演愈烈的文化消费主义大潮中，寄厚望于纯粹的艺术家为纯粹的艺术理想身体力行，也是不现实的。在市场与理想之间，在坚守与放弃之间，在高雅与伪高雅之间，在流行与不流行之间，究竟该怎样抉择？对于牵涉其中的人们，可能取决于太多复杂的因素。

最坏的是没有爱

假字真来真字假

对于事物的真相，一般有两种误读方式：一个是源于基础设施没有建好而导致判断力的缺失，比如学生时代没有合格地度过造就很多准文盲、次文盲，认字尤其是发音的水平太差；一个是思想上没有给予真正的重视，做事情的专注度不够。电视台一度热播的电视剧《潜伏》，初放时就有人在昏暗的光线下乍一看居然将片名念成了《惨状》。是有点惨状，因为又有纠正的人把本应读"前"音的"潜"念成"浅"音。

没看清楚情有可原，看清楚了还念错就并非偶然了。一个人汉语水平的高低，至少取决于三种因素的缺乏：一是自以为认识，读对了，其实字和音都是错的，念成声音接近的字；二是字和音没错，但声错，或字没错，但音和声错（分四种情况，下面谈及）；三是语法不准确。语法问题比较繁杂，本文不涉及，而汉字的标准读音相对还是容易判定的，这不仅有多音字本身在影响，还有广袤的地域方言差距形成。

汉语水平的高低，通过说话和写字便知，而公众场所的错别字和播音员以及权威人士发言的读错音，对于正在学习的学生就是误人子弟，就需要有热心人站出来纠错，毕竟在读者和观众眼中，他们就是老师，可谓金口玉言，百口莫辩。根据自己多年来的编辑文字的经验及刻意收集和整理，也充当一把热心人，给上学时没好好学语文的人恶补一下。还一个理由是，自己所接触的旁人总是频频读错，不是这个错就是那个错，按下葫芦起来瓢，一来二去的，搞得自己对正确的也有所怀疑，只好为了重新确认，用功研习一番。纠错主要有两类，一类是纠正那些完全读错的字，一类是纠正那些多音字读音混淆的字。只要进行阅读，就会遇到多音字。《新华字典》中所列多音字有 600 多个，个别字的读音有五个之多，"和"字就有 hé、hè、hú、huó、huò 五个音，读错在所难免。

语文学得很好的人，或者对读字自学得很好的人可以不用浪费时间继续往下看了，因为下面的内容都是针对读字没把握的人，有问题的

人。事实上即使像我当过语文课代表者也不能保证所向披靡、攻无不克。针对发音错误，我按照前面说的三种因素的前两种，试着找出一些生活中常见常用常错的字，有的顺手编成了顺口溜。第一种，同一字因地域方言或文字水平的原因念成似是而非或搭错车的音，例如：堵塞的塞，南方人爱念成腮腺的腮；冲撞的撞，东北人爱念成创造的创；粗犷的犷，很多人爱念成广大的广；酝酿的酿，很多人爱念成叫嚷的嚷；系紧的系，被念成联系的系；麻痹的痹，被念成开辟的辟；殷红的殷，被念成殷切的殷；干涸的涸，被念成干枯的枯；龟裂的龟，被念成乌龟的龟；给予的给，被念成给你的给；曲折的曲，被念成曲艺的曲；教诲的诲，念成后悔的悔。如果有人念出来不以为错，不知道错在哪里，还是劳驾查查字典或辞海，会记得更加牢固。

第二种，字同音不同的多音字。又分为四种：

一、习惯性读错声的多声字。例如，浙江的"浙"被念成"这"，横财的"横"被念成"恒"，号召的"召"被屈打成"招"，倾向的倾没有被邀"请"。还有：分析的析不该析出"细"；气氛的氛一定要得"分"；着手的"着"别"着火"；标识的"识"不念识别的识；铂金的"铂"变不了"白金"；质量的"质"不念纸张的纸；游说的"说"说出来就是错；附和的"和"可不能"和气"；宿舍的"舍"千万"舍"不得；湖泊的"泊"不要再"停泊"。违背的违别"委"身，胞妹的胞别去"抛"，哺育的哺不念辅，披挂的披不能"呸"。此外还有：坊间的坊，容易念成作坊的坊；遂愿和未遂的遂，容易念成半身不遂和毛遂自荐的遂；强硬不屈、勉强、强辩、强迫的强，容易念成强大的强；炮制的炮，容易念成大炮的炮；重创和创伤的创，容易念成创作和创造的创；兴奋的兴，容易念成兴致的兴；症结的症，容易念成症候的症。由此可见，多音字中的多声字比不多声的多音字更难以识别，稍不留神就会出错。

二、不分书面音和口语音。很多人把书面音读成了口语音，例如：将血压的"血""流到"吐血的血，将核心的"核""吐成"果核的核，将寻找的"寻""寻到"寻思的寻，将降落的"落""落向"落枕的落，将提高的"提""提到"提防的提，将翘首的"翘""翘"到了翘尾巴，将亲密的"亲""亲成了"亲家爹。

三、不会区分或组合单字音和组词音。例如：把削皮的削念成削除的削，把薄薄的薄念成单薄的薄，把逮到的逮念成逮捕的逮，把糊涂的涂念成风度的度；把将袖子和将榆钱儿的将，念成将胡须和将麻绳的将；把绿林和绿水青山的绿，念成绿地和绿色的绿……这一类的多音字数量不多，却使用频率很高，读错率也高，不太容易从字义上辨别。

四、容易念错的多音字。例如：颤栗和打颤的颤，念成颤动和颤抖的颤；果脯的脯，念成浦东的浦；禅让和封禅的禅，念成禅师和禅机的禅；称心和对称的称，念成称呼和称道的称；乳臭和铜臭的臭，念成臭味和臭氧的臭；此外还有露脸的露、厌恶的恶、恐吓的吓……都容易念成另一个音的多音字。

以上举了一些常见的典型的误读案例，实际运用中还有很多，如习惯性容易读错的还有塑料的塑、摆弄的弄、天津的津、安抚的抚等，都属于特别容易在口语中读错的。多音字经过组词后读音错误几乎随处可见，如台湾作家柏杨的柏不念"伯"，黄柏的柏不念"百"；用在地名的泌阳中的泌不念"密"；用在丧家、丧钟中的丧不念四声；用在模具、模样中的模不念"磨"；用在拓荒、拓宽的拓不念拓片、拓本的拓；用在否极泰来中的否不念否定的否；虚与委蛇的蛇不念蟒蛇的蛇；以及应该念二声的符合的符，应该念三声的尽快、尽量的尽，应该念三声的处置、处理的处。还有本来是单音字，人为被赋予多音的字，如应该念四声的恰当、当真、当天、当做的当，档次、档案的档，室内、教室的室；应该念一声的皮肤的肤，不应该念二声的享福、享受的享，不应该念三声的油脂、胭脂、脂肪的脂，不应该念三声的较量、比较、计较的较……有很多字和不同的字组成新的词后，都会导致发音上改头换面的机会多多，限于篇幅不再一一详举。

说来汗颜，这些真真假假的字，我在形成本文之前也并非全都读对，也是在认真地学习中认识提高的，有好几个字经过对照后发现原来一直都在读错。从认识字的多少、发音的准确与否，可以看出一个人文化水平的高低，以上所举例子，能一个都不念错的人非常非常值得祝贺，可以算是识字领域的高级文化人了；读错三五个、七八个字的，属于稀松平常，也可进入普通文化人的行列；读错的字超过半数的，又比较在意读错的，真的需要好好复习、回炉加温了。

说话不像写字，错了可以改，说出去的话像泼出去的水，收不回来，如果需要大庭广众下经常说话，四处说话，覆盖面扩大，比如播音员或主持人，说错话就更难堪了。能知道拿不准的可以查字典、词典或辞海，怕的是在知道的人面前说错了自己还不知道，成为笑柄，很没面子。而知道正确读音的人遇到这样的情形，就像吃了一只苍蝇。

认字并正确地发音，本属于小学语文基本功的范畴，但有的人就是忽略它，轻视它，没练好，练不好。话说回来，中国的汉字确实博大精深，要想一字不落地全部念正确也不容易，就像这一字不落的落，还是会有人读成降落的落。

我们总是经常和熟悉的朋友联系，而很少主动联系交情不深的朋友。那些陌生的或者不敢确定的字，就像一个个陌生的或貌似熟悉的朋友，越疏于联系，就越不再联系了，偶尔相遇，就会以为似曾相识、貌似认识呢！于是让听到的人贻笑大方。而听到的人却不一定有勇气有机会指出来。

最坏的是没有爱

东亚国家为何不唯汉字马首是瞻
——解读汉字文化圈的兴衰

亚洲在 20 世纪 50 年代以后崛起了两个资本主义国家：进入富裕国家行列的韩国和进入发达国家行列的日本，这两个国家在和二战的最大赢家美国结成政治和军事盟友后迅速发展。但往前追溯几百年甚至几千年，东亚的日韩再加上朝鲜和越南基本上就是唯中国马首是瞻，尤其是文字，去过日本和韩国旅游的国人，都可以从导游的讲解和视觉的捕捉中，印证中国的汉字在很多很多年以前就是东亚文字的发源地，中国的文化几乎也是亚洲的中心。

越南和朝鲜是使用汉字最早的两个国家，日本稍晚，但日本很快就将中国汉字稍加改头换面，变成日本国的官方文字，甚至遍布街头的招牌上，直接就是中国汉字。日本、韩国、朝鲜和越南这四个国家在没接触中国前，竟然连自己的文字都没有，到日本的城市，放眼望去，恍惚感觉就是在中国境内。越南自秦始皇开始受到汉文化的影响，汉朝建立后，越南已成中国的领土，直到宋朝才脱离出去，受汉文化的影响不是一般深，而是相当深。有学者研究得出结论，现在的韩国语、越南语和日本语词汇的 60％以上都是由中国古汉语派生出的汉字词组成的。东亚的这种文字归一性统称为汉字文化圈，主要有东亚四国三区，即中国内地、日本、韩国、朝鲜以及中国的台湾、香港和澳门地区，以及东南亚国家中的越南、新加坡、马来西亚和印尼、泰国、菲律宾、缅甸、柬埔寨等国的华人社会，在地理上也称为东亚文化圈，以器物还可戏称为稻米文化圈、筷子文化圈、陶瓷文化圈、丝绸文化圈等。

东亚各国历史上或现在以汉字作为传播语言和文化载体，本国语言大量借用古汉语词汇，其特征是受儒家思想影响深，在文化上称为儒家文化圈（儒教文化圈），国民中信仰佛教者众。汉字文化圈的地域主要是农耕民族，存在有册封体制，历史上完全使用或与本国固有文字混合使用汉字，古代官方及知识分子多使用文言文（日本、韩国称之为"汉文"）

作为书面语言。游牧民族如蒙古族、藏族，虽然位于汉字文化圈地区内，但不使用汉字。汉字文化圈是以汉字为媒介而拥有共同价值体系的世界，是在中国及其周边发展出的以同一个表记法为基础的文化地带。汉字的表记法从古代到现代是连续的发展，从甲骨文、青铜器文字、篆体字到隶、行、楷，没有文化断层。汉字不是拼音文字，而是图形文字，以物的图形为基础做出的文字，例如"山"、"川"、"日"、"月"等象形字。

中国用文字联结了中国与周边世界的文化，超越中国漫长悠久的历史，广被用于东亚国家。公元前后也就是秦始皇时代，当时越南是中国的领土，将越南北部首次纳入版图，汉字自然在越南得到传播，公元112年，汉武帝设郡，汉字便正式成为越南的文字，汉武帝当时在南越设四郡：乐浪、临屯、真番、玄菟，同一时期，将朝鲜半岛北部纳入中国版图。汉字在朝鲜的应用起始于公元285年之前；汉字的典籍大规模进入日本，也是在公元3世纪左右。公元七至九世纪，中国进入隋唐时代，日本逐渐进入主动、直接吸收中华文化的时期，是历史上吸收中华文化最多、最快的时期。从公元607年初次派遣隋使至中国，往后250年间，遣使不断。日本透过使节来华的留学生、僧人源源不断地把唐代文化大量传入日本，其天皇名称、国号、中央体制、地方制度、考试制度、土地田赋制度等，多以唐制为蓝本。最早日本的书籍全由汉字写成，如圣德太子《十七条宪法》中的第一条"以和为贵"。许多日语的本土词（和语词）用汉字标注国音，但远远不够，还需创建自己的文字，于是逐渐产生现在一般所说的假名（仮名）。假名分为片假名和平假名，片假名为汉字楷体的偏旁，平假名为汉字草体的简化。在日本古代，片假名主要在僧人之间使用，平假名主要在妇女之间使用，而当时社会上占主导地位的文字仍为汉字，到1946年以前，日本社会上仍通行四五千个汉字，假名居于从属地位。对比日本、朝鲜，假名（仮名）和韩字的创制在一定程度上可替代一部分汉字。

自明代恢复"册封体制"以后，可纳入汉字文化圈的国家（及地区）基本确立下来并延续至今，李氏朝鲜、琉球、大越（后来的越南）及日本都符合条件。13～14世纪之交，越南人以汉字为素材，运用形声、会意、假借等造字方式，或借用汉字，创制了越南民族文字"字喃"，使越南语得到标识，而字喃则必须以汉字为依托。所以到了近代，字喃最先被新创的罗马字取代。日本的假名，朝鲜的口诀、吏读、谚文并非直接从汉字派生出的文字，但其音节文字的特点明显受到汉字的影响，直到近代以来这些本民族文书系统才逐渐取代文言文（即汉文）运用于官方文书。由此各国逐渐确立了本民族文书系统。而共同的儒教、用筷子吃饭、有品茶习惯以及建筑使用瓦等生活文化也作为汉字文化圈的共同特征，以中国为中心辐射周周边。二战结束后，东亚各国作为摆脱从属地位的象征，开始争取汉字废止政策。

虽然多数国家后来又在汉字的基础上创造了自己的文字，但依然有着汉字的影响和痕迹存在，如朝鲜的自创文字"谚文"的意思是"非正式"的文字，因而朝鲜"正式"的文字依然是汉字，这跟日本称汉字为"真名"，称自创的文字为"假名"相同，都是出于对汉字的尊崇。别看近代史、现代史中的中国不堪回首，先是被欧洲列强欺负了个够，又被倭寇从福建沿海小股骚扰到大规模正式从东北入侵，时光倒流 500 年至 2000 年期间，中国就是东亚乃至亚洲和世界的中心（据考证之所以叫中国确实有此意），那时的日韩，哭着喊着自愿俯首称臣。东亚历史上自中国的夏、商、周三代文明形成后，中华文化不断向四周扩散、影响，并在秦、汉时达到巅峰，当时的中国人对自己的文化更是信心满满、优越感强，认为落后的地区会被中国吸引，前来朝贡。事实上当时的统治者也确实皇恩浩荡，即使没有普照天下至少也是普照东亚。

为什么现在的越南及韩国，汉字的使用频度已比以前少很多？最大的原因应该还是清末到民国时期，中国国力羸弱、影响力式微，导致汉文字在东亚国家由盛转衰。1840 年鸦片战争失败后，西班牙、葡萄牙、荷兰等西方列强的坚船利炮逐渐叩开了东方诸国关闭已久的国门，中国的向心力减弱，朝贡体系下的各属国对汉字的支配地位开始怀疑。西方的侵略让西方文字进入东亚各国，或多或少影响着东亚各国的文字，此时在日本流行学习西方文化的"兰学"，积极介绍西方科技，那些兰学家根据日语与西班牙、葡萄牙语的某些相似性，采用罗马字标注日语读音。第二次世界大战后，东亚各国作为摆脱从属地位的象征，开始采取汉字废止政策。法国殖民者来到越南后 创立"国字"禁用汉文，以此来消除汉文化的影响；朝鲜后来由于日本殖民者的统治，为了弘扬民族精神，采用的本民族字和谚文夹写的方式，1945 年，朝鲜全部废除汉字，全用谚文拼写朝鲜语；与此同时，韩国方面也制订了相关政策，限制汉

字的使用。具体来说，在 18 世纪由法国传教士亚历山德罗设计的国语字被后来统治越南的法国殖民当局在学校中广泛推广，取代了传统的儒字(汉字)和喃字，使理解汉字的人除老年人和一部分的专家以外变得很少。韩国有 900 字左右的汉字义务教育，不过，李氏朝鲜(朝鲜王朝)的第 4 代国王世宗所创造的朝鲜文字谚文被普遍使用，报纸上的汉字使用频率也不高。日本采用新字体后，汉字经过简化，保留了 1900 个左右当用汉字。

越南、韩国、朝鲜也和日本一样，如今将汉字与韩国语(朝鲜语)混用。现代越南文字产生于二三百年前，最初由法国传教士根据拉丁字母所创。中法战争后，越南成为法国殖民地，只在名义上继续保留阮朝政权。法国殖民者强制越南人使用法国文字采用的 26 个拉丁字母，目的非常阴险，即切断了越南与中国的关系，使越南成为亲法的国家，又能使越南成为一个法语国家。但也给越南造成了严重的后果，越南几千年来的传统文化被埋没，由于认识汉字的人越来越少，越南历史书只有靠少数翻译过的史料支撑，而大量史料则用汉字写成。在朝鲜，金日成在 1945 年第一次指示朝鲜共产党全部刊物停用汉字，后又指示慢慢停用，到 1949 年，朝鲜完全停用汉字。但在朝鲜战争后，金日成看到短期内韩国不可能并入，而当时韩国仍混用汉字，故在朝鲜社会科学院指示"后代需要看懂有汉字的南方出版物及历史文献，所以需要教他们一些汉字"，故朝鲜在 1954 年设立汉字课至今。但朝鲜的汉字教育是作为外语教育的一部分，不纳入朝鲜语言文字体系。韩国前总统金大中说："如果无视汉字，将难以理解我们的古典文化，有必要实行韩、汉两种文字同时并用。"但争议仍在继续。抛弃汉字使韩国社会出现了知识、哲学和思想的贫困，今天的经济危机，就是韩国半世纪以来推行韩文专用所带来的必然结果，因为它导致韩国社会出现大量文盲。

韩国不用汉字终于有了危机感，东南亚乃致世界形势对于汉字的光大也出现了利好，内因是中国国力日益强大，使邻邦昔日的"敌对"语言成为今日的"学习对象"；外因是东南亚一些国家离不开汉字，完全抛弃意味着文化的贫瘠，分享不到中国高速发展的果实。比如印尼的汉语报纸销路大增，泰国王室的学校将汉语做为必修课。不妨大胆地设想一下，如果东亚各国能达成一项共识，进行一次像欧洲统一欧元作为货币那样让东亚统一语言，那么中、日、韩、朝四个国家的国民就可以只学习一门语言就可以互通有无，抑或可以省去相当一部分学习新语言的时间。当然，将汉字文化圈进行"统一"的难度是很大的，文字政策是国家主权的一部分，屈从别国不太可能。但是有一点毋庸置疑，即唯有中国才是汉字的宗主国和发源地，是汉语正宗的泱泱中心。菲律宾语就很惨，踏上菲律宾的土地怎么看都感觉不到是在亚洲，其先是被西班牙殖民，后又被美国统治，在西班牙人于16世纪占领菲律宾后，由于语言接触的结果，菲律宾母语塔加洛语从其他语言当中吸收了不少语汇，比如西班牙语、中国福建话、英语、马来语、梵文（经由马来语）、阿拉伯语（经由马来语和西班牙语），当地人基本上是英语为主，年长的人会说西班牙语（早期和西班牙通婚使得人种都有些相像）。日本往前推算几百年也好不到哪去，基本上都是外来文化的舶来品，福冈市九州国立博物馆展出的展品大多都是中国的展品，大都是由遣隋使和遣唐使带回以及宋朝明朝期间贸易往来的产物；在长崎市，参观过日本江户幕府时代先被葡萄牙人占领宣传基督教后又被荷兰人占领且禁止日本人自由出入的"出岛"，即复原后的荷兰商馆扇形遗址原貌的游客，会不禁感慨日本原来也不是那么强大：从中国抄袭文化、文字并带走文物，被欧洲列强强行为宗教和通商打开门户，二战后傍上了老美，通过跟老美交易，给老美提供冲绳军事基地等，成为亚洲的发达国家。而老美也是怕中国这头被拿破仑形容的睡狮醒过来后不好对付，所以拉着两个亚洲强势小弟一起玩地缘游戏，让其充当马前卒。但冷战时期的格局会随着实力的此消彼长而发生变化，美元强势早已成为明日黄花，人民币自然就会坚挺，由弱变强，从而让国家也变强。没准哪一天，强大起来的中国采取反守为攻战略，把棋子布到美国家门口，把美国边上的邻居加拿大和墨西哥发展成为战略盟友，像钳子一样夹击爱当世界警察的美国。这可能也是很多受过美国欺负的国家的想法吧。

四、身体的行走

钱不多也好，病不少也好，情不堪也好，心不顺也好，毕竟还拥有鲜亮的、任由自己掌控的生命，还可以自由思考和呼吸，在热烈的或不热烈的时代里游走，熠熠发光。

热爱生活才能热爱生命

　　我们大都听到过"某某人自杀了"的消息，这"某某人"或是家喻户晓的知名人士，或是陌路陌城的无名小卒，或是自家的亲人，或是亲密的友人。为什么他们成为自绝于社会的人？和我们有什么关系？这对我们的生命似乎不重要，但对我们正常的生活重要，受到了影响，于是就重要到了有必要探究他们为什么自杀，既是为了社会架构的稳定，也是为了自身不至于有一天脆弱到重蹈覆辙。

　　纵观所有走上绝尘之路的人，究其根本，是他们思想意识深处生长着根深蒂固、郁郁葱葱的悲观厌世情结，包括一小部分不堪生活重负、精神重压的哲人和诗人。詹姆士说"哲学能鼓舞我们的灵魂，使我们勇敢起来"。尽管这种勇敢可能也包括在特定的情境下选择自杀。不过我还是更赞成加缪说的"自杀是一种轻视自己的态度。荒谬的人只能穷尽一切，并且自我穷尽"。

　　悲观的人看人生总是有无数堵墙，有无数条死胡同，轻率地视死亡为儿戏。但对死亡的这种形而上的刻意追求必将给自身和至爱亲朋带来严重的心灵创伤。我相信没有人从内心深处真的想死，凡是产生死亡意愿的人都是因了"恶劣"的客观环境或客观事物造成的主观认识上的偏差，是外因起作用影响到内因的结果。每个人都没有理由轻视自己，既然我们没有选择主动问世的权利，也就同样没有选择主动离世的权利。无论遭遇到了怎样落魄的境地，无论汹涌出来怎样决绝的心情。

　　人在年轻的时候意志相对薄弱，前进中难免会遇到难以逾越的障碍，容易产生挫败感，对生活的恐惧超过了对死亡的恐惧，直到万念俱灰、结束生命的想法渐渐在脑海中占据上风，成为别无选择的选择。而在一小部分追求死亡是一种崇高的献身而不是一种怯懦的轻生的哲人和诗人身上，透着一股壮烈和苍凉的味道。然而真正意义上的哲人和诗人，不应该是这样的。

　　一个不热爱生活的人是不完整的，在于他有憎恨生命、憎恨世间万

物的想法和举动。而一个真正热爱生活的人是任何外力都无法把他搞垮的，只要他自己不垮。一位我没记住名字的哲人说，学会受了痛苦而不抱怨，这是唯一实际的事情，是一门大学问，是需要学到手的一门课程，是解决生活中一切问题的办法。这样一门艰深的课程，唯有意志坚强、品质卓越的人才能掌握。

热爱生命的前提是热爱生活，那么热爱生活的前提呢？我以为是热爱读书，热爱工作。一本好书，是一把开启心灵之门的钥匙；很多本好书，就是开启所有门的钥匙。一本好书，是照亮我们眼前道路的华灯，很多本好书，就是照亮我们人生之路的华灯。于是我们渐渐懂得，根本没有理由轻视生命。因为有无数本好书的指引，我们眼前的门才不会闭得紧紧，更不会锈迹斑斑；我们脚下的路才不会坎坷不平，更不会荆棘丛生。

热爱生活才能热爱生命，热爱生活看世界才有可能发现，在我们面前，有很多门是敞开的，有很多路是畅通的。其实它们早已存在。

忙碌是一种生活态度

职场中，大家最常说的一句反话就是：不求最好、但求最累。现代人的生活已经简单到了极点，单位——家里、家里——单位，每天两点一线，甚至都没有出轨的条件和意愿，即使是公休日也很难全部放松，不是需要加班就是被工作电话骚扰。

忙碌让很多人感到痛苦、无奈，除了工作太累，经常听到的还有应酬太累、家务太累、感情太累等等诸如此"累"。这似乎印证了叔本华说的"人生在整个根本上便已不可能有真正的幸福，人生在本质上就是一个形态繁多的痛苦"。在叔本华看来，人生除了痛苦，便是虚无，换言之，痛苦是生命的本质。意志现象愈臻于完善，痛苦就愈烈。植物没有感受，也就无痛苦感；动物的感觉能力有限，痛苦也就是相对的；唯有人，作为生命意志客体化现象的最高阶段，最痛苦。作为哲学家，尤其悲观主义哲学家如叔本华，构建这样的哲学体系无可厚非，但作为我们芸芸众生，具体的生活中如果也抱有这样的想法，无疑是过于消极了。

曾受叔本华用意志来说明世界和人生，强调艺术之于人生的意义启发的尼采，对于叔本华的悲观主义，坚决反对，尼采是把叔本华的悲观主义视为消极虚无主义，尼采认为悲观主义作为消极虚无主义，源于它对生命的否定。但尼采最终还是接过了叔本华的旗帜，并大刀阔斧地进行了改造，将叔本华"敏感的悲观主义"变为强力悲观主义，将"消极的虚无主义"变为"积极的虚无主义"。

忙碌是一种积极，是一种生活态度，而生活态度取决于每个人的价值观。给人类带来巨大灾难的希特勒，倒是忙碌得不可开交，让全世界人民一起跟着忙乱，他巧妙地利用了尼采的哲学观点，找到为他个人所用的力之源，衍生出自己的扩张哲学，走上了毁灭之路。

无论哪一种态度，结局都可能显现叔本华说的钟摆效应，摇摆于痛苦与无聊之间，永无休止。但积极的态度总是可以在过程中找到快乐，让结局收获实实在在的东西。人活一世，总要选择一种活法，这是逻辑

学中的不相容选言判断，必须有一个肯定的和另一个否定的选言肢，不是积极就是消极，不是运动就是静止，不是前进就是后退。

没有纯粹的快乐，每一种快乐里都包含着痛苦的成分。柏拉图说"每一种快乐都是与痛苦相联系的。因为快乐是变化的，实现一个需要本身就会感到痛苦"。积极地理解就是，我们整日的忙碌就是实现一些需要，而这之间的痛苦是为快乐服务的，所以要肯定痛苦的存在意义，肯定痛苦的哲学价值。

忙碌是一种生活态度，美国成人教育家卡耐基说过："要忙碌，要保持忙碌，它是世界上最便宜的药——也是最美好的药。"忙碌是成长的代价，是自己的情绪，是可以控制和争取的恰到好处的充实。态度端正的人，会乐在其中。忙碌也有依稀的美丽，只要用心去体会，善于去发现，比如风雨一番忙碌后的天空，就肯定能出现彩虹。

忙碌是一种生活态度，还在于不能瞎忙，不能疲于奔命，成为物质的仆人，像一只上满发条的闹钟，永不停息。尼采当年感慨欧洲受到美洲"淘金热"的传染，闲暇成了罪恶，思考时手里也拿着表，午餐时眼睛还盯着证券报，过日子总好似在耽误事一般，"古老的欧罗巴也变得粗野起来了"。他认为正是这种生活哲学成了勒死人性修养和高尚情趣的绳索。由于忙，一切仪式和礼仪情感也消亡了；因为忙，所有繁琐的礼节、交谈的睿智都来不及考虑了。也许，一切应该自然而然，遵循生命的节奏，像尼采又说的："在生产性的人之上还有一种精神贵族，天生的精神贵族恰恰是不太勤奋的，他们的作品创作出来，在一个宁静的秋夜从树上掉下来，没有被急匆匆的渴求，没有被推进，也没有为新生事物所排斥。"

我们都是都市里的风筝

我们都是一只只漂泊的风筝，来自乡下、小镇、小城、大都市等完全不同的天空，却都有着同一个梦想：依靠自己的努力，最终能在各类风筝云集的都市天空中占领属于自己的一席之地，沐浴相同的阳光。作为一只都市里的风筝，如果材质好一些、样式新一些、状态佳一些、目标近一些，也就更能经受得起风雨兼程的都市快节奏。

有些风筝出生在乡村，直至终老也是在乡村宽敞的天空里活动，这样的天空，宁静、清新、朴实，散发着田园的气息。有些风筝一出生就在都市，直到终老也是在都市拥挤的天空里活动，这样的天空，喧嚣、污浊、诡谲，散发着汽油的味道。那些从小城市出生的风筝，志向高远的，飞到了生活条件更好的大城市；那些从大城市出生的风筝，志向高远的，飞到了发达程度更高的异邦城市。

有些风筝虽然出生在乡村或城镇的天空，却渴望能在大城市的天空里飞舞，毕竟成为大城市里的风筝可以见到更大的世面，找到更好的机会，得到更好的历练。其中的一部分由对大城市天空的羡慕，转化为实际的行动，和大城市里出生的风筝比试本领，甚至占据了上风，飞得更高、更快，姿势更加优美，富有灵性。

有的风筝在飞的过程中，由弱小的风筝成长为巨大的风筝，由简易的风筝变成了豪华的风筝，由谨小慎微的风筝变成了自信满满的风筝，由毫不起眼的风筝变成了引人注目的风筝。

有的风筝在飞的过程中，由自己独自在飞变成了和另一只同飞。有的风筝和一只同飞不够，和好几只同飞。也有的风筝喜欢独飞，喜欢在飞翔中领略蓝天、白云和绮丽的彩虹。有的风筝独飞的时候一直在左顾右盼，寄希望于沿途上遇到可以同飞的心仪的伴侣。

都市里的风筝最怕天气变坏，最怕风沙弥漫、电闪雷鸣、大雨滂沱、大雪纷飞，遇上的时候，风筝们会尽快打道回府，蜗居起来，等待风和日丽、晴空万里再继续上路，继续进行展示本领的飞程。

一只只忙碌的风筝，构成了一道道都市的风景；一只只可爱的风筝，丰富了一处处都市的天空；一只只斑斓的风筝，装饰了一条条时代的天街；一只只奔跑的风筝，留下了一个个奋斗的身影。

　　做一只都市里的风筝，必须适应繁华城市的气候和马不停蹄的节奏，就要飞一飞、看一看、想一想，再向前。

　　做一只都市里的风筝，不能做转瞬即逝的悄无声息的风筝，而是要做被注视之后还能被重视的风筝。

　　做一只都市里的风筝，要想在穿梭不断、川流不息的风筝中脱颖而出，既要持之以恒地飞，也要倍加小心地飞。

　　做一只都市里的风筝，不一定要风驰电掣，不一定要特别出众，但一定要慎重、稳重，且必须做到三强：生存本领高强、精神意志顽强、应变能力超强。

最坏的是没有爱

一个人看海

在内陆呆久了，就会萌生去海边走走的念头，通常情形下实现起来就属于旅游的范畴了，而旅游通常又都是两个人结伴或一群人结伴，鲜有一个人的旅游。鲜有也还是有，不可否认，一个人的旅游正在呈现增多的趋势。一个人旅游别有一番情调和韵味的风景，比如下榻在有海景房的酒店里，在拂晓或者黄昏时从窗户向大海望去，一个人的海就会比很多人的海更加深情款款。

一个人看海，海是一个人的，天地是一个人的，世界是一个人的。在这浩渺、透明、湛蓝的大海中，微小的人像一尾游鱼，渴望通体纯净，渴望远离很多时候挥之不去、纷纷扰扰的世俗。

一个人看海，海是一个要好的朋友，值得信赖的朋友，彼此感受得到对方的呼吸，可以认真地诉说和倾听各自内心的活动，可以袒露不想与人知晓的秘密。

一个人看海，就会为海的美丽和气势着迷，海是一首悠扬悦耳的乐曲，不时地弹奏着美妙的旋律，发出亲切的呼唤，展示波浪的触角，撩拨纯净的心弦。

一个人看海，学会把一切都放下，超然世外，让悲观的情绪消弭，让乐观的情绪滋长，让工作中的烦恼葬身海底，让生活中的快乐浮出海面。

一个人看海，在亚热带四季常青的芭蕉树丛中，带上一本自己喜欢的书，在椰树环绕的海滩，让平时不会暴露的身体在躺椅或吊床上接受海风的抚摸，聆听海的节拍，体会无垠的浩瀚，享受阅读的快感。

一个人看海，海是让人流露真性情的最佳场所，流泪也好，呐喊也好，驻足也好，奔跑也好，都是一种真正的亲近和洒脱，都是一种心底的柔软和波澜。

一个人看海，单身的男女还可能有机会邂逅浪漫，甚至邂逅之后一生的牵手，这需要机缘，也需要勇气，但概率极小的机缘一旦发生，就

可能是惊天动地、刻骨铭心的爱情，就可能是终老一生的美好回忆。

　　一个人看海，对于一个居住在离海较远的城市的向往者，可能真的是难以独自成行，可能无法忽略家人、同事、朋友的邀约或者阻止，但总可以离一个人看海的愿望很近，总可以在结伴的集体时间过去后，在深夜或者拂晓给自己的身体，给自己的思想实现特立独行的机会。

　　一个人看海，即使不是一个人成行，也能挤出一个人看海的专属时间，不用考虑别人的感受，不用考虑集合时间，不用小心翼翼、蹑手蹑脚，完完全全、彻彻底底地舒展，想依赖多久就依赖多久，想怎么慵懒就怎么慵懒。

　　一个人看海，对于诗意的人是心灵的安全，对于大意的人和失意的人就是身体的危险，被动的危险和主动的危险，是可能导致和海亲密无间、融为一体后制造噩耗的危险。但愿每个人都远离这种危险。

　　一个人看海，对于忙碌的人是梦幻，对于拮据的人是负担，对于艺术的人是美感，对于传统的人是荒诞；对于朴素的人是桃源，对于索然的人是洞天，对于贫乏的人是丰富，对于深刻的人是圆满。大部分人的一生中，少有机会去看海，少有机会让身体在柔软的沙滩上放松，让视野在浩渺的海面上逡巡，让心灵在宽阔的天地间翱翔。

　　一个人看海，不是专属一个人的权利，而是每一个人很多时候都可以拥有的、小小的并非难以实现的期待。

放逐烦恼

人总会在一生中的某一阶段遇到棘手的问题，总会遇到与一些事情格格不入的时候，身陷烦恼的囹圄不能自拔。感情的烦恼如是，工作的烦恼如是。

对于恋爱中人或婚姻中人，深入交往后发现看走了眼以至不得不放弃或不得不忍受就是一种烦恼；对于出版社或报刊社的编辑来说，作者或记者的稿件进入排版阶段后还要进行较大的改动甚至换文就是一种烦恼。但这样的烦恼总是可以过去、可以放逐的。也有不容易过去、不容易放逐的烦恼。当一面面墙纷纷立起，差异就会显而易见，没有谁能温暖谁，空间密不透风，尘埃开展运动，求生是一种本能。涨痛的思维让神经反射迟钝，总有一些事物，不值得喜欢，甚至还被它们拖累得焦头烂额。一番努力之后仍然感到难以融合，果敢采取行动，降低或者另一种意义的升高。痛定思痛，整合低落的士气，尽可能地在有限中化解烦恼，却不能阻止新的烦恼源源不断。为了彻底远离烦恼，只好发动每一个意识放逐。

放逐烦恼，需要身体的配合，需要选拔一个日子上路，于尚未褪掉黑漆颜色的黎明，向一座大山的巅峰挺进，目睹太阳诞生的一瞬，精神亢奋，站在山峦的顶端，放声高喊，让烦恼在划破拂晓的叫声中无影无踪，喧闹与寂静，制造巨大的反差，通过反差认识博大精深的世界。

放逐烦恼，放逐诸如噪音、灰尘、蚊蝇之类的市侩，拒绝它们的拙劣表演，在冬天和夏天大部分的日子里，让门窗紧闭，偶尔为了空气流通，敞开一小段光阴。很多时候，一小段光阴影响着一大段光阴，一大段光阴影响着整个生命的历程。

放逐烦恼，有时也是放逐冷静，是纵容一种破坏行为，当城门失火，可以不殃及池鱼。作为善良的人，总会被险恶找上门来，被不讲道理的剑把心戳伤。作为肝火旺盛的人，需要寻找既能发泄怒火又不伤害别人的两全之策，有人会选择就地取材，猛然打碎一块玻璃，因为让玻璃委屈，比让人委屈值得。

放逐烦恼，更多的时候是学会克制，欲望的世界，是摆在每个人面前的一张试卷。忍耐和宽容在冲动时出任理智的座右铭。学会克制，就是学会浅尝辄止、适可而止，就是学会心不萌动、心猿意马，就是学会冷对人欺、淡对伤痛，就是学会爱惜身体、珍惜生命。

放逐烦恼，美国著名现实主义作家杰克·伦敦在他带有自传色彩的长篇小说《马丁·伊登》中说："一个人只要有意志力，就能超越他的环境。"是的，意志坚强的人不会被烦恼左右，放逐就是一种振作，放逐就是一种超越。

放逐烦恼，放逐一波又一波悄然而至或者呼啸而来的灰尘，争取在最初的覆盖之际就能及时地打理干净，不让少量的灰尘日复一日地积攒，落成厚厚的沉灰，积重难返化为愤怒。

最坏的是没有爱

向往危险

　　我相信时势造就英雄，这样的年代，武断一点说，不是过去了就是还没有到来。身处混沌的时代，使得早年意气风发的一些仁人志士不再警醒，像一点一点加热的水里的鱼，毫无察觉地放弃了生机勃勃，渐渐陷入麻木和迟钝。歌德曾说自己是时代的产儿，他认为自己如果早生20年或者晚生20年将是另一种类型。这个时代，有些人同样跳动着躁动不安的灵魂，有同样的想法，相信自己早生20年或者晚生20年也将是另一种类型。

　　向往危险，不是有些人与生俱来的爱好，而是在一种境遇下越来越强烈的需要。人一旦陷入波澜不惊的生活，不请自来的不仅有烦躁，还有虚妄。就像深陷囹圄的人深知自由的可贵，无时不期盼着早日冲出牢笼。

　　向往危险，因为不想走向反面，不想走向随遇而安导致的平庸平淡；因为存在危险才能让有些人目光炯炯、全神贯注，安于现状必然会陷入浑浑噩噩，居安思危自然能催生远见卓识。当然，向往危险的人首先要具备承受危险的能力，经历灾难般的苦难不过是蜕变中的必然过程。听听大师们的声音吧：黎巴嫩诗人纪伯伦说"生与死是勇敢的两种最高贵的表现"；法国思想家蒙田说"最勇敢者往往是最不幸者，但成仁比成功更值得羡慕"。

　　向往危险，是向往一种宽松自由的言论环境和社会环境。奥地利作家茨威格说"生命如被严肃的制度束缚，就会变成冻僵的死尸"；英国思想家卢梭说"人生来是自由的，但他到处都被锁链拴住"。

　　向往危险，是向往一个不太容易实现的愿望，让灰暗的生活增添一抹亮色，充斥一些格调，这是作为人的存在才能具有的意义。因为法国哲学家萨特也这么看："当我失去目的时，世界就再也没有什么意义了。"

　　向往危险，笃定这种想法后，每每身在困境中的时候，就能掌握化

险为夷的本领。奥地利小说家卡夫卡早就告诉我们了："真正的道路是在一条绳索上，它不是绷紧在高处，而是贴近地面。它与其说是供人行走的，毋宁说是用来绊人的。"

　　向往危险，这是每一个喜欢旅游的探险家的人生准则，是孜孜不倦的崇高的追求。我异常钦佩那些动辄能身体力行背个旅行包就去探索高山大川的探险家，哥伦布就是向往危险的伟大实践者。我等平庸之辈，除了纸上谈兵的向往，还可以小小地付诸行动，比如尝试一下站在高楼之上的房间中擦擦被蒙上尘埃的玻璃，体察锃光瓦亮般的没有视线的隔阂的美。这种能够让人们的目光清澈起来的举动虽然危险，但因为向往的崇高，倒也其乐陶陶。

　　向往危险，很多时候不为其他，就是为了让死水泛起微澜，甚至是波涛翻卷、汪洋恣肆。那样一种乐趣，那样一种美丽，全部的亮点都在于——无限风光在险峰！

在游戏中锻炼体魄

人人都有争强好胜的一面，无论是孩提时代，还是长大成人，对游戏都有一段痴迷期，不同游戏迷的不同之处在于，是热衷一个人自娱自乐的游戏，还是热衷几个人或者十几个人共同参与的游戏。前者是只有自己感知的，比如小时候父母给买的各式各样的玩具，比如学生时代的电脑游戏；后者是能让集体感染的，比如幼儿园时期玩的"老鹰捉小鸡"，比如有几年在白领中风靡的"杀人游戏"，比如把游戏发挥到了与职场与交际密不可分的极致的拓展训练，比如穿梭丛林之间、以发射红外激光代替发射实弹的时尚军事体育运动——"真人 CS"游戏，都在越来越受到闲暇时打发无聊的年轻白领的喜爱。

由于户外举行的集体游戏具有降低职场压力、放松紧张心情、凝聚团队意识、提高身体素质等诸多优点，近年来风起云涌。以拓展训练为例，10 年前的中国，还没有几个人能说清什么是拓展训练，10 年后的今天，接受过拓展训练的中国人已不下百万。我有幸参加过一次某单位针对媒体记者组织的小型拓展训练活动，其中有两个项目充分体现了协同作战的精神，一个是凭路线图寻宝，一个是扎筏子往返渡河。主办方首先把参与的人员分成人数相等的两队，每队又分成 3 到 4 人的小组，最终以队为单位决定胜负。这两个项目充分增强了团队的凝聚力，使参与者在游戏的过程中增加了许多欢歌笑语并累积经验。最重要的是锻炼了身体，发掘了自己，体验到户外气息，密切了大家的联系。

拓展训练的好处，归纳起来大概有四个特征：一是娱乐的体验。所有的学习都是在玩，带成人玩各种各样的游戏，非常快乐；二是学习的体验。每一个游戏实际上都是一个寓言，蕴涵深刻的道理，每一个人在做完游戏后都有很多收获；三是新鲜的体验。体验式的培训方式很多都是在户外进行，学员接受的体验式培训与原来的生活方式、工作方式、学习方式都有很大的不同；四是审美的体验。拓展训练可以让学员同时体验自然美和人性美，用于拓展训练的培训基地一般都选在有山有水的

地方，这也是对自然美的体验。

想锻炼自己的大脑，就去"杀人吧"或在自己单位组织玩杀人游戏；想锻炼自己的体魄，就去参加拓展训练或参加野外真枪实弹的 CS 枪战游戏。只是这种活跃筋骨的活动一般都是公司热衷组织，事业单位或事业管理的单位似乎从不予以重视，像媒体可谓是典型，其实记者编辑最需要的就是锻炼身体，除了需要采访的记者，编辑都是一直在电脑前，缺乏运动，也从末有工间操，想必有也没几个人响应，很多人平时散漫惯了，从来不会按点上班，甚至中午、下午才来。

有一句老口号：发展体育运动，增强人民体质。我们不能像缺少自觉性和纪律性的小学生，得过且过。为了自己有一个强健的体魄和充沛的精力，每一次锻炼机会都不要放过，遇到集体锻炼的机会更不要错过。好的身体是我们革命的本钱，何况这个过程还会收获意想不到的快乐，不仅身心能得到松弛，还能结交新的朋友。

织网学，不好学

我相信凡是能够成为"织网"高手的人，一定是情商和财商比较高、现实生活中游刃有余的人。如今关系网正在成为人们在城市里生活的脉络，不通则不适。有专家根据对京、沪、粤、闽、琼等地百姓生活的多年观察后得出结论，关系极为重要，但对不同城市的重要性并不相同。在小城市，关系是生活必需品；在大城市，关系给生活锦上添花。关系的有效性与城市规模大小紧密相关，小城市容易形成典型的关系社会生态，大城市里关系社会生态相对薄弱。

国外某人寿保险公司的一位经理人曾感同身受地这样理解关系：从建立社会关系网络这个角度来看，独自跑步对你的帮助远不如参加一个跑步运动俱乐部那样大。共同活动能够通过改变参与者惯常的交往方式，把背景不同的人联系在一起，让他们摆脱平日在企业里扮演的既定角色——下属、客户经理、助手、财务高手、专业行家或者总裁，并让他们由此脱颖而出。如果你能建立一个充满信任、交往对象多样化的社会关系网络，并且通过中间人去扩大自己的交友圈，就会把自己对信息的掌握，从知道什么提高到认识谁的层次。

良好的关系网确实是人生中的助推器，它有着无穷大的威力。比如你具有某一方面的特长，却苦于无处发挥施展出来，而你通过关系恰巧遇到了需要你这方面特长的单位和伯乐，这当然是一件皆大欢喜的事。我的问题来了，第一个问题是，你的特长谁来证明？你凭什么就认为自己在某个领域高人一等，胜人一筹？第二个问题是，你有着怎样的渠道建立和经营这个错综复杂的关系网？提着猪头就能找到接受的庙门吗？你怎么知道你的所作所为就不会适得其反、弄巧成拙呢！经营关系离不开送礼，送礼又是一门很大的学问，即使应该去送，也要知道对方的爱好，能接受的方式和接受的程度，以及最佳时机，搞不好可能会功亏一篑，功败垂成。

社会上存在的各种中介公司，实际做的就是采用市场的行为提供信

息情报，为"上家"和"下家"建立密切合作的关系。以社会上大大小小的公关公司为例，"上家"就是不想直接做广告或者少做广告但又想达到广告宣传效果的企业，"下家"是媒体，确切地说是媒体中的能发稿、有版面的编辑记者，公关公司炮制出貌似新闻的"软文"，通过关系营销，联系企业选中的媒体中对口的编辑记者，在新闻版面上刊发出来。演艺圈的经纪公司、房屋中介、商贸公司等，实质上都是属于编织关系网的高手，不过是用在不同的领域罢了。业务关系实质上是一种战略关系，是一种合理利用的关系，于己于人都是如此，他们绝对不会像自己的亲人那样，关键的时候一定会一致对外，百分之百地忠诚于你。

关系网一定是需要建立和培养的，如果你不走出来建立和培养它们，它们就不会存在。在家靠父母，出门靠朋友，这话一点不错。在社会上立足甚至驰骋，绝对离不开与他人的各种关系。我相信只要认真耕耘，很多业务上的关系会发展成为社交上的朋友；我也相信更多的关系，还是工作本身建立起来的关系。

确实有人不喜欢伪装自己，不喜欢为了达到目的不择手段。戴着墨镜生活是有些人极力排斥的，就像有些人承受不了汽车的长途颠簸，会感到一阵阵的眩晕。有些人会觉得把大量的时间和精力用在揣摩对方的心思上，这实在是得不偿失，而且过于辛苦。重要的是它违反了行为准则。但是生活中很多事情确实离不开关系网的存在，不愿意并不代表不需要，当然也不能为了满足需要强迫自己愿意。这好比两个人的性活动，一方如果不想投入，另一方非要强行实施，这就是强奸嘛，又有什么愉悦可言呢！比喻虽然不雅，但做违背自己意愿的事和遭受强奸没什么两样。

不会织网又不潜心钻研这门艰深"网络学"的人，肯定不是一个与时俱进的人。即使这门学问越来越炙手可热，甚至是一种时尚。卡夫卡说得好："时新的东西是短暂的，今天是美好的，明天就是可笑的。"在我这种落伍的人看来，也许一直都是可笑的。

巴斯德说机遇总是偏爱那些有准备的人。我一直坚信不疑，但这种准备应该不包括用在处心积虑、殚精竭虑地织网上。

忧郁的人喜欢安静之地

忧郁的人喜欢忧郁的事物，比如死亡，比如迷茫，比如疼痛，比如心伤。忧郁的人即使游走也喜欢那些常人不爱去的并非热闹非凡的地方，比如墓地，比如监狱，比如闹市里已经安静不下来的佛门圣地。年少的时候，自己所在的位置曾经离墓地很近，又恰逢看了很多写墓地的诗歌，间接地迷恋上墓地。那种地方真的是一处静谧得不能再静谧的地方，没有嘈杂和嬉闹，没有尘世的烦恼。偶尔有祭奠的人出现也是眉头紧蹙、神情悲戚。每次穿行于墓碑之间，都会感到生命的微不足道和脆弱不堪，都会生出一些沉重和悲凉。

监狱对有些进去的人来说就是另一处墓地。外面的人不是想进去就能进去的，除非你犯了法，小到拘留，大到判刑；短到几天，长到全部的未来。想参观监狱也不是一件容易的事，当下的肯定不行，旧时的北京没有。没有就去别处，就去找有的，找以前的。东北确实有一些日俄统治时代的遗址，保存完好。愿望实现得非常容易，我在过去某一年的某一天还真行走在了一个早已被开发为景点的监狱里的地面上，那里面高墙电网遮挡了自由的阳光，绿油油的草坪上开着白色小花，陪伴着这座古老建筑，也陪伴着为抗日抛洒热血、埋葬生命于此的英灵。

能够呼吸到自由的空气是何等的弥足珍贵。活着总是一种美好。愿所有活着的人，珍惜当下。钱不多也好，病不少也好，情不堪也好，心不顺也好，毕竟还拥有鲜亮的、任由自己掌控的生命，还可以自由思考和呼吸，在热烈的或不热烈的时代里游走，熠熠发光。

忧郁的人喜欢去安静的地方，除了相对阴森的墓地和监狱，还有相对神圣的佛门。对于佛家净地，我的好感在一点一点消隐，几乎每一处寺庙都散发着浓浓的商业味道，卖供香的甚至多过了僧侣，大门口有，小门口也有；门外有，里边还有，全部都是旅游景点的热闹。哪里都有佛，都一样的氛围，一样的有和尚要求你"破财免灾"。本该安静的地方却热闹得不行的还有北京的雍和宫。我总觉得与其去雍和宫还不如去与

雍和宫一街之隔的孔庙，与其去孔庙，还不如去与孔庙一墙之隔的国子监里的首都图书馆，只是图书馆不知何时已经搬到了东南三环，这里则恢复了国子监的本来面貌。宗教无疑具有深厚的文化内涵，但对我而言，还是会把它排在文学、历史和哲学的后面。

很多人士相信宗教源于感恩心理，商人们经历太多商场上的大风大浪，因而比普通人更容易"信命"。常言说"小富在人、大富在天"，越富有的人越容易相信命运，他们会觉得是种命运的东西在帮他，他们相信宗教就是处于这种感恩的心理。至于富豪都选择佛教，可能是和中国的文化背景有关。但具体到我，则更愿意或者努力追求做一个客观的人，就像我从事多年的记者职业需要客观报道。客观的人总是源于信仰唯物主义者。这世上没有救世主，我们自己就是。

忧郁的人喜欢去安静的地方，还因为轻微的消极情绪，往往会提高我们对环境的注意力，从而产生一种更谨慎、更全面的思维方式。快乐的情绪往往会助长一种对我们周围的环境不那么关注的思维方式。在积极的情绪下，我们更有可能对见到的人或事物作出较为仓促的判断。英国心理学家通过实验得出的研究结果显示，人们的思维方式、判断的准确性和记忆的精确度，在很大程度上都受到积极和消极情绪的影响。

心灵向南，身体向北

心灵向南，让在春夏秋冬一直生长着的心灵，感受季节的温婉，感受南方宜人的沿海气候和迷人的历史沉淀，化为由表及里、由浅入深的大快朵颐。身体向北，让在燥热难耐的仲夏季节里的身体，感受北方的清凉，感受北方弥漫的豪放粗犷，化为由里到外、由少到多的丝丝暖意。

从北京往北，近一点是延庆县绵延不绝的重峦叠嶂和万里长城，远一点过了河北张家口就能踏进一望无垠的大草原，从河北省的地盘到内蒙古的境内，从皇家御用的草原到自然发展的草原，无不冈峦起伏、林木婆娑、百花争妍、郁郁葱葱。难怪从古代的帝王，到现今的作家、摄影家，都钟情于此。以草原中的尤物赛罕坝为例，据说七八月间每周都有不同的花朵绽放，最让游客的眼睛难忘的，是旅游车穿行在山谷之中，隔窗望去，你会惊艳于深幽的白桦林点缀其间，在赋予草原优雅的线条之外，还有一份骄傲和从容。

要感知草原的原始风貌，必须到坝上深处，到充满灵性的木兰围场去。很多旅游者常会混淆丰宁、坝上、木兰围场等几个草原景点的名字，而真正到过围场坝上的人并不多。丰宁开发在先，最先成名，而木兰围场近年来有后来居上的趋势，景致更有竞争力。木兰围场包括机械林场、御道口牧场和红山军马场。"木兰"在满语中是"哨鹿"的意思，这源于木兰围场自古便是清朝皇帝狩猎的场所。想当初，康熙到围场最先是打猎练兵，那时康熙初秋带兵来，每天天色刚亮时，选人戴着木制的鹿头，隐藏在草丛中学公鹿求偶而鸣，唤来母鹿和其他为食鹿而聚拢的动物，然后合围射杀……据说现在正请专家考察论证，准备开辟猎场，届时肯定能吸引不少勇士亲力亲为。

到了大草原不能不骑马，当地有句话叫"骑马湿透鞋，摔倒草来救"。但是骑马者千万要当心的是，夏天的马是见水就不想走的，我曾看到前面的马到了一个湖泊边上，前腿一弯，就想找找泡澡的感觉，幸

亏上面的骑马者往边上草地上顺势一倒，才没使身体和照相器材与马一起享受湖水的浸泡。另外骑马不能骑太长的时间，如果骑上三个小时，两腿僵硬难受不说，裸露在外的胳膊被晒得通红油亮后，第二天就会开始爆皮。骑马最好穿长衣长裤，一是不给蚊蝇可乘之机，二是不给高原上的烈日毒晒的机会。不过，骑在高头大马上，驰骋于有山有树、有花有草的旷野之中，挺像骁勇善战的武士。

身处北京，在仲夏之际，如果想进行身体的行走，向北，一路向北，威武的山峦和温柔的草原比比皆是，出了被层层大山包裹着的北京延庆，进入河北，进入内蒙古，硕大无边的草原可谓此起彼伏，接二连三，具有传奇色彩，不仅充分的大，还有清朝皇帝留下的充分的故事。此外，喜欢漂流的人还能找到一些不大不小的河流，给自己的身体提供湿漉漉的机会，但乘坐皮筏子随波逐流一定要换上短打扮，脚上最好是拖鞋，沿途会遭遇多次浪花飞溅、惊涛拍身的待遇。

如果喜欢更多的水，不妨偏移一点角度，东北方向 200 公里左右就有包容大量水的海，但最好别去北戴河，一到夏季，北戴河传统避暑胜地就像一盆"饺子汤"，总是各色"饺子"密集，来自本土和外域，尤其是以国力衰弱、看好北戴河物美价廉的俄罗斯人趋之若鹜。稍远一点的翡翠岛，其密集程度相对要好一些。如果对路途力所不逮，北京城区正北偏东走京承高速，几十公里外就是山清水秀的怀柔郊区，温度能比市区和其他郊区低上几度，而怀柔的崇山峻岭和鲜为人知的一段段野长城，彰显着斑驳与沧桑，不失壮丽和巍峨，不啻为喜欢独辟蹊径、喜欢安静旅游的首要选择。

心灵向南，身体向北，让心灵感受南方的历史和文化，让身体感受北方的粗犷和壮美。

粘在邮轮上

    居住在内陆城市的人，传统的出国旅游方式，印象中只有去平壤和莫斯科是有火车的，其余大概都是先飞到首都或开辟航线的目的国城市机场，再转机或转车奔赴旅游景点。邮轮旅游，则是这两年才走近国人视野的一种新的交通工具。邮轮旅游在国外已有近百年的历史，国人从电影《尼罗河惨案》、《泰坦尼克号》以及香港作家亦舒的小说《不羁的风》中都能领略到豪华游轮的风采卓然和惊心动魄，其闲适、悠然、浪漫、尊贵、奢华、迷醉的一面，以及每天甲板上定时的"群魔乱舞"和若干个酒吧里的金属节奏，像一波又一波直泻过来的海水，冲击游客身不由己、异常兴奋的心。

    乘坐邮轮旅游的人，就像一张移动着的邮票，会情不自禁地被充满异域风情的在一望无垠浩渺中游弋的巨大"信封"粘住，不愿意逃掉。意大利似乎是邮轮旅游的行家里手，起源于1854年的一家老牌邮轮公司，有着超过150年的悠久而辉煌的历史，这家邮轮公司麾下在全世界现有14艘在加勒比海、地中海、爱琴海等海域上乘风破浪，还有好几艘正在快马加鞭地建造中。每一艘都弥漫着意大利的浪漫气息，涂有象征企业识别标志的英文字母C的巨大烟囱，色调艳黄明亮，作为视觉符号尤为引人注目。自2008年以来，这家邮轮公司至少有两艘五星豪华邮轮已经"流窜"到中国的香港、上海和天津的港口，并打算长期在中国频频"作案"。

    选择邮轮出国旅游成为近年来时髦的新生事物，当然这种赶时髦的代价不菲，想住海景房、想随心所欲地在船上和旅游目的地的免税店选择自认为便宜的商品，六七天下来，平均一个人一天的开销要150美元左右，而每天几乎时时的房间打扫清理、酒吧里的鸡尾酒以及船上意大利美女给你拍摄的照片等，都是要用美元结账的，美元是看不见的，即用上船后登记的专属信用卡结算。如果想从意大利美女亲自拍下的若干张照片中，选出中意的据为己有，则每张需要支付9~15美元。以某邮

轮的经典号为例，邮轮总床位超过 2200 个，其中船员约 600 个，客人床位约 1700 个。船费按各层的标准间（内舱）、海景房、VIP 套房收费，从最低 4000 元～13000 元不等，层数越高的房间越贵。即使是最便宜的标间，每天也超过了 1000 元，包括一天三餐和下午茶以及夜宵，还包括几乎所有的演出和娱乐活动，外加港务费、签证费、小费及每一处陆地观光费（可自选或均不参加），一人最低费用折算成人民币大概也要在七八千元。

游客上船后就等于住进了豪华酒店，是必须在海面上摇曳好几个晚上的移动式豪华酒店，如果是 7 天 6 晚的旅行，那么有两天在上船前和下船后的途中已经报销掉了，上船后的第一天和下船前的最后一天要在船上度过，中间的三个白天或半天上岸旅游购物，也就是下船 4 到 8 个小时。邮轮的宗旨似乎是让客人深切体会在船上度过的美好光阴，胜于重于多于下船后去旅游目的国的观光（事实上登陆的时间如果选择短线，三次加起来也不够一个白天，即使全部选择长线，加起来也不够 24 小时），邮轮上有专业团队热情似火地设计了各种绚丽多彩的项目，从每天不重样的演出到娱乐团队精心打造的互动游戏再到"一起来跳舞"，从托管孩子并带领孩子手工制作再到满足成人嗜好的赌场和成人演出专场，从意大利、南非等异邦人种的帅哥美女永不消失的灿烂微笑到勤快收拾房间的菲佣，无不让客人体验一把当贵宾的受宠若惊。

经典号的排水量是 5.3 万吨，虽然不能与欧美航线动辄 10 万吨的船只相提并论，但对于对邮轮旅行还非常陌生的国内游客来说，已经叹为观止了，要知道泰坦尼克号也才 4.7 万吨！而且 220 米和 31 米的长×宽，算是一艘小型航空母舰了。考虑到中国人的消费承受能力，目前从中国内地出发的邮轮基本都是不超过一周的行程，欧美航线则大都是十天半个月的航期。

登上邮轮就等于住进了一个会移动的家，除了方便舒适之外，每天还能躺在一个巨大的摇篮中枕着波涛入睡，清晨就已航行到了新的地域，睁开眼睛就能目睹到陌生新奇的港口。不想融入喧闹，就融入安详，带上一本喜欢的书，让甲板上一排排躺椅中的一个属于自己，这样的景象，想必一辈子不会很多。衣食住购娱在船上也是应有尽有，除了有免税店、健身房、大小酒吧、舞厅、剧院、儿童及青少年俱乐部可以带走时间外，舞蹈课、手工课、意大利语讲座、集体游戏（包括嘉年华

最坏的是没有爱

戏服化装游行、套圈，投篮、掷标等）……也会让游客感受异国情趣。能坚持三次参加全部意大利语课程的游客，可获得有船长签名、盖有船章和只有自己承认的结业证书，意大利语单词似乎不难，在这卖弄几个：卫生间的中文谐音叫"把牛"，早晨好的中文谐音叫"绷着呢"，晚上好的中文谐音叫"哇那塞拉"，"谢谢"读"格拉塞"，"明天"读"都骂你"，"医院"读"奥斯杯大咧"……估计跟我学意大利语，发音能跑到爪哇国去了，你若跟我学，完了大家真的对我要用意大利语的"明天"读音了。

豪华游轮上除了 SPA、免税店购物和由南非美女们演绎的拉斯韦加斯风情秀需要支付美元外，其他的服务都是免费的，包括每天五顿自助餐或意大利式的点餐服务，基本上是随吃随有。豪华邮轮一般在整体设计中都会融入文化和艺术的内容，在自助餐餐厅，精雅壁饰将窗户幻化为文艺复兴和古罗马时代的景致。在这里，吃饭不仅是一种享受，还是一种艺术。除了两个餐厅，还有 7 个每天演奏百老汇、红磨坊风格的歌舞、意式音乐剧等多种现场节目以及专门由来自意大利斟酒侍者协会的斟酒侍者服侍酒吧，当然把酒送到你面前是要加收 15％服务费的。普契尼舞厅的台式设计描绘了著名的普契尼歌剧中的场景，而伽利略迪斯科和观测台位于船的 14 层最高处，可以提供 360 度的观测——日间是观测台，夜间变作艺术气息浓郁的迪斯科舞厅。除了两个游泳池和健身房、水疗室、桑拿浴室外，还有跨越两层的拥有 650 个座位的剧院（圆形罗马剧场），使游客欣赏到高水平的歌舞表演，魔术表演、钢琴小提琴演奏。当然，casino 也是吸引大多数成年人的场所，但只是在行驶至公海后才开放。最让女士们心花怒放的当属要求必须正装出席的船长晚宴，简直就是时装秀，各式晚礼服在女士们身上争奇斗艳、蔚为大观，优雅的贵族般的着装完全可以和参加奥斯卡颁奖晚会的明星有一拼。

邮轮旅行最大的好处就是可以免去不断换乘交通工具和酒店的疲倦，虽然房间里的电视频道总共还不到 10 个，中文台不到一半，而且没有一个是中国内地的电视台，好在有一个频道时时通过监控设备播放邮轮的船头和船尾的画面，还有一个频道通过卫星定位系统显示邮轮行进的位置、航速、气温等；每天下午和晚上还会分别放到房间一份"China Today"今日中国新闻小报、"Today"次日活动安排，足够船上的游客，眼睛和大脑目不暇接地消化一阵的。

在深海海面上，透过舷窗或护栏，能够望见水面下翩然远去的黄色圆形水母，但站在 14 层高的甲板船舷边缘往下看，时间长了还是会眼晕，如果不小心掉下去，可能都没有人知道，更不用说被救起，即使泳技不错也绝不会游到岸上，因为离最近的岸估计也有好几十海里。据说曾有一对香港母子在邮轮航行途中跳海自杀了，尸体找不回，自杀前房间的水果犹如祭品的摆设。刻意者就没办法了，无意者总是需要备加小心。

豪华游轮就是一座现代城邦，一座海上围城，搭乘豪华邮轮出游，如今已不再是非富即贵的象征，随着外国邮轮的到来、国内邮轮旅游的开发以及市场的扩大，这种在西方国家非常普遍、属尖端旅游的度假产品，其价格也将越来越平民化，据说有近半数的青年夫妇愿意在邮轮上举办婚礼。还会收获到来自全世界 30 多个国家不同肤色和人种的温文尔雅的微笑，让人觉得自己置身于一个国际化的上流阶层。

最后小结一下，为那些想乘邮轮却还不知道应该如何准备的朋友提供经验备份：一、要有足够的银两，六七天的国外行程怎么也得准备10000 元到 15000 人民币，除了 5000 元左右要交给旅行社，还要留出5000 元左右兑换成旅游目的地国家的货币，喜欢去免税店海便宜货的还要再多准备一些，当然有信用卡可以透支。二、要有足够的闲暇，比如白领的年假、自由职业者、退休老人、处于寒暑假期的学生等。三、要能忍受六七天的与世隔绝，在茫茫公海上，手机即使开通国际漫游也是没有信号的，只能当游戏机和照相机使用。四、要喜欢互动、性格开朗，否则会失去许多参与集体活动的乐趣。五、要学会克制自己的购物欲望，除了自己所能承受的支付金钱能力的因素外，免税店购物的数量不能超过通关的规定，小心买多了被海关扣下。六、最好带点晕船药，毕竟六七天都是在海上颠簸，万一遇上风浪，持续地摇晃对于身体不适者还是很难受的。

大多数人平时大概没有太多机会专注于一件事物像粘在邮轮上这么乐不思蜀，能难得一去的人那就粘住好了，一次不尽兴，还可以易地再粘；去过了日韩，还可以去台湾，还可以去东南亚甚至中东，反正沿海的国家或城市都可以是航线的目的地，反正邮轮公司是不会轻易放过中国市场这块诱人的大蛋糕的。喜欢粘住的人，就粘它个淋漓忘我，百般陶醉，让目光和身体随着浩浩荡荡的异国邮轮，抚摸茫茫起伏的大海和别样新鲜的情调。

最坏的是没有爱

五、情感的洼地

一个人和另一个人的接近，源于相谈甚欢，源于新鲜之后的好感，心海翻卷。一个人和另一个人的疏远，源于话不投机，源于走近之后的反感，热情缩短……

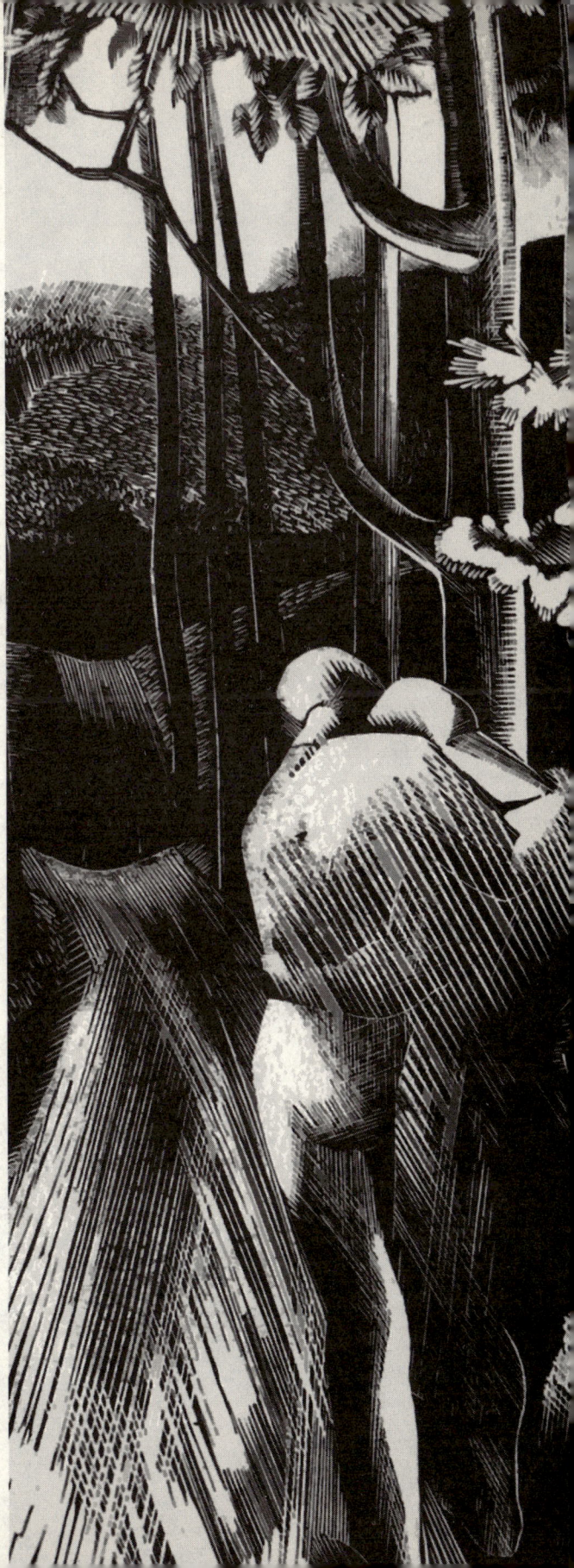

错误的经典

即使错误，也要经典！当然要看是什么样的错误，当然是指那些被世俗判定的闪烁着智慧光芒的深刻的错误，就像即使是正确却经不起时间的考验、天生已经暗淡无光的浅薄的正确是一个道理。这是一个错误出没的时代，也是一个真正的错误和不真正的错误杂糅的时代。有些人因为错误付出了应该付出的代价，有些人相反，因为正确付出了不应该付出的代价。

比如一类很出位的女人，想法和行为总是与常人的做法大相径庭，或者很前卫，或者很新锐，或者很错位，或者自以为很美。无须肯定或者否定她们的存在，人们也不会因其特别而感受到崇高或者猥琐。这样的女人我称之为倾斜的女人。需要提醒的是，倾斜也许会代表一种风尚，但并不一定能够经典。太倾斜了还容易摔倒，容易被视为异端，甚至遭到不明真相人群的围攻。倾斜的女人，要把握好倾斜的角度，把握得当就是美丽的倾斜、别致的倾斜，反之是丑陋的倾斜、危险的倾斜。

比如一类喜欢读诗写诗的男人，并非刻意标榜自己为诗人的他们，会发现生活在一个靠写诗养不活自己、自己却要养活诗歌的非诗非艺术的时代。事实上有相当一部分热爱写诗的人不能达到古罗马诗人维吉尔的气魄："假如我不能上撼天堂，我将下震地狱。"这也是部分错误过于低级而经典不起来的原因。卢梭认为：人生来是善良的，而社会使人堕落。如果一个时代属于堕落的时代，就会孕育出正确的诗歌和不正确的诗人，换句话说，堕落的时代只适合相对具体的生活，而不适合相对抽象的创作。当然也有很多时候，有必要坚持错误。歌德说，不犯错误的人是因为他从来不去做任何值得做的事。

古人说：吃一堑，长一智。毛泽东说：所谓完全就是包括犯错误。邓小平也说：不犯错误的人没有。犯错误不能一味否定，一棍子打死，一方面要尽量减少错误，另一方面也要让错误犯得不那么低级，不属于常识的范畴。黑格尔说得好："常识是一个时代的思想方式，其中包含着这个时代的一切偏见。"

即使错误，也要经典，引经据典是想说明，我们生活的这个时代是缺乏大师的动荡时代，具体说是缺乏大师产生的客观环境。一个越是物质极大充斥的时代，越会可能有极少的人驻足精神的沃土，建造出一批纯粹的作品让那些尊崇物质的人似懂非懂。一个错误已经无法更改且难以产生经典之作继而难以产生大师的时代，可能极少的人在精神家园里乐此不疲，成为思想的座上宾抑或阶下囚。

即使错误，也要经典，这可能只是美好的愿景。还在于这错误可能是别人认为的异端，自己认为的正确，乃至锋利的正确。在缺少经典的时代，只得引用时代以外的经典，15 世纪，瑞士的传教士卡斯特利奥给世人留下过这样的名言："当我思考什么是真正的异端时，我只能发现一个标准，我们在那些和我们观点不同的人们的眼里，都是异端。"这样的可能成为经典的异端，也可能是高端，有什么不好？

最坏的是没有爱

人是一种可怜的动物

　　人是一种可怜的动物，可怜在于大部分人并不知道自己可怜。生物起源学表明，人是地球上数亿年前最初的海洋动物经历漫长和复杂的进化演变过程后，基因多次突变后衍生出来的一种高级生命形态。但很多人并不因为人类的来之不易而备加珍惜，一些人挥霍着自己的才智，恃才傲物，使优点变成了缺点；一些人放大着个人的欲望，贪得无厌，不惜损人利己、假公济私；一些人使正常的生活变得无序，制造事端，大到国家之间发动战争，小到单位家庭的摩擦争吵。美国科学家哈丁说得很直接：每个人都在追求着最大的个人利益，结果，所有的人都向毁灭奔去。恩格斯说得更尖锐：人来源于动物界这一事实已经决定了人永远不能完全摆脱兽性。

　　人是一种可怜的动物，因为除人以外的动物并不比人对死亡的认识来得漫长和深刻，甚至还有恐惧。无处不在的危险，无时无刻不在提醒人们，死亡是一种命定、一种必然。一点一点地临近死亡，毫无疑问是人类注定一生伴随的无法消除的痛苦，无论濒死还是暂时的安全。

　　没有谁可以逃脱死亡的进逼。死亡的这种普遍性反而使痛苦减轻或者消失了。获得 1901 年首届诺贝尔文学奖的法国诗人普兰多姆在《深思集》一书中说"生活，就是死亡"。10 年后获得同一殊荣的比利时作家梅特里克在《沙漏》一书中也相似地表示"死亡即是我们的全部未来"。还有一位叫维勒的作家是这样诠释的："没有死亡的生活毫无意义，仿佛一幅画没有框架。"素有以人生即痛苦的悲观论调著称的叔本华说："人们会普遍地发现，当对生活的恐惧压倒对死亡的恐惧时，人们就会结束其生命。"

　　其实，人的一生就是上演一个悲剧和又一个悲剧的过程，如果有偶尔光顾的喜剧，也是转瞬即逝。或如叔本华又说过的，悲剧的人生，只有在细节上才有喜剧的意味。悲剧造成人们总是不断地在痛苦和死亡里沉浮。尽管这死亡很多时候不一定是肉体的。鲁迅在华盖集里强调自己

123

"一生的时间都用来补伤口了。"

索罗在哲学报告《沃登》中写道："大多数人都过着一种默默无声、毫无希望的生活。事实上，日复一日的劳动，使他们没有时间去思考和追求人的本质。"现实更加残酷，往往越智慧的人失去越多，越平庸的人失去越少。源于前者无形中夸大着自己的智慧，后者无形中夸大着自己的平庸，很少有人能看清楚真实的本我。对于少数人来说，有时候的清醒比麻木更加难以忍受。

仅仅从人一生在名利场上的追逐来看，便可深切地认知，人是一种可怜的动物，而那些志大才疏、神气十足者，不过是在加深着可怜。人是一种可怜的动物，还体现在人的脆弱性。作为群居的动物，人不能长期地缺失情感，缺失爱和被爱的能力。空虚寂寞的人会在一个躁动的时期里选择宣泄和释放的通道，比如这几年职场白领中流行的在开心网安家落户、在伤心网倾诉情愫，都是一种典型的脆弱表现。

人是一种可怜的动物，还体现在相比于银河系，相比于地球万物，相比于在浩瀚无垠的自然宇宙中，短暂的人类史。

最坏的是没有爱

不愿去潇洒

　　如今，大多数都市的上班族已经不知潇洒是何滋味，忙碌一天最渴望的就是回到家里把自己放倒，幻想哪天要是不用起早就是幸福，最好一觉睡过去不再醒来，基本上没有什么生活乐趣可言，工作干劲每况愈下，除了必须的上班和看领导脸色，唯有把坚硬的自己包裹起来，外表冷漠内心冰凉，把自己隔离成了一个与世隔绝的孤岛。

　　对于一些人来说，潇洒的动机取决于经济实力；对于另外一些人来说，潇洒的动机取决于观念和心情。潇洒走一回，不过是歌里唱的，在现实生活中能真正潇洒的只有三种人：一种是有特别富有的时间和不算稀缺的金钱，闲比钱多，通过降低一些花钱的档次即可协调；一种是有特别富有的金钱和不算拮据的时间，钱比闲多，通过牺牲一些钱买来充裕的闲即可协调；一种是时间和金钱都不特别富有但有潇洒的心情和愿望，比如有人买单，不用花自己的钱，但非常危险，拿人钱财就得替人消灾，白给的钱并不白给。一位好久未见并约我一起出去放松的朋友，应该属于第三种。所谓放松，无非就是泡泡酒吧、洗洗桑拿、练练嗓子、捏捏骨架；无非就是与人同乐、自己陪乐。这些消遣模式的内容了无新意，没有超越形式，去了也是碍于友情并非事情本身的吸引。

　　看到一篇文章说一个在大城市奔波的男人说出"我从不想别的女人"的心声，不是因为他的价值观多么崇高，而是因为他太忙，不但忙得没有做好事的时间，也没有做坏事的时间。我的想法和他相似乃尔，时间当然可以挤出来，所谓的没时间都是托词，都是相比之下不值得引起更多的重视。但有时间也还不是关键所在，有时间却不一定有心情。

　　如果为了有去潇洒的本钱而拼命工作，搞垮自己的身体，也是得不偿失的。一位女性在一家上市的知名大公司做销售，收入虽然不能和当老板比，但月薪万八千元的总有，相应的是，每天都加班不说，还经常出去陪老板或者客户应酬，往往后半夜才能休息，然后到早晨强行被闹铃叫醒，重新打扮得风风光光再去面对新一天的挑战。这位女士年纪轻轻，不到 30 岁，就已经有包括颈、胸椎和腰椎在内的脊椎疼痛，肠胃发炎，入睡迟缓，落下一身的毛病。不知道她这种得失的转换是否值得。

钱可以买来很多东西，但唯独买不来生命和亲情，买不来活着的质量。我宁愿挣得少一点，闲暇多一点，压力少一点，安详多一点。这样可以让自己静下心来，把几本好久以来没看的书籍看完，把几件好久以前计划的事情做完。活着很容易，但活出自己认为的快乐来，还真有点难。当然，每个人快乐的准则也不一样，即使同是物质范畴，不同的物质需要也会导致准则不同。

不愿去潇洒，因为缺少心情和动因，因为很多该做的严肃的事情还没有机会去做或者去做了但还没有做好，因为潇洒的内容可能也实在不怎么引人入胜，因为通常意义上的潇洒后会油然而生诚惶诚恐的内疚——如果还在意自己的价值观，还依赖对自己的潇洒不会毫不在意的家人。

成长缺少快乐的元素

为什么生活中总是有人感到不快乐？甚至所有人都有不快乐的一面？答案很简单，因为人类不是低级动物，或者说经过亿万年的进化演变，导致人类比低级动物多出来思想这个尤物。有思想的人从知道自己某一天会死的时候起，想要快乐就具有了难度，自然不容易找到快乐的源泉。面对种种人生的挫折不堪一击，最终的人生观，往好了说往轻了说，是缩手缩脚、自暴自弃、消极怠世、及时行乐；往坏了说往重了说，是私欲膨胀、不择手段、人格缺失、精神分裂。这样的人肯定有，但不会是多数。好的人生态度是不怕遇到问题，哪怕遇到非常棘手的问题，也能通过科学的方法论和唯物史观进行缜密分析，一一化解。可是会说并不代表会做，说总是比做容易得多，但我们遇到具体情况时，往往还是会无所适从、手足无措。

人活一世，不快乐的因素太多，没钱不快乐，有病不快乐，丧亲不快乐，失业不快乐，离散不快乐，考试不快乐，无知不快乐，无情不快乐。太多的不快乐存在，反而淡化不快乐的杀伤力，不快乐在认知上传递过来的作用就会减弱，就会增加我们喘息的机会，与各式各样的疼痛作斗争。确实是疼痛，每一种可以称得上的痛苦最终都会化为疼痛，清晰的疼痛。区别只是在于，是身体的疼痛还是心灵的疼痛。如果能够让疼痛减轻或者消失，快乐就有了柳暗花明的可能。

我们中的一些人不快乐是因为伴随着长大的环境缺少快乐的元素，说缺少是实事求是的，说没有是不准确的。我们中的一些人有过快乐，些微的快乐，但同伴随的恶劣成长环境而言，还远远不够。我无意夸大成长环境对一个人的快乐所起的作用，但对相当多的人来说确实存在，且影响深远。情节严重的甚至决定命运，比如家庭的背景和变故；比如孩提时玩伴的影响；比如成人之后的遇人不淑、交友不慎；比如我们所居住的地域和区域，存在的根深蒂固陋习。这些因素当中，几乎每一项都不是可以自己选择的，而每一项都可能带来巨大伤害，以及因为伤害

造成的无法挽回的损失，因此所能做的只能是面对，坚强地面对，顽强地面对。

英国实证主义教育家斯宾塞说过："如何经营完善的生活？这是我们需要学习的一件大事，亦就是教育所应教导的一件大事。为我们完善的生活做好准备，乃是教育所应完成的功能；一种教育课程是否合理的判断，就要看这种功能的完成程度如何为准。"斯宾塞意识到教育与个人生活世界内在的一致性，主张教育应像个人在自己的社会生产生活中成长一样，采取自我教育与自然教育的方式。这样的教育主张是需要童年的时候体会才能效果彰显的。美国传播学家尼尔·波兹曼在《童年的消逝》中提出这样的观点：这个世界处于大众传媒的统治下，在家里、在大街上、在学校周围，到处都有大众传媒的影子，而这基本是成人的世界，表达着成人的声音，大众传媒的无所不在，使得儿童所接触的跟成人没什么不同，童年和成人之间的界限正在缩短。其中一个结果就是：我们的童年正在慢慢消逝。而我们的童年生活，几乎从幼儿园开始就被套上了安分守己、学而优则仕的枷锁，而这种一直蔓延到大学的传统的应试教育并不卓有成效，因为它剥夺了太多的成长乐趣，禁锢了太多的想象力，限制了太多的人身自由。

恶劣环境容易扼杀快乐

我相信只要用心地经营自己的生活，就能够快乐，过上快乐的生活。而成年之后的不快乐，原因很多源于身处一个不完整的社会形态。快乐在很大程度上和教育有关，始于教育，尤其是童年的教育。幼儿园作为快乐玩耍的地方，是教育阵地，更应该是快乐教育的天堂。让孩子快乐起来，这应该是至高无上的教育目的，如果快乐缺失，剩下的只能是郁闷、烦躁、逆反、对立、孤独、压抑和沉默寡言，甚至造成孩子非常严重的对立情绪。在很多地方的学校都很流行这样的灰色童谣："太阳当空照 /花儿对我笑 /小鸟说早早早 /你为什么背着炸药包 /我去炸学校……"；还有从流行歌里引发的灵感："起得最早的人是我 /睡得最晚的人是我 /最辛苦的人是我、是我，还是我。"

校园早已不再是世外桃源，社会上各种各样的压力已渗透进来，导致很多学生患有心理障碍。究其原因，除了我国现行教育体制追求应试教育导致课业负担的弊端依然存在外，社会的分化、家庭条件的悬殊、世态的炎凉、就业的艰难，无一不给学生带来困惑，而且极易造成他们生活希望之链的断裂。青少年的这种心态，尽管与其个体的心理差异密切相关，但也与学校缺乏"快乐教育"有关却是不争的事实，不快乐是导致孩子们心理障碍的根源。

另一个心理障碍的根源来自家长。从表面上看，富人应该比穷人更快乐，实际不然，富人也有自己的烦恼。富人乘飞机要考虑是否需要买相对安全的头等舱的票；富人赴饭局要考虑是否与陌生人同桌是一种危险。富人的孩子也一样烦恼多多，首先是压力巨大，每个富人的孩子都会被家长给予比普通人家多得多的对未来的期许；其次是优越的物质条件往往会起到适得其反的结果，使孩子本来的生活受到干涉，虽然会有太多的玩具和奢侈品相伴；第三也是最关键的一点，就是富人要忙于打理自己的生意，无暇给予孩子最需要的交流和关爱，而这是一个人成长阶段心理健康必不可少的环节。

那些看似拥有一切的孩子往往也拥有着孤独、迷茫、自卑，他们无比渴望杰出，却承受力欠缺，现实中往往难以回报父母的殷殷厚爱和实现父母的殷殷期待。美国一项调查表明，这个群体的孩子比普通青少年患抑郁症的比例高两倍，破坏物品和自杀的比例也高一些。最危险的情绪是自我痛恨，源于家长严厉苛刻、要求太高，无形之间助长了这种情绪。

孩子就是父母手中的风筝，能飞多高多远，一方面取决于风筝主观上的大小形状和客观上的风力、风向，另一方面取决于家长手中控制的线轴，是多放一些线还是少放一些线，全凭家长的操控能力。控制过于疏松，孩子成长的方向可能会偏离正确的轨道，漫无目的，容易受到身边整日接触最多的人的影响，如果受到的是不良影响甚至是恶劣影响，问题就会非常严重；控制过于严谨，孩子会缺乏独立精神，依赖性强，对纷繁的外界事物难有自己判断，还容易产生逆反心理，甚至会选择挣脱控制。这是一个两难的选择，现实逼迫作为家长的一方必须选择，正确的选择。

亲人疏离带来亲情缺失

　　没有亲人的人是不幸的，甚至成为苦难的源泉；有了亲人却感觉不到亲的人，会加重苦难的分量。而幼小的时候失去亲人尤为不幸，毕竟在最需要成长、最需要爱护的人生关键时期，少了一份来自血缘意义上家庭的温暖。人生有三种人在广义上属于没有亲人：自幼失去父母、无依无靠的孤儿，属于名副其实的没有亲人；不仅有父母还有不少血缘上的亲属，但却找不到浓浓亲情的人，属于名不副实的没有亲人；成长中既没有血缘上的亲人，又不心存渴望，是另一种意义上的没有亲人。最后一种人所渴望的亲人是能够通过灵魂和思想的交流从而最终达成默契和共鸣的精神上的亲人。在具体的生活中，这一种人不多，却以自己的方式存在。

　　很多时候，血缘上的亲人不是因为血缘不够近就是因为双方都不够信任而疏于联系，几乎不相往来，形成了表面上有亲人、实质上没有亲人的窘况，或者所谓的亲人过于自私、过于刁蛮，只想着你能给予什么，没想过为你能做什么。这些骨子里认定自己举目无亲的人，脆弱敏感，疑虑重重，担心不能给血缘上的亲人带来快乐，担心自取其辱，结果只得在每一个法定的节庆假日，每一个万籁俱寂的清冷夜晚里，把自己包裹起来，拒绝示人。

　　失去双亲会给孤儿的生活带来不幸，但这种不幸会随着时间的流逝和岁月的增长逐渐适应并且习惯。我曾为送用不着的衣物去过一个专门收养犯罪分子孩子的机构——太阳村，几十个不是孤儿胜似孤儿的孩子，看上去已经没有太多恐惧和阴霾的表情，唯一不变的是纯真和简单，但幼小的年纪就已缺少父母的疼爱，这种成长的缺失形成的痕迹恐怕一生都难以平复。日常生活中，尚未失去双亲或者中年之前失去双亲的"孤儿"承受的不幸更多，因为人们根本不会认为这是一个没有双亲的孤儿，而且自己在人们面前也不能认为自己是孤儿，这比起真正的孤儿来少了一层被认同的理解。

穷居闹市无人问，富在深山有远亲。古语同样适用于物欲横流、世风日下的社会。那么所有期待着不仅能和亲人一起享乐、还能和亲人一起患难的人可能要说：请举起光明的火炬，指引确切方位，把缺失的亲情弥补回来。

没有亲人，也不必悲伤，不必沮丧，还可以调整一下渴望依赖的对象，还有强大的自己，还可以让浩瀚的书籍做自己的亲人。以后再出现别人过节自己安静、别人团聚自己独居的寂寥情形时，不妨进入专注的思考，专注的写作。

没有亲人，不一定没有亲情，也许每一个志同道合的有着相同爱好的朋友，都有可能和蔼可亲、亲密无间，不是亲人胜似亲人。但这需要刻意地营造聚拢的机会，或让聚会成为一种惯性，成为定期的例会。经历如此这般，一个没有亲人的人，在自己的人生路上，已然不会独自走得太远。

最坏的是没有爱

不是人人都爱过节

　　过节总是可以让想过节的人暂时放下烦恼和不快，让不想过节的人徒增和加重烦恼和不快。当然，几乎所有的人都愿意过节，大到举国上下全国人民郑重其事热烈对待的春节，小到只对身在其中的两个人有特殊意义的情人节。几乎所有的节日都有一种共性的指向：以欢庆的方式浓烈地祝贺一番；所有的节日也都具有一种特性的指向，不同节日的不同内涵使庆贺的方式有着天壤或者细微的差别。

　　每年的年底和翌年的年初，都是稠密的过节时段，集中了中外混杂的万圣节、圣诞节、新年、春节、元宵节、情人节等。密集而来的节日为喜欢过节的人提供了一系列喜气洋洋、兴高采烈的机会。对于商家和喜欢热闹的人，每一个节日都是美丽和欢乐的释放，每一个节日都是洋溢着热情的海洋，每一个节日都成为商家大张旗鼓促销的盛大日子，每一个节日里的街市都是人头攒动、熙熙攘攘。

　　节日不仅仅是一个约定俗成的概念和固定不变的日期，还是一个让自己开心甚至疯狂的理由。每一个中国的、外国的、普通的、重要的节日，都是聪明的商家千方百计绞尽脑汁促销的噱头。盼望过节的人其实是在为放下工作或学习寻找一个光明磊落的借口，有太多的人喜欢这个借口，喜欢为这个借口花钱花时间，耗资不菲。于是过节成为人们自发组织起来的一种活动，一种很多人聚在一起通过花钱达到空前热闹的浪费时间的活动，对失去的东西则忽略不计。

　　许多人聚在一起，对某些人是一种束缚，因为在这样的环境和气氛下，还没有和其他人熟悉到可以随心所欲无话不谈，不知道自己该说些什么，还会感到一丝的紧张和局促，严重的还有排斥，就像卡夫卡在名为《日记》的小说里写到的："我生活得比一个陌生人还要陌生。"

　　也有许多人是拒绝过节的，甚至对这样的机会嗤之以鼻，那些把每一个普通的日子过得也像节日一样热闹的有钱人，就没有必要再重视真正意义上的过节，因为平时重视的太多了，早已不足为奇；那些把每一

个节日都过得像普通日子一样清静的收入低微的人也不重视过节，因为缺乏重视的基本条件，包括行动不便的老人、医院里的病人、无亲无故的孤儿、异乡漂泊的旅人、没有家庭温暖的人。他们认为过节是一种负担，是一种疲惫，甚至是一种痛苦。他们无法从过节的细节中印证自己是开心的快乐的。

不习惯热闹的人以独处的方式排斥过节，其中有的人在利用独处的时间和空间抓紧完成一些属于自己的成果。独处在很多时候，不是划地为牢、与人为壑，也不是郁郁寡欢、自命清高，而是一种平静、一种深度、一种消隐。尼采说："隐居起来吧，那样你才能过真正属于你的生活。"纪伯伦也说："隐士是遗弃了一部分的世界，使他可以无惊无扰地享受着整个世界。"显然，这不是盼望过节的人所能过得了的生活，也不是盼望过节的人所能进入和享受得了的世界。

不是所有的人都盼望过节；不是所有的人都喜欢热闹非凡的场景；不是所有的人都向往奢华风光的世界；不是所有的人，都能在静谧的阑珊夜里安然入睡。

不恋红唇

不恋红唇，准确地说，是不恋嘴唇，自己或别人的，或薄或厚、或性感或不性感的嘴唇。不是因为唇不可爱，不吸引人，而是因为两点：涂抹在上面的红色唇膏可能有毒，红唇里流淌出来的话语可能尖刻。换句话说，如果恋上红唇，要么可能中了唇膏的毒，要么可能中了话语的毒。这都不是想恋的人趋之若鹜、喜闻乐见的。

我国食品中是严禁添加工业染料的，但在化妆品中，有的可以允许添加到除口唇部、眼睛外的其他部位化妆品中的，比如印度女郎额头那点娇娆的红，不允许用在制作唇膏上是因为唇膏直接接触唇部较薄的皮肤，存在会被吞食的危险。国家质检总局就曾验出很多保湿防水唇膏中含有工业染料，不仅多间涉及的化妆品公司被勒令停售、回收及销毁问题产品，还要停产整顿。一件本来应该起到好作用的事情，却因为人为的因素，起到了坏作用，于是导致国家很生气，后果很严重。

想恋红唇的人之所以在意，还因为危险面在扩大，唇膏在北方干燥的冬天，几乎成为男女必备、老少咸宜的用品。但女人经常用的唇膏的"红"，居然存在着用工业染料染出来的可能，要知道工业染料主要是用于润滑油，或者用于溶剂、油、蜡、汽油增色以及鞋、地板等增光，是完全没有人情味的。若是有洁癖的性情中人，想想自己的唇，还有对方的唇，和这些工业用料亲密无间、混为一谈，这美丽的色，熠熠的光，每天都近距离妖艳地闪烁，犹如魑魅魍魉一般，怎么会充满欲望？

年少时听过一句歌词，大意是："猩红的唇，烈火般的吻，也留不住负心的人。"男人的唇和女人的唇都是无辜的，猩红可能才是症结所在。这至少会成为放弃或者逃离的理由。而喜欢涂抹鲜红的唇膏的女人，不是盛气凌人也是风情万种，给人感觉魅惑、妖娆，不如朴素来得踏实。陷入红唇地带的，不仅是女人，不仅是缠绵和漩涡，还有属于情色男女的歌词："红唇烈焰，亟待抚慰，柔情欲望，迷失得彻底，镜内人红唇烈焰，剩下干涸美丽，将拥抱双手放低……"《烈焰红唇》；"红唇绿酒这夜太令人醉，那水晶灯影似梦堆，绵绵夜曲这夜似任提取，怎可不醉，红唇绿酒替代邂逅字句，也许不须讲已默许，红男绿女盼望这夜长居……"《红唇绿酒》；"暧昧唇语装听不懂没有那么简单就上钩，你给的爱不要做作只要做出反射动作，完美微笑的唇型让你意乱又情迷，纯纯欲动的唇印就要越过危险关系……"《唇唇欲动》；"爱我不要爱得这样三心两意，我不会再为你哭泣，你也许又会说我任性或说我多心，可是有红唇印在你衣领……"《唇印》；"心里的红唇秘密只能告诉知己，心里的红唇秘密千万别传来传去，心里的红唇秘密大人不能乱听，心里的红唇秘密让它们猜来猜去……"《我的秘密》。这些似曾熟悉或不曾熟悉的歌词，无不在诉说红唇的隐晦，无不在印证红唇的堕落。

　　一个人和另一个人的接近，源于相谈甚欢，源于新鲜之后的好感，心海翻卷。一个人和另一个人的疏远，源于话不投机，源于走近之后的反感，热情缩短，不再深探。对于接近而言，没有吸引，何谈接近；没有接近，何谈喜欢；没有喜欢，何谈迷恋；没有迷恋，无功而返。两片长在不同树枝上的树叶，原本就应作壁上观，不近不远，无爱无缘。

　　不恋红唇，因为有一些人天生胆小、畏葸不前，另一些人天生脆弱，无法抵制魅惑，还一些人不屑一顾，认为多此一举，毫无意义。不恋红唇，免得生出种种不必要的事端，恋上就可能逃脱不掉。何况，相比于漫漫红尘，片片红唇只是一个形而下的具体意象，远远缺少动力让有着积极态度的人容光焕发、踌躇满志。

最坏的是没有爱

躲避太阳

　　万物生长靠太阳，太阳带来光和氧，地球存在亿万年，没有太阳难想象。写出这几句顺口溜不是想赞美讴歌太阳，只是想说明太阳的重要。当然，没有谁能否定太阳的丰功伟绩，自古以来就以其光彩夺目成为文人笔下讴歌的对象，每个时代的颂者无不以洋溢的热情赞美太阳的高贵，很多时候它还是男性阳刚的化身。但就一年四季而言，太阳在炎炎夏日里，在成为某一些事物的化身时，就不那么招人喜爱了。

　　在每一个炙烤的夏日正午，刺眼的阳光会使行人的心情百无聊赖，大自然的法则就是这样任性，喜欢给南方太多的湿润，喜欢给北方太多的干燥。不同的环境下就会产生不同的认识，不适应烈日下干燥的人这时候会憧憬北方人偶尔期待、南方人早已厌烦了的梅雨天气。

　　天公持续高烧不退，坚实硬朗的柏油马路仿佛得了软骨病，让行走在上面的人感觉到一种粘连，一种绵软。在身体无法靠近、瞳仁无法直视的时候，太阳不仅不是美好的象征，甚至还会成为诅咒的对象。有一些人即使在寒冷的日子里，也从未渴望过太阳的垂青，因为不喜欢太阳高高在上、目中无人的表情。在太阳的照耀下，还可能会被它散发的光芒遮住，会觉得是一种寄人篱下的生活，日久天长，变得畏首畏尾，失去自身的亮度。

　　躲避太阳，躲避地球变暖导致自然天气愈演愈烈的燥热难耐，做一名亲水一族，最好是畅游在碧水荡波的室内游泳池，远离不仅让人眩目中暑还让人汗流浃背的太阳火炉。

　　躲避太阳，不仅仅是喜欢没有骄阳似火的夜晚，还喜欢怀念儿时和玩伴钻进清凉的防空洞，拿着手电筒进行一番"探险"。住进高楼后更喜欢去比电扇和空调都更具备天然凉意的地下停车场漫步。

　　躲避太阳，躲避光天化日的接触，不是因为要干什么见不得人的事情，而是晴天朗照里的干燥空气实在是不如阴天里甚至雨天或雪天里来得清爽和舒适。

躲避太阳，躲避一种醒目而清晰的距离，因为有很多以太阳的比喻徒有虚名，接近虚妄；因为太阳毕竟太亮太远，彼此难以相通，缺少可触的朴素和真实。

躲避太阳，躲避那些伪名人的光环，不是因为他们使相形见绌的无名"草鞋"低人一等、不值一提，而是自我感觉良好的他们实在是与普通平凡的东西大相径庭、格格不入。

躲避太阳，从根本上，是躲避另一个世界，另一个阶级——特权阶层。无论是历史遗留下来的还是新生的，作为普通人，无法与其公平地正面角力，于是选择退却，蔑视少数人的游戏规则。

躲避太阳，就是脱离到主流之外，即使不能在晴朗的白天里遁形，也希望躲在一个相对干净的角落，保持自身的干净整洁，躲避晴天里清晰可辨却又难掩的尘土飞扬。

走出失意的阴霾

　　每一个平平常常的日子，都有可能成为盛大的节日；每一个盛大的节日，也都有可能过得平平常常。这取决于一个人境遇和心情的好坏，坏的境遇和心情必然会触发失意这根敏感的神经。不甘平淡的人不奢求每一个日子都能眉头舒展心花怒放，但确实希望当城市的季风翩跹而至时，风筝系着自己长长的浪漫在云之巅自由自在地释放一回、畅游一回、泛滥一回、快乐一回。

　　经年的往事如雪如冰、且厚且硬。沉浸在夜幕下回首往事，失意的人时常会被漂浮不定的悲哀所笼罩。人生的羁绊和凄苦委实太多，失意的人又常常作茧自缚，自己折磨自己，明知有些事情不会有结果，却仍然作着徒劳的努力。命运具有自己的能量，有时候释放出来会摧毁自以为坚固的信念。痛定思痛，审时度势，现实与幻想宣判了一切应该与不该！

　　具体生活中总有这样的人，尚未学会制造欢乐感染周围的人，喜欢在忧郁和沉重中徜徉。也许特殊的历史背景和成长环境造就了这样的人一种特殊的性格，比如喜欢黑暗，喜欢孤独。弗洛姆在其哲学著作《在幻想锁链的彼岸》一书中说"彻底的孤独会使人精神错乱"。作为画家的凡·高肯定是了，作为小说家的海明威可能也有一些，作为诗人的普希金似乎也不正常，所以他们都没有做到自然死亡。

　　黎巴嫩诗人纪伯伦曾经感叹道："我们已经走得太远，以至于忘记了为什么而出发。"一个人的孤独走得太远，也会忘记其他。但一个人的孤独走得越远，越会渴望理解，会渴望有思念中的友人携一路芬芳倏然而至，促膝而坐共叙情衷。

　　有时候距离是一座高耸入云、连绵起伏的山峦，是一面宽不可测、深不见底的悬崖，不仅阻隔了彼此的相见，也阻隔了彼此的想念。距离何尝不是一种幸运、一种美丽呢！一切正是因为距离而吸引，因为神秘而渴望。但是失意就是一种不好的距离，一种把积极和快乐隔开的距离。有了失意的存在，就少了诗意的存在，缺少了美丽的存在，少了魅力的存在，少了努力的存在。

阳光很好，温暖很好！但失意的人因为常年接触不到，只有冰冷和荒凉的体验，就在冷漠的时空里变成了不好。一个体验过足够冰冷足够荒凉的人，内心世界是不需要阳光普照这种外在的温暖的。但这并不意味着失意的人应该永远失意，永远走不出阴霾。

失意的人应该学会在自己狭窄的一生中留下那些美好的梦幻和深深的爱意，而不是让身心浸泡在冰冷的世界里。每个人都必须离开它们，远远地离开（即使有限地离开），尝试着奔向有阳光有绿色植物的地方，为了一些世俗的形式和习惯。这需要假以时日，从长计议。

最坏的是没有爱

人生是一次艰苦的航行

每每看电视里类似动物世界的节目，那一幕幕动物弱肉强食的真实场景，不禁感喟作为动物的渺小和无助，生与死往往就是一瞬间一刹那的事情，面对穷凶极恶的大型肉食动物，较小的动物逃脱出去就是侥幸，就是一次生命的新生；没逃脱出去就是不幸，就是羸弱生命被撕扯得鲜血淋淋的完结。人生何尝不是，不同的是，人类还有更高的追求、更多的享受、更复杂的痛苦，更艰苦的航行。

每一个人从离开母体起，就开始了一生成长的旅程，就开始了一次艰苦的航行。在还是小舢板的时候，父母是起锚伊始的护卫舰，呵护着子女们小心掌舵，传授独立航行的技巧。海天茫茫，彼岸遥遥，作为子女面临着凶恶鲨鱼的袭击，面临着强劲海风的肆虐，面临着无数暗礁的觊觎，面临着体力不支的侵扰……开弓没有回头箭，没有回头路可走，子女们必须学会一点一点独立长大，坚定抵达彼岸的胜利信念，过了第18 个航标，子女们只能独自乘风破浪，靠自己掌握的本领，驾驭自己的人生，勇往直前，自强不息。

在凶险的航道上，我们每一次从厄运中逃脱出来，都意味着免疫力增强、对手束手就擒或知难而退，于是我们不懂得畏惧，信心百倍地迎接下一次更猛的风浪。我们中的一些人最终还是因为这样的或者那样的原因没能坚持下来，在中途遇险甚至遇难。幸免的人多少心有余悸，有点儿忐忑不安。

创立控制论思想的美国数学家维纳说得一段话非常鼓舞人心，也非常悲壮："坦率地说，我们是注定要灭亡的行星上遇难船只中的旅客。然而即使在行将沉没的船上，人类的尊严和人类的价值不一定消失，相反必须得到更多的重视。我们将走向深渊，但即使在临死的时刻，我们也应该保持人类的尊严。"

在我们一生艰苦卓绝的跋涉中，理想的航行路线应该是：前半程多一些惊涛骇浪，毕竟前半程我们年轻力壮、朝气蓬勃、精神抖擞、体力

141

充沛；后半程多一些风平浪静，毕竟后半程我们状态欠佳、中年发福、精神疲惫、疾病上身。反之就会非常辛苦甚至中途夭折，即使能跌跌撞撞停靠上岸，也必将元气大伤，一病不起。这都是年轻的时候过于顺利造成年老的时候抵御不了外界侵袭的变故。

人生是一次艰苦而且漫长的航行，随时可能遇到汹涌的波涛、恶劣的气候、潜伏的暗礁、凶猛的鱼类，不能掉以轻心、麻痹大意，不得不遭遇时要沉着冷静，学会失小留大，学会化险为夷，学会机智勇敢，学会迂回前进。

大海无情，灾祸无情，我们必须时时做好充分的思想准备，枕戈待旦，聚精会神，警惕地注视前方的航道，把握好方向罗盘。只有前进中小心翼翼、诚惶诚恐，才能迎来意气风发、神采奕奕！只有内心充满灿烂的阳光，才能拥抱前方胜利的曙光！

最不的是没有爱

淡泊名利不易

　　每个人迈入职场时，都希望自己能够追求到有名有利的事业，享受到有滋有味的生活。但对于有十几亿人口当分母的中国，分值比例太小，真正能做到的只是极少数分子。当然，如果你选择了一个公众瞩目的职业，还是有很大的几率成为名人、明星的。例如，科学家、哲学家、发明家、政治家、作家、社会活动家、记者、主持人、导演、演员、体育健将、手艺人，等等。前一大部分属于名人，后一小部分属于明星。名人和明星二者的区别很大，除了文化和科学知识的底蕴，还有综合素质的差别。

　　淡泊是一种标榜，名利是一种向往。自己标榜一下淡泊，并不说明内心没有对名利的追求和渴望，连大圣人孔子也认为"君子先聚财后立德"，既然想对名利热切追寻，就没有必要装清高。

　　有利益的人，比如商海里漂浮的商人，因为未必有名声，待利益争取到了一定的程度时，就会想方设法博取名声，以便换取更大的利益。有名声的人，比如规规矩矩从政的人，因为未必有利益，就有不甘"寂寞"者，铤而走险，以权谋私，将权钱交易放大到了极点，这在时常见诸新闻的落马的高官中可见一斑，其中不乏局长、市长、部长、内阁成员，中国有，外国也有。

　　《清代皇帝秘史》记述乾隆皇帝下江南时，来到江苏镇江的金山寺，看到山脚下大江东去，百舸争流，不禁兴致大发，随口问一个老和尚："你在这里住了几十年，可知道每天来来往往多少船？"老和尚回答说："我只看到两只船。一只为名，一只为利。"一语道破天机。名能滚利，利反过来继续滚名，名声滚滚才能财源滚滚，把名利双收运用到极致的人无疑是广告代言人。其实广告商启用明星、名人做广告未必效果彰显，即使崇拜者足够广泛，也不能保证代言者本人不出问题，一旦出了问题，广告效果就会折扣大减。

　　我总是对说自己淡泊名利的人表示怀疑，事实上这种人要么已经不

再需要更多更大的名利了，要么无法争取到名利，有着吃不着葡萄说葡萄酸的心理。学者于丹讲过一个故事，大意是，某位老作家时常说"名利乃身外之物，要淡泊处之"。他说这话时神情淡定，毫不虚假，令人顿生敬重。几年后却因自己的小说没获奖突发心肌梗塞离开了人世。一个饱经风霜的老者，能说出这样的话来，必然是对人生有了深刻的理解，为什么最后还是因为名利而丧掉性命呢？是不是淡泊名利这种话说起来冠冕堂皇，做起来非常难呢？所谓的"淡泊名利"在某种程度上就是一种装饰品，它会给人蒙上一层超凡脱俗的面纱，让人显得崇高而儒雅。于是只要有点文化和身份的人就喜欢将其挂在嘴边，并笑话别人追名逐利。岂不知人生于世没有哪一个不是为名为利而来的，只要所处的环境和位置需要它了，就会身不由己地争取。

拥有名利的人谈论淡泊让人觉得矫情；没有名利的人谈论淡泊让人觉得虚伪。生活中真如《菜根谭》里说的"宠辱不惊，闲看庭前花开花落；去留无意，漫随天外云卷云舒"的人并不多。古往今来，有多少文臣武将一生追求的，就是死后追封的一个谥号，君王封他忠，封他孝，封他文，封他武，等等。当这个谥号刻上墓志铭，大概生前的一切失落都在这一个永恒的墓碑上得到了补偿。名利亦是虚荣，前苏联小说《断头台》中有这样一句精辟的话："贪财、权欲和虚荣心，弄得人痛苦不堪，这是大众意识的三根台柱，无论何时何地，它们都支撑着毫不动摇的庸人世界。"人活一世，追名逐利本无可厚非，再正常不过，对名利能取之有道就好。

凡是一切以追求名利为人生目的的人，一定是活在当下的人，活在现实的人，活给自己的人。一切人世间的凡夫俗子都是这样的人。凡是一切以追求思想为人生目的的人，一定是活给后世的人，活给信仰的人，活给别人的人。一切人世间的圣贤大师都是这样的人，比如中国古代许多贤人诗圣，都十分重视拿名利做文章，研磨出很多精辟的名句，其中以孔子的流传最多，比如"君子疾没世而名不称焉"、"君子爱财，取之有道"、"君子喻于义，小人喻于利"，"天下熙熙皆为利来，天下攘攘皆为利往"；孟子的"何必曰利，不亦缪乎"；老子的"恬淡为上，胜而不美"；白居易的"身心转恬泰，烟景弥淡泊"；诸葛亮的"淡泊名利，宁静致远"；苏轼的"荷尽已无擎雨盖，菊残犹有傲霜枝"；于谦的"名节重泰山，利欲轻鸿毛"；杜光庭的"浮名浮利过于酒，醉得人心死不醒"；辛

弃疾的"了却君王天下事，赢得生前身后名，可怜白发生"……举不胜举。

　　庄子对送上门来的名利自有巧妙的应对。战国时期，楚国是个大国。一日，庄子正逍逍遥遥在濮水上钓鱼，楚王派了两个大夫去到庄子那里，毕恭毕敬地说："想要用我们国家的事劳烦先生您啊！"话说得很客气，就是想要请他出山为相，希望把楚国的相位授给他。庄子手拿渔竿，头也不回地说："我听说楚国有一只神龟，死了都三千年了，楚王还把它包上，藏在盒子里，放在庙堂之上。你们说，这只龟是愿意死了留下骨头被人尊贵呢，还是愿意活着拖着尾巴在泥地里爬呢？"两个大夫回答："当然是愿意活着在泥地里爬啊！"庄子说："那好吧，你们请便吧，让我拖着尾巴在泥地里活着吧！"逍遥派的庄子以柔克刚地规避了仕途的险恶，清醒地把握着入世和出世的度。

　　道家崇尚顺其自然，名利固然需要追逐，只是不要过于刻意和不择手段，顺其自然最好，也最终能够体现出来应有的价值。正如古人的清词丽句所言：山不名自巍峨，海不名自辽阔；风不名自浩荡，雨不名自滂沱；花不名自清芬，人不名自淡泊。月无利自盈缺，云无利自飘摇；泉无利自喷涌，曲无利自清幽；路无利自迢迢，心无利自清高。

　　有人身在低处却拼命地想往上爬，想成为人人敬重的座上宾，有人爬到了高处后好景不长，又摔回了低处，这都是名利思想使然。能爬上去是好事，但成为座上宾后再成为阶下囚就不好了。不能正确地看待名利，名利就是一种负累，一种麻烦，一种难受，一种诟病，远远超过了它所带来的好处。

六、内心的花园

为了接近想要的生活，为了维护精神层面上的愉悦，必须保持窥孔的清洁和纯净，以免尘世的风沙，吹脏了视野、遮蔽了心灵。

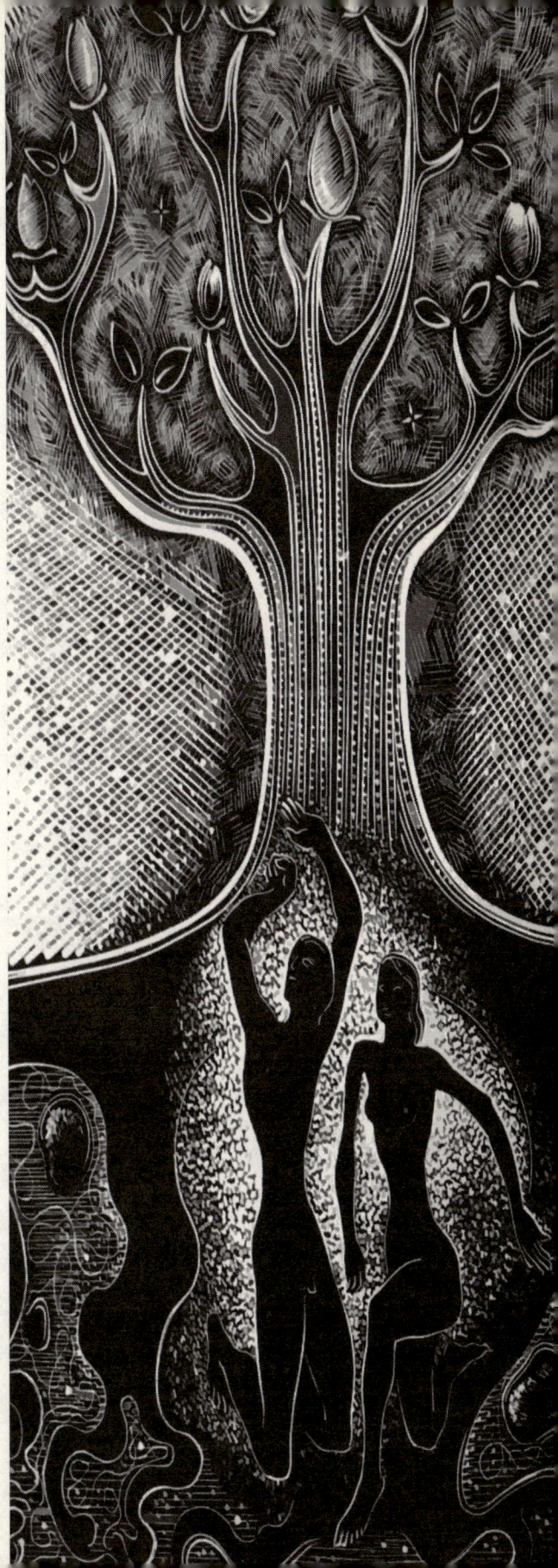

最坏的是没有爱

　　道路有蜿蜒和笔直的变化，河水有湍急和平缓的起伏，景致有旖旎和破败的区别，命运有得意和失意的转换。人的一生中几乎避免不了度过蹉跎的岁月、经历坎坷的境遇，不过是哪个时间段遭遇和遭遇的程度问题。但是只要有爱，再坏的事情、再坏的境遇也都会慢慢好起来。

　　品味失意这杯苦酒，作为失财者，会沮丧于回不到富有的时光，只好从铺张浪费到勤俭节约；作为失恋者，会痛苦于走不出伤心的困境，挣扎于男女感情的漩涡；作为失业者，会焦急于找不到可心的工作，凸显生存的危机和自信的危机；作为孤独者，会习惯于无法停下漂泊的心灵，举目无亲、四处流浪，情感的栖身之地万劫不复，包括亲情、友情、性情以及对所钟情事物的热情。

　　脚下道路的迷失只是一时的迷失，心灵道路的迷失却是永久的迷失。如果一个人找不到人生的坐标，就会像一头被蒙上眼睛拉磨的驴，总是在自己面前的那一小片天地里徘徊。但迷失方向的心灵很多时候是因为没有爱的指引，缺少爱的照耀。

　　所有美好的东西里面都有爱存在，但不管哪一种爱，都不会无缘无故地来。爱是需要寻找的，不是陷入等待的，就像美是需要发现的道理一样。法国雕塑家罗丹说过："美是到处都有的，对于我们的眼睛，不是缺少美，而是缺少发现。"

　　从狭义的角度看，爱无非有三种：一种是单方面的付出爱，一种是单方面的得到爱，一种是既有付出也有得到的彼此的相爱。单方面付出爱的人，可能辛苦，可能疲惫，但肯定快乐，只要付出是属于真想付出，真不要回报，而接受的一方确实需要，也不拒绝，单方面付出的一方就当助人为乐好了。作为乐于得到爱的人，可能紧张，可能顾虑，但肯定也快乐，毕竟是自己有某些可爱的地方引人入胜，吸引了对方付出。相比于单方面的爱，有回应的双向的爱，不仅仅能让当事人体会快乐，还能产生增值效应，体会幸运带来的幸福。

爱不仅体现在对人的依恋上，还体现在对物的喜爱上、热爱上、酷爱上，以致痴心妄想，以致执迷不悟。我们都会有自己的嗜好，有的喜欢唱歌，有的喜欢跳舞，有的喜欢健身，有的喜欢旅游，有的喜欢睡觉，有的喜欢工作，有的喜欢诗歌，有的喜欢漫画……只要不是不良的嗜好，不是抽烟酗酒，不是赌博嫖娼，不是坑蒙拐骗，那就去充分地投入自己的满腔热情好了，说不定达到了火候，还能成就出某个领域里的专才。

比如一个酷爱音乐的人，忘我地沉浸在美妙旋律中的时候，能感到音乐的起伏，能听到音乐的呼吸，能嗅到音乐的气味，能看到音乐的风景，能品到音乐的芳香，能摸到音乐的形状。一个喜欢音乐的人，通过音乐的引导，纷乱不堪的心境会渐渐舒缓，静如止水一般。

一个有自己喜欢的事情做的人，总是心地善良、有所追求的人。只要有爱，就有了生活的信念，就有了美丽的期待，就有了温馨的语境和和蔼的氛围。最坏的是没有爱！不必担心没有，因为法国女作家杜拉说了，那是不存在的。

最坏的是没有爱！没有爱的人生不叫人生。你可以没有大爱，但不能没有小爱。大爱是一种博爱，是一种胸怀，要求每个人都具备这样的爱不切实际；小爱是个人的爱，是私下的爱，连小爱都没有的人无疑过于冷酷，过于褊狭。

最坏的是没有爱！你可以没有母爱，但不能没有父爱。不是说母亲的爱不重要，只是相对于父亲的爱，母爱的价值更多地体现在子女成年之前，而父爱往往会对子女走向社会甚至干一番事业来说重要有加。连父爱都没有的人无疑影响把事情做好，甚至难以在社会上立足。

最坏的是没有爱！你可以没有性爱，但不能没有情爱。在当今的时代，包容地看，性爱解决起来容易极了，通过婚姻，是一种合情合理合法的解决之道；通过情人，是一种合情合理不合法的解决之道；通过自慰，是一种合情不合理但合法的解决之道；通过交易，是一种既不合理也不合法但可能合乎人性的解决之道。但是没有情爱，就失去了与人交往的前提和热忱。

最坏的是没有爱！你可以没有别人的爱，但不能没有自己的爱。别人给你爱，要学会珍惜，学会感恩；别人不给你爱，也不能生怨，不能憎恨，因为别人不是自己。你可以左右别人一部分，却不可以左右别人

全部，你总不能说"你来爱我吧"、"你必须爱我"之类的话。爱上别人，付出热爱，是每个人都有的经历，也是每个人都能够做到的。当然，不一定非去对一件事痴迷不已，爱到占有；不一定非去对一个人痴情以对，死去活来。

在我们接触的事物中，只要还能保持一点点感动、一点点震撼，就已然具备爱的能力。正如康德那句已被很多人知道的名言："世界上唯有两样东西能让我们的内心受到深深的震撼，一是我们头顶上灿烂的星空，一是我们内心崇高的道德法则。"能够上升到道德层面上的爱无疑是一种超乎寻常的大爱。

最坏的是没有爱！如果你过去从来没有，现在一定争取来到；如果你过去已经有过，现在一定不能丢掉；如果你过去和现在都没有，也不是最坏的，只要不灭的希冀还在，你就迟早会跟着爱，拥抱爱。

缺少音乐照耀的人生苍白无力

　　没有音乐的存在，何止是人生苍白无力，还可能是黑暗无边。从哲学上讲，音乐更多地通过音符的跳动熏陶并感染人的心灵，使听者得到美妙的润滑。从医学上讲，音乐与人的脉搏律动和感情起伏等等有一定的关联。从心理学上讲，音乐对人的心理能起到言语所不能形容的影响作用。从文学上讲，音乐是人们抒发感情、倾诉感情、寄托感情的现实艺术，不论是唱或奏或听，都牵连到人们微妙复杂的情感因素。从史学上讲，音乐和文学在历史上同出一门，中国古代的"诗歌"就是"诗"和"歌"紧密相连的。现存最早的汉语诗歌总集《诗经》中的诗篇当时都是配有曲调，为人民大众口头所传唱，这个传统一直延续下来，比如汉代的官方诗歌集成，就叫《汉乐府》，唐诗、宋词当时也都能歌唱，甚至到了今天，也有流行音乐家为古诗谱曲演唱，如苏轼描写中秋佳节的《水调歌头》，还有李白的《静夜思》。中国古代的政治精英阶层认为，一个有修养的人应该精通"琴棋书画"，排在第一位的"琴"就是指今天的古琴，也是只有士大夫们能欣赏的高级乐器。

　　音乐是一位能妙手回春的医生，不仅能治疗身体的疾病，也能治疗情绪的疾病。19世纪末期，美国的一些医院和大学里有人开始研究应用音乐作为治疗疾病的手段。20世纪40—50年代开始，德、法、英、澳、瑞典、丹麦及日本等国纷纷兴起用音乐治疗疾病的研究和实践，发现用音乐疗法可以减轻或消除患者的病痛。音乐疗法的共振学说认为，音乐的基本要素节拍，与人体心跳脉动节律相呼应，旋律恰如神经兴奋和抑制的起伏变化，犹如机体的五脏六腑协调运动，音色和人的气质性格很相似。如今，欧美各国和日本的某些大医院和医科大学已经在手术室、分娩室、病室和康复中心开展音乐疗法，以减少病人的不安和痛苦。瑞典、英国有的口腔科用音乐代替了麻醉术，日本的医学家利用音乐来促使母亲的乳汁分泌。甚至有的科学家利用音乐来提高奶牛的乳汁产量，促进瓜果蔬菜生长的试验，更证明音乐作用的奇异功效可以扩大

到动植物的生产活动范围。

事实上，古今中外应用音乐治疗疾病有过很多历史经验，中国古代、埃及、阿拉伯、希腊和罗马，已有学者或医学家论述音乐治病的道理和经验。孔子、毕达哥拉斯、达尔文和爱因斯坦等都对音乐与健康密切关系进行过论述，他们在工作间隙，业余之暇聆听音乐或自己演奏乐曲，对调剂身心起到极好的作用。近代许多科学家研究了音乐与心理学、生理学的关系，发现大调乐曲可引起脉搏、呼吸增快；小调乐曲则使其减缓；旋律优美、音调不很强的音乐能促使副交感神经进入优势状态；音调强烈、旋律起伏激烈的音乐使交感神经系统占优势。

音乐是一位伟大的爱人，在你有迫切需要的时候，总能轻柔地依偎在身旁，传递着流畅的呼吸，音乐的气味也会在整个房间弥漫升腾，沁人肺腑。陶醉在精彩纷呈的音乐世界里，外界索然无味，浸淫在绝美的音乐风景中流连，所有的痛苦和沮丧会遁于无形，杂乱无章的心情会静如止水。这就是音乐的魅力、音乐的魔力所在。一个被音乐征服的人，是学富五车的人，是容易满足的人，是涵养深厚的人，是热爱生活的人。

音乐还是一种声音符号，表达人的所思所想，是人们思想的载体之一。一首有目的有内涵的音乐，一定隐含了作者的生活体验和思想情怀。一定能实现带给人美的享受和表达人的情感的效果。这在歌曲中表现得最为突出，知道这样一个故事：一个男孩说，曾有一个黄昏，他和一个女孩静静地坐在湖边。只想坐坐，看看夕阳，不说什么。可不知从什么地方，传来了柴可夫斯基的钢琴曲《船歌》。他说，那旋律太美了，太脆弱了，让人只想依偎到一种温柔中，于是……他后来有些怪怪笑着说——爱情，主宰了那个黄昏。时过境迁，很多日子以后，他再一次听到那首《船歌》，却无论如何也找不到那种让人不能自已的感觉了，为此他失落了好一阵。

热爱音乐，音乐是一种心境的表达，它能穿越时空的隧道，和贝多芬、莫扎特、肖邦、柴可夫斯基成为心灵上的朋友，循着音乐的召唤，走进广袤而深邃的历史幽境，每一间音乐的屋子里面，都有惟妙惟肖的悠扬响起，那是一代又一代音乐人的心境的回声，他们的思想在演奏中放飞，情感在律动中奔腾，旋律在有组织地高低、疏密、强弱、浓淡、明暗、刚柔、起伏、断连……诉说生活中的快意与不快。

音乐是一种信仰，比一切智慧和哲学还要崇高，它能完善人格，升华人性，对于不善于感悟音乐生命的人，再美的音乐也会意义尽失。有位哲人说"没有音乐的生命将是一种错误"。岂止是错误，还是生命的一缕悲哀、一抹苍白、一顷干枯。

烦恼的时候、难过的时候、受伤的时候、想不开的时候，就去听醉人的音乐吧！偌大的空气中，只要有音乐的围裹和填充，即使不能让奄奄一息的生命生生不息，洋溢欢快的音符至少会给病人带来舒心的微笑。

最坏的是没有爱

我们丢失，我们寻觅

　　每个人都有自己的生命轨道，但不是所有的生命历程都能闪闪发光、熠熠生辉；每个人都有自己的成长足迹，但不是所有的成长脚印都能端端正正、清晰可闻；每个人都有自己的情感故事，但不是所有的情感花棚都能长满鲜花，散发馥郁的芬芳；每个人都有自己的生活方式，但不是所有的生活哲学都能成为别人效仿的榜样。我们可以模仿，但不想东施效颦，嚼别人嚼过的馍不香；我们就是我们自己，有自己的喜悦和哀伤。

　　我们中的绝大部分人行色匆匆、为事业奔忙；我们中的一小部分人举步维艰、找不到方向。我们身处一个日新月异的时代广场，我们是社会变革的中坚力量。我们视野开阔，每天了解最新的国际动荡；我们密切关注国是，尤其是那些与我们生活息息相关的法令法规的影响。我们喜欢热闹的朋友聚会，光顾酒吧、会所，推杯换盏、倾诉各自衷肠；我们热衷网上的游戏生活，"买卖人口"、"偷菜""种粮"，虚拟日常的炊烟景象。

　　我们有时候也幽闭心灵，面对不够透明的事物，深陷恐惧和沮丧；我们打开一扇扇熟悉的门窗，铺展一个个幻象组合的憧憬和希望；我们目睹一片片崛起的活力，不愿意同流合污、陷入肮脏；我们遭遇本世纪最大的经济危机，咬紧牙关，渡过难关，成为富人的陪绑；我们乐意奉献我们永不枯竭的爱心，追求心底的善良；我们还没有过上自己想要的生活，想住的大房；我们一再降低着要求，稀释着远大的理想；我们期待中国在世界的声音更加洪亮，自己过上小康；我们多数时间会活力四射，热情奔放，我们少数时间也会垂头丧气，黯淡无光。

　　我们像一只失去家园的奔突的狼，理想所到之处一派荒凉，哀鸿遍野、四面楚歌，左冲右撞；我们好不容易贷款买了新房，却不能顺顺利利、开开心心、踏踏实实、喜气洋洋；我们成为一件件有姓名的真假名牌衣服的主人，却没有衣服本身的洒脱和倜傥；我们学会拿起了法律的武器，并不知道正义更多的是难以伸张。我们在堆砌文字的房间里精挑细选，厚此薄彼，任意徜徉；我们热烈讨论的话题，部分必须含蓄地染指，不能完全一览无余、泄露春光，缘于一些属于隐私的专属领地，一些属于政客的极力阻挡。

我们丢失，我们寻觅；我们拥有，我们遗弃；我们求索，我们空寂；我们活着，我们死寂。我们迷茫，我们清晰；我们挥霍，我们攫取；我们隐忍，我们哭泣；我们奔跑，我们乏力……

地域不同，风景亦不同。位置不同，视角亦不同。年代不同，声音亦不同。环境不同，经历亦不同。情感不同，怀念亦不同。坐标不同，目标亦不同。我们在一个个诱惑里枉然不顾，怅然若失。我们在一次次摔倒后掸掸尘土，斗志昂扬。

最坏的是没有爱

和谁一起生长，和谁一起吟唱

怎样的人生是幸福快乐的？怎样的人生是坎坷蹉跎的？怎样的人生是悲喜交集的？怎样的人生是不虚此行的？这是一道简单而又复杂的命题，不容易诠释却有必要诠释的命题。从哲学的角度，无非两种：一种是追求物质的享受，即看重活在当下活在时代，近到下一次呼吸之后，远到最后一次呼吸之前；一种是追求精神的愉悦，即看重活在以后活在未来，近到最后一次呼吸之后，远到地球不复存在，人类消亡。

看重活在当下或者说活在有生之年，与之亲密为伍的人显而易见，珠光宝气属于，山珍海味属于，游山玩水属于，富丽堂皇属于，一掷千金属于，耀武扬威属于。这样的生活没有什么不好，只是刻意追求这样的生活就真的只能活在当下了，成为物质的奴隶，权力的囚徒。但这样的生活肯定不属于我，也就没有更多的发言权，无需赘言。

看重活在以后或者说生命停止了还有一些东西继续存在继续前进的，注定是含辛茹苦、忍辱负重的人。他们可以为人类的历史着墨，传承可以让后来者赏心悦目的文化遗产，以饱满的栩栩如生的文字、图片、影像、物体等，通过艺术表现张力的形式，再现时光倒流。世代流传的文艺作品、出土古代的文物器皿、当代众口铄金的字画佳作，都是其中的一种。

凡是真正搞艺术的人，都有与众不同的一面，只是多和少而已。这样的人几乎都有一个致命的特点：与生俱来的忧患意识和孩提或少年时代下环境的恶劣，从家庭环境到社会环境。前者比如父母双方的分庭抗礼甚至分崩离析，乃至过早地阴阳两隔；后者比如战火纷飞带来的苦难或者两种意识形态争锋带来的社会动荡不安。这种与众不同或者说和常人大相径庭的成长引发的不幸，以及这种不幸引发的不同层面上的痛苦，不大可能不使生之旅程充满悲剧意识和悲剧色彩。

只要还能固执地热爱生活，还能沐浴艺术的光辉，就值得肃然起敬。就物质和精神而言，不应该像哲学里的物质和意识，谁是第一性就决定了是唯物主义还是唯心主义那么对立，而是应该平行、对等、并驾齐驱、相辅相成的。没有维系生命最基本的物质基础就不可能有精神这个上层建筑，而精神世界的畅通无阻所带来的丰富和充盈，肯定会淡化因为物质优越继而感官优越可能导致的庸俗不堪、粗鄙无聊。

正午的阳光翩翩起舞，厚厚的温度丝毫无视厌者的心情，这样的季节这样的温度下只能放弃对太阳的赞美，比如我用刺眼而不用夺目，我用灼热而不用温暖。生活也是这样，什么事情别过度，否则就是乐极生悲、祸从天降。老子说：祸兮福所倚，福兮祸所伏。谁也不能证明自己的人生理念百般正确、毋庸置疑。过阳关道还是走独木桥，都在于自己的主见。

有人说有钱就好，越多越好，就会有固执的人反对这样的理论，而是支持有人说有钱确实好，太多了就不好。太多的钱未必能够活好。活着是一个不由自主的客观事实，活好是一个见仁见智的主观判断。我理解的好，只要与你无关，就不重要。但朋友是有关的，必须选择能够一起生长、一起吟唱的人为伍，筑起坚固的铜墙铁壁，才能同舟共济、荣辱与共，而不成为经受不住外力侵袭的既透风又漏气的藩篱。问题是，谁是那种可以一起生长一起吟唱的人？这样一种生长和吟唱，可能对于大部分人来说，似乎有些 SM。能做一个很好的聆听者已然很不错了，没有自虐倾向的人当然不适合做一个参与者。

抑或，有人一直在津津乐道的美丽与凄凉，不是过去了就是还没有到来！

最坏的是没有爱

当身体不能离开 当心灵不能独处

　　在一处可以让时间接近停下来的安全而且安静的地方，独坐一隅，无遮挡的空地或者有遮挡的房间，任由很少有机会享受出游机会的思想，走出心室，默默地抚摸一段时间以来的过往的或紧密或疏离的人和事物，内心会升腾起来一股尖锐的忧伤，直抵专注于文字场景的神经凸起部分。

　　很多时候，虽然我们的目光凝视着视线所及的景物，灵魂早以超然物外，进入一个物质不敢企及的世界。那种常常在刀尖上行走的感觉，锋利着现实或者虚妄，那种很多时候因为接触而痛不欲生的感觉，过于情绪化或者专注有加。行走在刀尖上的痛苦也是一种幸福，是劫后余生的另一种意义的幸福，是难以察觉的心有余悸的幸福。

　　这个世界上，谁是我们最爱的人？我们又为谁心动以及心痛？只要情感还是人类的本能，身在其中乃至投入其中的乐趣永远会是一种怀想，而不是折磨。何况，错过的人还可以重再相逢，发生的事故还可以发展成为故事。

　　谁也不想抱着刻意地伤害开始一段情感的旅程，都是在真心的前提下付出爱，憧憬美好。可总有人不经意地走进一条叫反感的荆棘小路，虽然努力跋涉，却辛苦异常。因为依靠，温暖总是存在，但并不能持续很长时间。

　　有时候的独处是为了更多时候的接触，比如离开爱人的人，可以在独处时分思考婚姻出现的问题，思考自己的问题。所谓问题或者说可以上升为问题的原因。想来想去还是致命的价值观出现问题，它直接决定了婚姻双方根基的牢固抑或松动，这包括：从一开始的交往到灵与肉的结合，从一个人的生活变成两个人的生活，从以自己为中心转移到以家庭以对方为中心，从无所顾忌、口无遮拦到小心翼翼、慎言慎行。

　　有时候的独处是为了更多时候的接触，比如离开友人的人，可以在独处时分思考怎样维系和友人的关系，是否必须必然的关系，是否坦诚

坦荡的关系，是否伪装伪善的关系，是否取悦取舍的关系。很多时候，所谓的友人除了利益还是利益，不是真正意义上的友人，这也不能说不对。一个显而易见的原因，真正意义上的友人是不可能多起来的，就像喜欢素食的人群和喜欢肉食的人群相比，喜欢素食的人在比例上不可能多起来的道理一样。那些志同道合的在心灵上形成默契的友人总是值得钦羡和赞许。

有时候的独处是为了更多时候的接触，比如离开岗位的人，适时地离开一种环境，一种也许不是为了喜爱而是为了生存的工作环境，和环境里的多数时候虚与委蛇少数时候以诚相待的忙碌同事，也许用匆忙比忙碌更准确一些，大家电脑为伴，工作为先，相敬如宾，礼尚往来。职场就是这样的，饭碗的重要性远远大于率性而为。于是一种习惯了的窒息感和压抑感会执拗地依附于空气当中，挥之不去，而被包围起来的人最渴望的就是：逃离，尽可能遥远和长久的逃离，尽可能转移和意识的逃离。

有时候的独处是为了更多时候的接触，比如离开社会的人，而离开芸芸众生，自己就是社会，在自己的社会里以一个局外人的角度审视世俗社会的种种丑恶，然后学会以最低限度的不情愿的心态回去，就像有人孩提时代因为成长的冷意而彻头彻尾地迷恋上带来温暖和力量的诗歌，却不能奋不顾身地忘我投入，却不能走那些一些是朋友一些是偶像的诗人的退场的窄路，或者自戕，或者消隐，或者噤声。并不广泛的他们虽然退场了，但依然存在，而且肯定不是绵软无力、弱不禁风的。

有人能做的不过是，很少时候的接近和很少时候的沉浸，然后疲惫地拭去柔弱的泪痕，和略显苍白的缅怀，然后为了很多时候里宿命的接触，回来，回到这里或者那里，大多数是与信仰无关的。

换一种表情

　　有一种陌生仅仅是生疏、遥远、陌路、迥异等指向明确的复合或单一，还有一种陌生是心与心的直径距离遥远却又缩短无望的陌生。有一种熟悉是仅仅源于表象的形式上的熟悉，还有一种熟悉是一见如故、初次相见就深植心灵的本质上的熟悉，比如处于青春期的男女之间的一见钟情；比如一款因为改变了形状看上去陌生、吃进嘴里能找到熟悉味道的美食；比如再具体一点，一款传统的圆形的匹萨变成了新潮的方形的匹萨（必胜客餐厅有此杰作）。

　　在没有传统的时候我们需要传统，在有了传统的时候我们需要突破传统。当然从整齐划一到标新立异需要一个新鲜的创意作注脚。毕竟，没有一种表情百看不厌，也没有一种表情能满足所有注视者的目光；毕竟，没有一种吸引一成不变，也没有一种吸引能让欣赏者一直保持聚精会神的形状。

　　在没有比变化或者说创新更能让人引人入胜确切说是引人注目的时候，换一种表情就是一种明智的做法。当然，换一种表情不仅仅是指面部表情，还包括面部以外的身体的表情甚至身体以外的表情，比如换一种姿势，一改被动迎合变为主动释放；比如换一种着装，一改中规中矩变为流行风尚；比如换一种心情，一改情绪低落变为饱满歌唱；比如换一种活法，一改因循守旧变为先锋主张。

　　我们需要笑声的爽朗也需要内在的深邃；我们需要时尚的元素也需要文化的品位；我们需要活泼的放松也需要严肃的紧张；我们需要稀有的高贵也需要具体的实惠；我们需要简单的思维也需要复杂的智慧；我们需要与人交流也要独自面对；我们需要普遍中的特殊也要特殊中的普遍；我们需要新的体验新的感觉新的滋味。

　　身处一个危机重重、商机多多的时代，身处一个繁华无比、嘈杂无比的都市，总能感觉到时尚的浪潮一波接一波地扑面而来，从脚踝漫过膝盖，没过脖颈，逼近嘴唇，只剩下鼻孔喘气。我们已经无路可退，只

161

能背水一战，高举贯穿独树一帜想法的大旗，屹立于高深莫测变化多端的潮头。但这是一个做观潮者还是弄潮儿的命题，两者都有巨大的风险。

换一种表情吸引你，因为出奇制胜才能吸引注意，因为变化多端才能标新立异；因为开始的时候没有理由，熟悉的时候不用借口，紧密的时候产生鸿沟，平行的时候都想快走。在季节的轮回下，和春夏秋冬一起交替的，还有喜怒哀乐，还有五味杂陈，还有意志和诱惑的较量。

换一种表情吸引你，让你百看不厌才能保持最大的原动力，让你喜不自禁才能收获最紧的向心力。让自己成为一种产品，让更换成为一种焕发，让表情成为一种表达，让吸引成为一种指引。然后让新奇上演传奇，让传奇缔造神奇。

换一种表情吸引你，为了一种期待，也是一种信赖。为了一种投入，更是一种状态。

最坏的是没有爱

爱别来

　　人的一生中，就像不可能没有美好的时光一样，不可能不遇到美好的爱情，只是什么时段遇上、怎样遇上、爱上谁和被谁爱的问题。遇上往往是不分时段的，从少年的早恋、青年的适恋、中年的迟恋乃至晚年的忘年之恋，都是可能的。怎么遇上往往是五花八门的，从指腹为婚、媒妁之言到各种渠道自己认识的自由恋爱，都是简单的。比较复杂的问题是爱上谁和被谁爱，往往自己爱上的人并非也爱自己，爱上自己的人并非自己所爱；还有一种是虽然彼此也算是相爱，却不具有一样的高度、一样的角度、一样的温度和一样的深度。这样的爱的错位不仅复杂处理起来还很麻烦，不妨采取保守疗法。

　　爱一个人爱到极致，一定会说：爱别走！因为不走可以尽情地畅饮这甘甜醇香的爱情之汁。爱一个人爱到极致，要学会说：爱别来！因为不来可以保持一份永不减弱的旺盛、蓬勃的期待，永远没有满足之后的失落。有很多人，一旦得到了爱，不再珍惜。

　　爱别来！既是指爱情，也是指爱人，更多的还是指过于炽热的爱。确切地说，在没有进入婚约之前，就是指所爱的人。没有爱情依附的爱人不应该再叫爱人，没有依附在爱人身上的爱情至少不是值得讴歌的爱情。

　　爱别来！理智和克制占了上风，来与不来都不需要真实地据为己有，可以节省许多彼此的时间和空间，可以独自专注地干一些有更崇高意义的事情，使某种欲望之堤不会坍塌。

　　爱别来！爱是一种纯粹，一种抽象，一种感觉，一种向往，是一种初恋时飘忽不定、热恋时把握不住、失恋时挥之不去后导致两败俱伤的东西。左右为难、进退维谷，不必期待！

　　爱别来！有一种爱，只能属于柏拉图式的精神恋爱，既不能密集集中，也不能沉溺其中。倘若对所爱之物到了一览无余、任意把玩的地步，已经离味同嚼蜡不远了。

爱别来！不来就不会得意洋洋、得陇望蜀。不来就不会牵扯到走，就不会为来了再走徒生伤感，就不会为走了不来加重相思的病症。

爱别来！爱不可以零距离，靠得太近会使爱在熊熊欲火下变形、扭曲，接受爱的人也会被深深灼伤，像强烈的阳光下，墨镜的遮挡总是一道防线。

爱别来！即使双方都是彼此的唯一，交往得恰到好处，相见容易，但来了必然要分娩现实这个异体，必然要掺杂很多冰清玉洁以外的东西，为了不使名誉节外生枝，爱会变得不那么随心所欲、掉以轻心了。

爱别来！也可能是想来的一方因为时局或这样那样的阻碍来不了。这会让疯长的相思草影响土壤的心情。体会不到快感也就体会不到伤感。

爱别来！其实是想说，暂时别来，让爱在彼此的心田里逐渐壮大，直到可以阻挡一切凄风苦雨，让狭义的爱、渺小的爱，最终能升华到广义的爱、博大的爱。

最坏的是没有爱，没有真的爱。如果不是真的爱，来也是没来；如果是真的爱，没来也是来。怕的是，为了爱而来，为了来而爱，让爱得而复失，让爱得不偿失。

最坏的是没有爱

秋天深了

　　皴裂的土地和撕扯的北风，让冬天过于贫瘠和尖利了；吐绿的枝条和活泛的湖水，让春天过于谄媚和温情了；桑拿的湿度和太阳的炙烤，让夏天过于热烈和高亢了；只有秋天，美丽多姿的秋天、丰收饱满的秋天、气温宜人的秋天、色彩缤纷的秋天、浪漫含蓄的秋天、深刻内敛的秋天、诗意盎然的秋天、哲丝密布的秋天，深情款款地注视像一个经年的恋人，令深陷其中的人美不胜收、爱不释手、执迷不悟、流连忘返……

　　秋天深了，那曾经秋水一样的眸光也深了，映照在心的屏幕上，如一泓清冽的欢快的小溪，充盈着爱戴的眼神，在光滑的视线里细细流淌。一些属于物质的作物和一些属于精神的作物，正在各自完成最后的茁壮，在瑟瑟的空气中竖起一片富饶的景致。秋风拂面，没有一个季节把这样一个秋天充实丰沃并塞满意义。

　　在秋天的近处，一捧捧灰尘和一波波噪音不断袭击着视觉和听觉。有一小部分人退守并居住在一所充满文学气味的房子里，虔诚地义无反顾地阅读、思考和写作，在刻苦和辛勤中逼近不朽。他们以这种方式向离群索居靠拢，以金属的力量穿越平庸的墙，充满感激地望着一些美丽且杰出的花朵，生长在整洁的文字的队伍中，绽开芳香的笑容。

　　内心柔软，外表如钢。这是一个内心的秋天，是一个并不孕育花朵和并不成长果实的季节。时间的一道道刻痕，密集而且清晰。每个人最终都要从道路上消失，没有人不。但只要一息尚存，还是有人期待竭尽全力建筑起来的语言大厦能够气势恢弘，尖锐的穿透力。也许他们所做的一切努力只是在于一种表现和沟通，为了形成一些自己的历史，为了聚集一些别人的注视。

　　秋天深了，城市的树木脱去了夏装，脱去了翠绿和葱茏，一片片叶子像一片片脱落的羽毛，随意地散落、游走，辉煌不再，剩下满地渐渐稀疏的枯黄，无助的枝桠在秋风中孤立无援，等待更大的寒意逼近。蜷缩着的冬天已经开始蠢蠢欲动，已经发出了刺骨的信号，抖擞的北风整装待发，小股的先头部队已经抵达，暂时被拒之门外。

秋天深了，路上的漂泊还远远没有结束，与季节的萧条丝毫无关。在杨炼与高行健的《漂泊使我们获得了什么》一文的对话中，高行健说："一个充分认识到自己的人，总在漂泊。当你一层层剥去了被别人附加（强加）的东西，你才渐渐确立了自己的价值——这甚至包括'自我怀疑'在内。因为我们相信我们所写的东西还有点意思，还值得为其付出代价，至少能自我满足。如果连这点儿也没有，早就该自杀了。"

秋天深了，虽然深得有点大义凛然和义无反顾，却并不冷峻，并不严酷。由于信仰的外壳依然坚硬无比，由于融化的内心已经春暖花开，这个深秋里的表情依然能够和蔼如许，这个深秋里的阳光依然能够融化一切。

最坏的是没有爱

独自安静

　　天空晴朗，火焰炙烤着每一处静物，和每一处缓行的动物。一些人在马路上行色匆匆，举手加额走过。空中的飞禽似乎不受一点影响。他们和地面上的动物一样渴望太阳雨倾盆而泼。小时候梦想过像鸥鸟一样在白云的间隙自由自在飞行，从此空到彼空，完成的轻而易举。成长中每每看到有燕子或鸽子或别的鸟类从头顶翱翔掠过，身为哺乳类就会油然而生羡慕，作为能够驰骋天空的简单的飞禽，居然拥有人类无法获得的财富。成人后就会联想到复杂的人际关系，活在条条框框里的人很难摆脱羁绊，挣脱束缚，想象的翅膀往往被世俗和礼教无情地折断。也许乌龟是效仿的榜样，做一个龟缩起来的家伙，不会被人诽谤，更不会遍体鳞伤。

　　独自安静，想起许多不孤独的时候，比如集体生活，比如埋头干活，比如为爱而活，比如阅读的快活。但更多的时候，还是要面对孤独，不仅是身体的孤独，还有心灵的孤独。一个人在成熟的过程中，在成长的过程中，在浸淫爱好的过程中，必然要经历孤独的过程，比如艺术家的创作，比如作家的写作，即使与文字无关，孤独也是一种必要的经历。术有专攻，你用很多年的光阴做一件自己钟爱的事情，怎么会是不快乐的？即使回报很少，即使没有回报，也不会生出丝毫的怨言，前提是你不以它作为谋生的手段，纯粹兴趣使然。

　　人与人之间为何有差别，甚至天壤之别？归根结底还是对共同享有的时间以外的利用。对于每天吃住在学校里的学生，除了白天的课程，他们每天习惯性的晚自习甚至还有早自习，无疑是潜移默化中一节节向上的台阶；对于走向工作岗位的有志青年，8小时之外的业余时间，对自己的爱好的倾情投入，也肯定会从量变到质变，变成有追求的另一个人。只要有自己的追求，而且孜孜不倦、持之以恒，天长日久就会比那些沉湎于灯红酒绿、觥筹交错的人更具有高度、深度和广度。

　　理论上讲，一个人上没上过大学，是决定文化素质高低的分水岭。

167

倒不是说上过大学就一定具备很多的学识，而是上过大学的人，会养成一种耐心和坚韧，从心理上抗打击的能力会比较强，会把学习当作一种习惯，而不少于四年的时间交付给校园，足以让人养成这种习惯。

很多人觉得自己是如何如何寂寞，如何如何不幸，甚至找不到可以倾诉的人。其实这种想法本身就是一种懦弱的表现，我会"哀其不幸，怒其不争"，因为命运掌握在每个人的手里，遇到难题，不进则退，躲是躲不过去的。如果一时找不到好的解决办法，不妨让心灵安静下来，沉潜下去，通过阅读的方式从智者那里获取能量，通过思考的方式让自己换一种思维、换一个角度。

我知道很多人为了体面的生存而活，希冀着甚至身体力行着挣很多的钱，过春风得意、风光无限的生活。这没有什么不好，总比那些无所事事、浑浑噩噩的人要好。但在这个社会上，同样有很多人打拼的方向不是在物质的层面上，而且并不觉得为了生活条件的改善而全力以赴耗费大量的时间是值得的，是快乐的。比如有人天生就是一个素食主义者，喜欢简朴的生活，满足内心的东西胜过表面的需要，华丽的衣服和饕餮的大餐从来不会成为追求的目标，如果每天过着纸醉金迷的生活，先不说经济上能不能达到，就算能，不出三天，也会空虚得要死，不仅不会幸福，还可能痛苦之极。

一个人的时候很好，只有一个人的时候才能远离喧嚣，安详地不被纷繁的外界事物打扰。尽管这样的情境越来越是一种奢望，尽管这样的时候不能招之即来。

最坏的是没有爱

往事如墙

孩提时代的天真随着周围环境的变迁一去不返，但总有一些青春的情感会像岸边的沙砾，被涨潮的海水一遍又一遍冲刷后岿然不动。当以往那些无穷无尽、无止无休的爱和恨成为一张张好看的和不好看的风景照片时，便会有一个并非苍茫的时分热泪盈眶，会有咸味的液体顺着脸颊涓涓游走。

视文字为尤物的人，习惯于万籁俱寂的午夜仰面漆黑的空中凝神遐想，思忖人生，然后伏案在亲切熟悉的台灯下记录一点一滴的心路历程。蓦然回首，满目疮痍的来时路上，总有几个人的出现，几个事例的发生，让自己难以释怀。很多时候，以为时过境迁，以为自己超然物外，实际上依然置身其中。

一幕幕闪回的往事犹如一面面屹立的墙，在脑海中时而掠过、时而定格。有的墙面目全非，有的墙坚固如初，有的墙年去年来始终休戚与共。每每与它们不期而遇的时候，无法不让自己停下来仔细地审视一番。那些历历在目的墙，让人心动也让人心悸，充满喜悦也充满悲伤。

有的墙因为年代久远，边边角角已经开始掉了，变得斑驳陆离、面目全非，全然不见往日的风采，只能是从大致的轮廓中依稀发现当初它们起过的重要作用。现在，这样的墙已经老了，瘦骨嶙峋，老态龙钟。

有的墙看上去非常坚固，非常特别，时至今日仍然雄姿依旧，完好无损，静静地伫立在心屋一角，亲切和安然，温柔又祥和，任由追溯的目光，一遍遍不厌其烦地抚摸和爱戴。

有的墙还在成长着，和主人一起成长着，经历了无数次的风霜雨雪，像一个饱经沧桑的老者，见证着一个个美丽的故事和悲怆的事故。这样的墙根基牢固，用的是优质的砖料辅以技术精湛的瓦工巧夺而成，时间愈久，愈能彰显出质地精良的高贵价值，比如早年建立起来的亲情和友情。

遭遇往事的墙，常常是心情比较辛苦、比较寂寞的时候；常常是在

现实生活中，有一些小事似曾相识，触动了记忆之门的开关，不得不回望的时候；常常是往事的墙自己从过去跑出来，不经意间已经横亘在面前，不面对不行的时候。

往事如墙，这样一面巨大的墙屹立那里，就是为了不要轻易忘掉过去。一个不懂得从过去中汲取力量并怀念满满的人，是冷酷无情的人。我相信但凡存在过的美好事物，即使消失也会在心屏上风化成一尊附有美丽光泽的记忆之石。伏尔泰说："谁不具有他的时代之精神，将经历他的时代的所有不幸。"卡夫卡在他的文集里这样告诫："生活大不可测，深不可测，就像我们头顶上的星空，人只能从他自己的生活这个窥孔窥望，而他感觉到的要比看见的多。因此，他首先必须保持窥孔的清洁和纯净。"

为了接近想要的生活，为了维护精神层面上的愉悦，必须保持窥孔的清洁和纯净，以免尘世的风沙，吹脏了视野、遮蔽了心灵。

回声嘹亮

　　夏天尚未走远时，秋天的气息已然开始时而扑面，让面颊迎接到神清气爽，而加快脚步、款款而来的秋凉则渐渐搭起了一派肃杀的布景。好在这样季节可以去漫山遍野、层林尽染的香山看枫叶红了的遍地美色；可以登高望远，甚至在山顶冲着远处叠嶂的群山大喊几声，享受回声忠实的造访。那种感觉不啻一种莫大的鼓励，具有一俟付出马上收到回报的酣畅快感。

　　和虚拟世界的陌生人对话，一直都是把自己藏起来，把一些场景里面的事情包裹严实，尘封起来，秘而不宣，比如自己的成长，比如自己的痛痒，比如自己的感情，比如自己的家庭。也的确没有必要毫无保留地敞开心扉，一些不能说，一些不想说。经过深思熟虑的可以出现示人的文字，是真实或不太真实的心声，是精雕细刻或随心所欲的自白。但无论雕琢也好，散漫也好，都是一个人某个时期心路历程的片段。

　　网络的发达造就了每个人都可以建立自己的心情驿站，无处倾诉的时候，上面的家成为唯一的归处。在里面可以肆意妄为，所有的心声都可以在里面响起，还没有响起的也会陆续响起，过去的、现在的、未来的；伤感的、喜悦的、光芒的；熟悉的、陌生的、似曾相识的，然后接受朋友或陌生人的审视、点评。人因为脆弱所以需要出口，因为需要出口所以也需要回声，通过别人的点击、评论、留言，建立一种具体的由衷的越来越近的联系。

　　通过文字交流心声本身就是一种纯洁和纯粹的方式，这是不是应验了马尔库塞的话：纯粹的快乐只有在那些最远离社会生活过程的东西里得到！"登门造访"、"登堂入室"的人，大都是善意的好心的热情的朋友，区别只是在于陌生或者熟悉。陌生的朋友同样能让主人体会到一种共同的熟悉。如果把来访者的"脚印"比作回声，那么所有的主人都期待回声悦耳动听。当然，有的回声过于嘹亮了，是一种过度的热情发出来的响亮和渴望。

每当寂寞之时，仔细倾听远方友人那分潺潺流水般清凉的召唤，便会有一种曼妙怡人的柔情，缓缓地弥散在思绪的周围。每一个得到过回声的人，即使没有想象中渴望中的嘹亮，也应该真诚地感激那些造访者，毕竟这样的人可能是陌生的，需要走过、路过后渐渐成为熟识的朋友。也有一些登门造访的人非常低调，不过只想悄然浏览一下主人文字的风情，并不打算留下自己清晰的脚印甚至真切的身影，这也给不想有亏欠的主人带来一丝小小的遗憾，因为无法投之以桃、报之以李，兴致冲冲地给予回访的待遇。

　　无论是虚拟的空间，还是现实的空间，都让热衷于此、不辞辛苦的人奉献了时间。而有些时间，永远不会成为过眼云烟，从眼底流向了心底，固化在一个重要的位置上。

最坏的是没有爱

感恩生活

　　我来自偶然 /像一颗尘土 /有谁看出我的脆弱 /我来自何方 /我情归何处 /谁在下一刻呼唤我 /天地虽宽 /这条路却难走 /我看遍这人间坎坷辛苦 /我还有多少爱 /我还有多少泪 /让苍天知道 /我不认输 /感恩的心 /感谢有你 /伴我一生 /让我有勇气做我自己 /感恩的心 /感谢命运 /花开花落 /我一样会珍惜……

　　闭上眼睛听这首歌，会涌起一股深深的熟悉，会触动心底的弦。感谢有你，这个你，可以具象到某一个人，但更多的时候不一定指向某个具体的人，何尝不是命运的眷顾、生活的磨炼呢！就个体而言，人天生是一个弱者，一生下来就需要父母引领着长大，直到小学乃至中学以后，心智才逐渐健全起来，具备独立的意识。这个时间是动物界里最长的，除了人，任何一种动物在弱肉强食的自然法则下都很难依赖父母如此长的时间。花儿果实要感恩绿叶的陪衬，人也应该学会感恩，像父母感恩，像每一个在自己的人生道路上给予过无微不至关怀的人感恩。花儿只开一季，而人的一生却是一个漫长的旅程，我们要用感恩之心不遗余力地绽放属于自己的美丽。

　　没有单一的事物，也没有封闭的社会，一个人不可能独立地存在，我们每一个人都与他人与自然相互依存。感恩之心，应该是深藏于我们内心的一种品质。美国科学家富兰克林有一句名言："把别人对你的恩惠刻在大理石上"。中国南宋以来在民间流传的蒙学之名贤集中的四言集里说"得人一牛，还人一马"，名贤集中类似的话还有诸如"但行好事，莫问前程；与人方便，自己方便。善与人交，久而敬之……"脍炙人口的名言都在道出一个朴素的哲理：人应该知恩图报，在人际交往中，永远要保持一颗感恩向善之心。敞开心胸无私地温暖别人也就是在温暖着整个世界。

　　土壤贫瘠的地方难以长出充满绿意的感恩之心，但是我们不能因为冬天的寒冷而失去对春天的希望。我们感谢上苍，是因为看到了四季的

173

轮回、不同的风景。我们感谢父母，是因为收到了无私的关爱、伟大的奉献。我们感谢朋友，是因为拥抱了真挚的情意、经常的问候。我们感谢苦难，是因为经历了每一次沉重的无情打击都是一种巨大的人生财富。

只有当我们懂得去敬畏每一个生命，去敬重每一份美丽时，我们才可能有博爱的情怀，才能够让自己感到快乐并且满足。博大的爱让我们不会因为生命过于沉重而忽略了怀有感恩的心。

人是一种群居动物，离不开社会的存在，珍惜每一天美好的时刻，珍爱身边疼爱你的人，饶恕曾经伤害你的人，甚至感谢让你失去的人，因为他们给了你迎接新生活的机会。

一个懂得感恩的人一定是幸福的，也会让被感恩的人幸福。内心深处的感谢会像徐徐的清爽的微风，发自澄澈的眼眸和纯净的面庞，让被感恩的人体会到被吹拂后的愉悦。

为了让他人得到滋润，学会用心底的爱真诚地去感恩。我相信，每个人的心田都一定具备这样的能力。

最坏的是没有爱

七、财富面面观

我们对钱的理解，决定了我们善于稳健型投资还是冒险型投资。我们对钱的态度，决定了我们是不是有机会站到富人的队列之中。

有什么别有股 没什么别没房

有句俗话叫"有什么别有病，没什么别没钱"，套用过来：有什么别有股，没什么别没房。有股比有病严重得多，也难治得多；没房比没钱辛苦得多，也难受得多。当然我说的没房不是没有住的房，不是没有租的房，而是没有靠自己白手起家挣来的钱买的房。

先说股市。像过山车一样的股市着实让很多满怀希望满怀憧憬上了车的老百姓冷汗涔涔、大惊失色。2008年的春天，股市遭遇了倒春寒，干脆就是严冬，这辆失去控制的过山车从好几十层楼高一个俯冲，一下跌到了贴着地面的位置，虽然后来有几次小的抬升，也没有远离地面多少，车上差不多有一半人直接被甩了出去，身无分文，保住一条小命而已；还有一半人的一半，虽然很难受，头晕目眩、狂吐不止，但还是咬着牙不下车，希望股市这辆过山车能平稳行驶，走出底部，不断上行。

从某种意义上说，有股真还不如有病！有病即使大病重病，也好歹还能依靠医院医生医学医药的力量树立治愈的信心。但这年头有股，跟得了不治之症似的。股市动荡，小幅变动，就像得了慢性病，时而严重时而轻微，搞得人心绪不宁；股市突然大涨（几乎没有，这个真没有）或大跌（习以为常，这个可以有），急性发作的症状就让心急火燎的股民更不知所措了，不知道是该下猛药、迅速出手呢，还是"我自岿然不动"、"以不变应万变"。

股市就怕有人为操纵的痕迹，比如大户总想着自己坐庄，总想着圈钱套现，总想着高位抛售，而私募还有其他独门"秘笈"，忽悠散户接盘的"移花接木"、串通公募基金以掩护自己出货的"暗度陈仓"、为获取内幕信息而与上市公司和政府部门等串通一气。散兵游勇般的股民只好干瞪眼，眼睁睁看着自己挣得的辛苦钱被洗到了人家的口袋里。何况，这大户还不只是国内的大户，还有觊觎已久、虎视眈眈的"八国联军"，洋鬼子们早就看准时机，不露声色地把大把大把的真金白银押宝在中国这架行驶快速的经济战车上了，一旦达到投资高额回报目的，比如从一百

万变成了一千万，从一千万变成了一个亿，不抽逃是傻子。2008 年夏天后，对于世界性的投资者，灵敏的鼻子已然嗅到了发达国家尤其是美国次贷危机导致的全球多米诺骨牌倒塌的不对气味，不求自保、减少收益损失也是违反投资准则的。

有什么别有股，除非你的心脏特别强健，经得起任何刺激，受得了心律不齐，耐得住长期不适，那你就持有好了，最终不是你屈服，倒下了，就是股屈服，爬上来。看你们谁熬得过谁。

再说房产。估计有无数上个世纪六七十年代以前出生的人怀念计划经济时期的分房，那时候虽然需要论资排辈，而且可能也不怎么公平，但总有一个盼头啊，分不到大的总能分到小的，分不到独居总能分到合居，幸福感总是多少有一点的。现在就不行了，买得起大房子的有几个是真的用自己挣来的钱？有几个又是全款？还有更多的人是连贷款也买不起的，即使买得起房子也还不起票子，还得起票子也过不起日子，过得起日子也养不起孩子。沦落到这步田地，那还不如不买，那还不如租房，哪怕只是租一间小小的居室，还可能是合租。

已经有房的人被一直没房的人用一句曾经在白领里流行的话叫"羡慕嫉妒恨"，先是羡慕再是嫉妒最后是恨。有房人要么是祖上荫庇，不劳而获；要么是响应了邓大人"让一部分人先富起来"的号召，利用市场的机会，伴随着可能的制度监管漏洞，比如偷税漏税，迅速地淘到了第一桶金，赚得个盆满钵满，得意洋洋。这两个硬件都没装上的人，只好使劲儿地攒钱，刚攒得差不多够一个首付了，就开始像没头的苍蝇一样四处乱撞，哪里有新开的可能有一天也能跟自己发生关系的楼盘，哪里就是视线和脚步需要停留的地方，然后千比万比反复比，左挑右挑仔细挑，最后好不容易痛定思痛决定拿下，兴致勃勃带着首付交钱去了，一盆冷水如当头棒喝："那个楼层的那个户型没有了。"或者"刚接到通知，每平方米上涨一千。"让你所有的兴致都成为灰头土脸的悻悻，让你满腔的热情都成为挥之不去的悲情这样一种卖方市场，让明明是上帝的你，变成需要用后半辈子给自己房子打工的奴隶。

没什么别没房，是指那些面对开发商的奸诈狡诈欺诈已经做好准备的人，是指那些已经有个"茅屋"先能凑合住着的人，不管这个房是现在租的还是以前就有的，总之有房住就是硬道理，没房，谈恋爱都没底气。某卫视节目《结婚进行时》中，女方不问男方"你有才华吗"、"你有

成功吗"、"你有事业追求吗"、"你有人生历练吗"只一句"你有房子吗"便一剑封喉，压抑了男方的全部表现空间。女方在男方回答"以后会有的"之后立刻失去了谈话兴趣。男方很受伤，女方很无辜，都是房子惹的祸。

没什么别没房，除非你的钱足够交得起全款，一点都不带犹豫就能干脆利索地交钱，否则贷款时的抵押评估费、收房时的律师代理费也是需要多出来的成千上万元的支出，而且还要先交契税和公共维修基金（交全款则可以等大产权下来后再交，大约两年时间）；除非你还能面对和应付一系列收房后开始的足以让你眉头紧蹙的小到瑕疵大到解决起来棘手的这样或那样的头疼欲裂的问题，小到花费几千元更改燃气管线、换窗户换门，大到开发商广告欺诈、材料以次充好、解决起来劳神劳力还被推三阻四。

股市和房市，牵动着太多人的神经，就像一条湍急的河流，水深浪大，如果不是非要越过去不可，最好还是另辟蹊径，或者隔岸观火；已经到了半途的，则要学会中流砥柱，发扬大无畏的革命精神，你能战胜它，你就是老大；你不战胜它，它就淹灭你，一旦经验和实力不足，处于下风，败下阵来，不赔死也是永无出头之日。

留出生活的备份

生活变化多端、气象万千，谁也不能保证一蹴而就，一气呵成，一次判断就能精准，一次实施就能成功。例如：选择学业和选择专业、选择职业和选择行业、选择朋友和选择好友、选择恋人和选择爱人、选择亲情和选择环境，都应该处心积虑地留出生活的备份，进可攻，退可守，给自己留出回旋余地。也许进一步已是山穷水尽，脚下没有通向柳暗花明的阳关大道，但是退一步可能海阔天空，找到真正能够施展自己才华的舞台。

就选择学业和选择专业来说，重点学校和热门专业是每一个学生的理想，第二志愿作为补救措施，往往是对第一志愿的靠近。实现第一志愿就是重点学校热门专业的学生，可能就是本科毕业而已，而开始只能实现第二志愿的人可能不甘人后，本科毕业后又考取第一志愿学校的研究生，超过了只是实现第一志愿的人。专业同理。

就选择职业和选择行业来说，大学的文理分科大致决定了毕业后所从事职业的性质，一个学师范的毕业生应该到学校为人师表，一个学新闻的毕业生应该去媒体做新闻记者。以此类推，学中文应该去杂志或出版社做编辑，学医学应该去医院当医生，学法律应该去法院做陪审员，学行政管理应该考国家公务员……如果无法确保实现就应该有次选。学师范的，一时去不了全日制的学历学校任教，暂时去职业学校、培训机构行不行？学新闻的，一时去不了知名媒体，去小报、行业期刊甚至公关公司行不行？学中文的，一时当不了编辑暂时当个校对甚至编务行不行？学医学的，一时去不了大医院暂时去小诊所行不行？学法律的，进不了法院进企业当法律顾问或者找人合伙开律师事务所行不行？学行政管理，考不上国家公务员，去外资独资、中外合资、私人股份制企业行不行？当发展的机会、施展的舞台同样广阔以及薪水未必少得可怜下，不行也行了。

就选择朋友和选择好友而言，每个人都会结交自己心仪的朋友，每

个人也都会从中发展几个好友。但当你需要具体某一位朋友甚至好友的时候，为避免不一定是他也有时间有精力的时候，不一定是他也需要你的时候，不一定是他需要你也是你需要他的时候，多选择几个总没有坏处。

就选择恋人和选择爱人来说，萌动追求的时候就应该有备份，考虑接受的时候就应该有余地，一旦开始进入程序就要遵守规则，所谓备份是指最初和最后的阶段，在不自信中回升自信。最近的一朵花没开，不意味着稍远一点的花也拒绝绽蕾；冬天时没有缤纷的落英，不意味没有飘舞的雪花纷降。

对于幸福或者不幸的婚姻，备份不是提前发展好一个情人，时刻准备着正大光明、登堂入室，而是应该以退为进、反守为攻，对最坏的情形有一个清晰地了解、清楚地判断、清醒地认识和解决的方案，包括致力于建设性沟通，竭尽全力弥补，心平气和好合好散；也包括另起炉灶，试着打开过往中可能无意存盘的备份。

就选择亲情和选择环境来说，亲情源于亲人，血缘意义上的亲人是不能选择的，但我们可以对亲人有亲疏之别，有选择性地来往，可以选择可能胜似血缘意义上亲人的亲情，朋友、邻居、同学、同事都可能是很好的备选。成长的地域和社会环境是不能选择的，但我们可以改变固有的原生态，选择让自己成功的地域和社会环境，从农村到城市，从普通城市到省会城市，从省会城市到首都，从中国到外国。对于实在无法逃离的人，也还可以收回视野，回到自己的内心世界，拒绝与格格不入的环境为伍。

管好自己的心理账户

人们通常管那种每月花光自己薪水的人叫月光族。月月花光已然很惨，还有更惨的，不知何时流行起花明天的钱，那些发薪日总是忙着偿还银行信用卡透支额度的人，正渐渐形成新的族群——透明族（透支明天的钱）。如果是做人，透明些当然没什么不好，可对于不断透支明天的财富、对明天的收入还是未知数的人而言，绝对不是一件好事。导致全球经济衰退的美国次贷危机，从本质上看就是因为放贷者门槛过低、借贷者过度举债造成的。

大部分人知道，同样是购物消费，在付款时有三种支付方式可供选择：现金、借记卡以及信用卡。不需心理学家的实验佐证，以我们自己的经验就深有体会，使用信用卡比其他两种方式更容易令人产生购物欲望，并付出更高昂的代价买回更多其实并不实用的商品。这是金钱流通过程中的电子化运作使然。通过电子手段支付的钞票灭失于无形无影之中，使人不知不觉丧失了觉察的敏感度，也磨蚀了支付金钱的痛惜感，花起钱来自然不加节制。

美国一位叫理查德·塞勒的经济学家提出了一个行为经济学的重要概念——心理账户，大意如下：在经济学账户里，每一块钱都是可以替代的，只要绝对量相同。而在心理账户里，对每一块钱并不是一视同仁，而是视不同来处、去往何处采取不同的态度。心理账户有三种情形：一是将各期的收入或者不同方式的收入分在不同的账户中，不能相互填充；二是将不同来源的收入做不同的消费倾向；三是用不同的态度来对待不同数量的收入。在人们心里，一般会把辛苦赚来的钱和意外获得的钱区分清楚，潜意识里放入不同的账户。正常人不会拿自己辛苦赚来的钱去购买奢侈品，如果是容易来的比如获得的一大笔赔偿款，一掷千金的概率就会高很多。一个人会对辛苦赚来的报酬做严谨的储蓄和投资计划，但是对意外获得的金钱会有不同的态度。其实只要是名下的钱，并不依据来源不同就有了使用上的差异。塞勒认为，由于消费者心

理账户的存在，个体在作决策时往往会违背一些简单的经济运算法则，从而作出许多非理性的消费行为。信用卡的作用就像脱钩装置，把购物的快乐与付账的痛苦分离开来，将人推入模糊的未来。

的确如此，在没有使用信用卡之前，多数人会发现自己的日子虽然过得拮据些，但不会总是遇上债务危机，可是一旦使用了信用卡，麻烦就接踵而来了，因为信用卡使自己可支配的钱财增加了，借款变得如此轻而易举，以至于心理账户会在潜意识中悄悄地将信用卡可透支部分的债务错误地纳入资金总量中。如果人们事前不做好财务收支预算，处于优先位置的属于消费、享受的心理"分账户"就会相应扩容，而投资空间会被逐渐挤占，仅有的一点节余演变为每月忙于偿付信用卡透支额的"救火队"，一个新的"透明人"就这样悲壮地诞生了。

信用卡就像麻醉剂一样使人容易上瘾并破坏常规消费，让人产生精神愉悦的幻觉和快感，如同注射毒品一般，满足暂时的欲望。如果不能马上还清欠款，必将处于连绵不断的信用卡麻烦之中，这比任何东西都更快地腐蚀一个牢靠的财务根基。无意义的债务是自己给自己压上的一座大山，使精神增添无谓的烦恼，生活也因此备受约束。

对于信用卡毫无节制资本的人，一定要"金盆洗手"，如果挣扎再三，仍无法抗拒闲逛商场的诱惑，上街逛商场的时候最好别带卡，实在想买，也要压抑住强烈的购物欲望，回家想两天再作决定不迟。千万别听商家说什么"最后一天"、"最后一件"这种让人萌生机不可失、失不再来的促销语。商家"最后一次"、"最后一天"的忽悠，很可能让老实的顾客冲动之后透支，成为这个月或者这一年购物的"最后一次"、"最后一天"了。

适当地有意识地冻结自己的信用卡，学会控制自己花钱的情绪，学会控制自己的坏心情，理性行事，管好自己的心理账户，让心空不仅晴朗，还能明媚；让生活不仅有序，还能安详。

投资理财要摸清宏观经济的命脉

没有人不想让钱生钱、利滚利，不管投资什么，都希望能够低价买入、高价卖出，这是每一个想成为理财高手的愿望。但投资的成功与失败，取决的因素很多，对于老百姓而言，第一要考虑手头上有多少闲置的资金，手里有个三万五万的，就别想做大买卖了，看好位置和租金，做点小本生意还是可以的，比如小吃店、杂货店、食品店、饰品店、服装店、复印店（含打字、照相、扩印）、洗衣店、宠物服务店，等等，因为技术门槛低，谁都能进入，但也竞争激烈，对于经营有方者，满足温饱不成问题。想多赚一点，就辛苦一点，亲自做；想省事一点，就雇人打理，但自己要成为一个优秀的管理者和宏观决策者。

手里有个三五十万的，可以进入股市和楼市，炒股门槛很低，人人可进。如果处于国家刺激楼市回暖的阶段，贷款利率和首付款低，买房的门槛也相应不高，保值甚至升值的空间相当大。但股市的风险远远大于楼市，毕竟买房大不了还可以自住，还可以出租，买股只能是画饼充饥，是必须从口袋里掏钱出来的金钱游戏。但炒股也有炒股的优势，毕竟存在高回报的可能，无论是快进快出的短线投机，还是韬光养晦的放长线钓大鱼，都需要高超的智慧和资金所能承受的边际。

手里有个三五百万的，相对选择的视野比较宽泛，除了可以把店面开得大一些、加大在股市和楼市的投入力度外，还可以成立中介类的贸易公司专门倒买倒卖，还可以寻找投资小、见效快的小型投资项目，成立实体类的生产性公司，为客户加工制作产品。

手里有个三五千万以上甚至三五个亿以上的，就看不上前面那些小打小闹的小动作了，一般都会选择做风投，选择成长型朝阳型的企业包装上市，形成规模效应，利用资本游戏的规则，做渠道的话语主导者，继而垄断市场。风投的理念是有风险不怕，但总体上是可控的，投10个企业，只要一个企业成功了，另外9个企业赔钱都没关系。可想而知，风投成功押宝一个企业的利润有多大。但这种人不能太多，太多了

国家会害怕的，有钱人都去做资本运作，都去扮演银行的角色，都是风光无限的金融家了，谁来脚踏实地地做实体经济？谁来成为实业家？这可是国民经济的根基！

无论哪种投资，都需要密切关注政策变化，即宏观经济运行走向即宏观调控。上个世纪末，我在中国人民大学上经济学研究生课程班时，发现无论是国际经济学，还是货币银行学基本上都是西方经济学，都没有以社会主义国家为主的东方什么事，更不用说中国了，也许是资本主义制度最初建立时都有着得天独厚的优势。和我一样记者出身的凯恩斯和弗里德曼，这两位经济学大师对经济学的重要性，就像爱森斯坦和斯皮尔伯格在我更早些时候读北京师范大学的影视艺术研究生课程班中对蒙太奇电影和商业电影的贡献一样卓著，都是始祖级的显赫人物。凯恩斯主义（也叫凯恩斯理论和凯恩斯革命），基本上在 20 世纪 70 年代前是主流学派，但其长期实施的扩张性经济政策（需要就开动印钞机）终于给西方经济带来了恶果，70 年代之后，各国的经济发展在自二战结束后持续的高增长开始每况愈下，赤字和失业都日渐庞大，通货膨胀率居高不下，于是以后来获得诺贝尔经济学奖的弗里德曼为首的货币学派选择了通货膨胀为主要靶子，提出了以稳定货币、反对通货膨胀为中心内容的一系列政策主张，实行了货币学派的"稳定的货币供应增长率"政策。货币学派一时声名鹊起，被普遍看作凯恩斯学派之后的替代者。

市场是一只看不见的手，能够自动调节和修正。理论上没错，但还要适合各国国情，对于中国，一点不干预肯定不行，因为机制不够健全，漏洞百出；干预过多也不行，因为经济周期会没有规律可循，就会反复在通胀、结构性通胀、滞涨、通缩中窜来窜去。对商机嗅觉敏锐的人一定要知道，在何种情形下会发生通胀。如果是通胀，是温和通胀、隐性通胀还是恶性通胀？通胀是否会、何时会转化为通缩？是否会、何时会转化为滞涨？作为一个国民经济每年增长 8%～10% 的国家来说，每年通胀 5%～8% 是合理的，总得让人民获得一些增长的实惠，如果货币的贬值幅度超过经济增长，造成购买力下降，通缩显现，会严重影响实体经济即制造业的盈利能力，最终会导致经济下行，引发滞涨。

一般来说，通胀的苗头总是起于决策者和消费者盲目乐观，人人敢于向银行借贷消费，先把明天的钱花了再说。而企业的产业链也都是每一个环节处于价格上行通道，最终导致原材料价格持续上涨，但消费的

步伐却没有跟上，只接受不涨价的或涨价慢的终端商品，造成结构性通胀。为了让人们对经济恢复信心，刺激经济好转，央行会降低各个银行的再贴现率、存款准备金率和存款利率，政府会加大对公益设施和基础设施的投资，楼市、股市等带有市场晴雨表性质的资产价格会迅速上扬，带动其他行业全面上涨，从而引发非实体经济的投资过热，央行依赖提高利率的手段已经失灵，因为投入楼市和股市的利润回报率远远高于利息收入，何况还面临着货币超量发行后贬值的风险。于是，国家开始收紧银根，控制货币供应量，这又引发各个环节的悲观保守情绪，老百姓都舍不得花钱，银行不再轻易放款，企业被迫减产保价，衰退显现，形成滞涨。滞胀产生的原因一般是受供给冲击，生产成本快速上涨导致社会供给不足，在带来通货膨胀的同时产出下降，高失业、高通胀是滞账的典型表现。企业开工不足，自然会影响就业需求，收入减少，消费意愿降低，企业亏损加剧，只能进一步减产、倒闭，正反馈的负向效应得到加强，银行信贷存量猛增，经济陷入严重通缩，通缩与通胀相反，表现在钱比以前值钱了，但没有体现在流通领域，失去流动性，如资金沉淀在楼市、股市等，使得其他行业生产缺乏资金，行业不景气，工资低，购买力低。通货紧缩反过来会导致货币紧缩，长期的货币紧缩会抑制投资性领域和生产性领域，引发失业率升高及经济衰退，重演美国 20 世纪 30 年代的大萧条。

是否进入通缩，观察 CPI（消费物价指数）指数就可以知道，指数下跌意味着通缩来临，该指数是由食品、交通、医疗、住房、耐用消费品等等八大类，基本上包含了人们日常生活中的所有消费品。在目前通缩的整体大环境下，小心通胀的同时，更要防止滞胀，毕竟适当的通胀要比滞涨显得阳光和健康。

如果你是一个准备试水投资理财的人，必须对宏观形势有一个紧密的了解和跟踪，未雨绸缪在先，才能正确决策，抓住投资商机。

学会购买时间

　　商品社会最初的物物交换就是一种原始的购买，如今对物的购买也可以转化为对非物的购买，比如时间。时间可以变成金钱，前提是只要付出艰辛的勤奋的努力，就具备了理论上的可能。反过来也成立，金钱也可以变成时间，而且拥有金钱的多少决定了换得时间的长短。有相当多的人相信钱是万能的，相信有钱就有了一切。也有包括我在内的不相当多的人对此表示反对。因为相信所谓有钱可以买来一切是指可以买来有形的东西，诸如房子、车子、姻缘、权贵，即所有看得见、摸得着的东西，却未必能买来无形的东西，诸如意识、知识、友谊、美德，以及丰富的经历和真实的情感，这些东西看不见、摸不着，没有数量，也没有形状。

　　有钱的多少，意味着解决具体生活中问题的大小。生活中的实际问题大体可归为两类：现实的和理想的。忠实于现实即物质的人，以达到改善提高个人生活品质为终极目的，也是外在的形式，像不同程度地用于衣食住行、吃喝玩乐上，活着为了享乐，这是人之常情，无可厚非。忠实于理想即精神的人，从来不把钱看得过重，即使有钱，也是用于如何提高自己的文化素养，汲取广博的文化知识，用自己的特点传播给大众，造福于人类，让进步的有意义的东西得到传承。

　　在当下，弘扬高品位的文化当然是一种美德，也是一种难得。但即使想弘扬，也要先具备一些前提，比如要阅读大量高尚的书籍，要拥有独立思考的时间，如果没有或者不够，就要购买。购买有形的书籍不是问题，购买无形的时间也不是问题，因为时间对于每个人不是无限的，它给你的生命是有限的，有限的生命就有了形状，于是具有了商品的属性，具有了购买的可能性。

　　那么，购买时间都有哪些方式呢？比如你不去用时间支付你必须用时间获得的物质财富，换句话说，你减少为了获取报酬而去工作的时间，省下的时间就是一种购买；比如你把别人喝茶聊天的时间用在你认为的更有价值的事情上，也是一种购买；比如你为了节省路途的时间而改变交通工具所额外的花费，更是一种购买。你花钱雇别人做本来应该自己做的事情，你花钱购买现代的家庭设备，把自己从家务中解放出来，都是对时间的一种购买。时间是固定的，事情是随机的，你这件事情上占用了时间，另一件事上就会没得用。当然，即使是购买，如何善于购买也是一门学问。

随着越来越多的人享受着物质生活水平提高所带来的好处，会有越来越多的人越来越多地购买时间，也会有越来越多的人把购买的时间用于精神领域，致力于提高文化品位和美好德行上。如果有能力购买时间又不能有效利用所购买的时间，不过是用于聊天、睡觉，追求享乐上，就会适得其反，失去购买时间的意义了。

最坏的是没有爱

有钱人和没钱人的不同

有钱人会失去很多没钱人的快乐，比如虽然出行有专车甚至专职司机，去银行有 VIP 专区，消费有 VIP 高级待遇，看电影有豪华小厅，等飞机有贵宾休息室，乘飞机有头等舱……却少了闻听公交车上乘客有趣的交谈、利用银行排队时的空隙电话处理事务的效率、考虑对方服务或卖家商品的性价比、电影院放映大厅里观众轻松的笑声、在机场等候大厅浏览甚至审视过往旅客的装束、公务舱或经济舱里发生的形形色色故事。

有钱人会失去很多没钱人的安全，比如自己或家人遭遇抢劫甚至绑架（露富甚或炫耀，让劫匪不惦记才怪）；比如自己的豪车的财物甚至整车被窃（让盗贼相信没有值钱东西才怪）。

没钱人会失去很多胃口的滋味，比如只有有钱人才能享受到的美味；没钱人会失去很多有钱人的效率，比如耽搁在交通上的时间；没钱人会失去很多有钱人的健康，有小病的不敢就医，有大病的不敢手术，没病的不能保证定期体检。

我们的一生中，理论上可能过上四种生活：天生没钱后天有钱、天生有钱后天没钱、天生没钱后天没钱、天生有钱后天有钱。天生有钱的人，有可能过上没钱人的日子，源于"富不过三代"的偈语，家道中落，坐吃山空，上一辈人的挣钱法宝失传。天生没钱也有可能过上有钱人的日子，源于野心勃勃、笨鸟先飞、知耻后勇、发愤图强、十年磨剑、天道酬勤……天生没钱的人也可能过着后天没钱的日子，一种是源于生下来就在海边晒太阳，习惯一辈子都在海边晒太阳，既看不上出海打鱼的渔民，也不耻于与养殖者为伍，优哉游哉、自得其乐；一种是没有好好努力再加上运气欠佳，主观上付出不够多，半途而废、功亏一篑；客观上屋漏偏遭连夜雨，厄运连连，只得自生自灭，终无出头之日。天生有钱后天还能有钱的人，一种是多少遗传了一点上一辈人的敏锐的商业嗅觉，借势发展，锐意进取，纵横捭阖，这样的人有李嘉诚的公子李泽楷、荣毅仁的公子荣智健……一种是背靠大树好乘凉，而这棵树又太大，枝繁叶茂，能荫庇好几代子孙，比如君主制的国家当家人的子女、仍然保留世袭爵位的国家达官贵人子女、任何一个国家的高级首脑子女。

没钱人学手艺，有钱人学管理；没钱人的时间贱，有钱人的时间贵；没钱人爱消费，比如想吃鸡蛋就买鸡蛋，鸡蛋涨价了就少买；有钱人爱投资，知道想永远吃便宜的鸡蛋就是买母鸡，鸡蛋涨价了就拿出多余的部分到市场卖个好价钱。没钱人投资是小本小利，典型的小农意识；有钱人投资是大本大利，甚至一本万利，借鸡生蛋；没钱人自己玩命干，有钱人让团队玩命干；没钱人按部就班、循规蹈矩；有钱人一反常态、离经叛道；没钱人细抠小处；有钱人着眼大局；没钱人把工作当事情做，有钱人把工作当事业做。

从本质上说，没钱人的日子是消极地延续生命，有钱人的日子是积极地享受生命；没钱人的生活是被动机械地生活，有钱人的生活是主动创造着生活；没钱人对社会的贡献小，社会给予的回报少；有钱人对社会的贡献大，社会给予的回报多；没钱人的一部分应得的钱让有钱人给赚取了，所以才成为了没钱人；有钱人的一部分不应得的钱是榨取没钱人的剩余价值所产生的利润，所以成为了有钱人。

男女搞对象，没钱人一定想找有钱人，有钱人一定不想找没钱人，想找的是更加有钱的人，至少也是找门当户对、旗鼓相当的人，不找不如自己的人，因为不想因为婚姻降低原有的生活质量。现实中不乏有钱人找没钱人的例子，那一定是虚荣心作祟，没钱人要么有貌，能让有钱人赏心悦目；要么有才，能让粗俗的有钱人取长补短，或者当做一种投资，把对方的才华变成财富。

有钱人和没钱人，基本上是两个世界里的人，生活轨迹和生活方式截然不同，却也各得其所，若是出行，一个大公交，一个豪华轿；一个走辅路，一个走高速。若是居住，一个住棚户，一个住别墅；一个多邻居，一个少密度。

有一点是有钱人永远超越不了没钱人的，那就是越有钱的人越容易空虚，越没钱的人越容易充实。因为挣钱没有尽头，没有最后的满足。而一个喜爱读书的没钱人，陶醉在自己喜爱的书籍中，就能心花怒放、流连忘返，永不生厌。

最坏的是没有爱

沉着减少生活成本

消费者的消费心理一般是这样的：最初想着花不多的钱买很好的商品，实现不了后降低要求，买不差的商品；或者提高要求，花很多的钱买很好的商品。前者买来的商品可能不经久耐用，后者买来的商品可能所花的钱超过了商品真正价值，这都是因为消费者缺乏沉着和理性。大脑一时冲动造成的。

有一种人买东西特别爱算计，去超市购物，同一商品，有大包装的绝对不买小包装的，有简包装的绝对不买精包装的，有带赠品的绝对不买不带赠品的，有促销特价的绝对不买原价不动的。理论上确实有道理，但具体操作时并不万无一失，毕竟买的还是没有卖的精，大包装价格有可能高于小包装的价格，只是消费者凭经验认为"低于"而已，比如某食品，精美的大礼盒包装里有 10 盒，1 盒里是 100 克重；简易的小包装里有 2 盒，1 盒 120 克。大包装售价 100 元，小包装售价 20 元。这是一道再简单不过的数学题，但如果不算清楚，就会以为多买便宜，以为大包装更值，却没想到厂家是要将高级包装礼盒的成本计算在内的。

还有一种人买东西不怎么算计，把"我喜欢"、"新款"摆在第一位，把经济实用摆在第二位。不怎么算计的人一般都相对有钱，有冲动购物的习惯，喜欢一掷千金，甚至只买贵的，不买对的，殊不知贵的就是贵的，对的时候很少。这种人买手机也好，买车也好，大都是买最新出的款型，自然也就投入不菲。新出的手机、新出的车型一般三个月最多半年肯定会降价，即使明明知道稍微忍受几个月就能少花上成千上万的钞票，就是有人乐此不疲。

也有的人沉着冷静，凡是买东西，第一次看上时绝不买，一定要货比三家，反复还价，如果实在中意，也要找出瑕疵，也要佯装要走，也要流露出想多买，继而问出批发价，吊足商家胃口。

同样买车，聪明的人会选择买低配置的，因为几乎所有车的配置，除了天窗，属于增加的高配置都可以自行加装、改装，比如改一张 CD

为六张 CD 连放（部分车型可以），改针织坐椅为真皮坐椅，加倒车雷达、卫星导航、扰流板等，而去专业的汽配城做这些内容比在 4S 店买现车能省出一半以上的钱。当然，决定这么做自己首先必须是内行，还要看加装产品的收费标准是按原厂进的配件收取还是按副厂进的配件收取，这里边学问也很大。

同样买房，聪明的人会尽量不买期房，不买小开发商的房，不买开发商独此一家、别无分号的房，不买售楼员夸得天花乱坠的房，不买品质不高、房价奇高的房，不买房子实际情形与广告不符甚至大相径庭的房，不买店大欺客、问题如堆的纠纷房……

审慎决定，三思而行，沉着会减少生活的成本，把不必要的开销和浪费消灭在萌芽之中。学会节省就是学会挣钱，挣出来的真金白银是钱，省出来的预算之外的钱也是挣钱，成语开源节流就是最好的注解。

富人为什么会成功

　　为什么有人能够成为富人，有人只能成为穷人？这其中一定有什么秘密不为我们所知。让我带着你一起来试着拨云见日，破解富人富有的谜团，也许不能立即让我们加入富人的行列，但至少能增加我们有一天也能成为富人的可能性。当然了，通过"权力寻租"等腐败因素成就的富人不在探讨之列。

　　富人并不比常人多长一个脑袋，也是两条胳膊两条腿，甚至有的还不如常人健全，其实成功的秘诀很简单，我总结就是六点：发现商机、捕捉商机、适当冒险、资金充裕、耐心经营和不断创新。换句时髦的说法就是财商高，投资理财的能力强。可以这样认为，通常人们对理财知识的缺乏是造成拉开贫富差距的主要原因。

　　商机是无处不在的，就看你是不是善于发现。对于穷人，商机就是没用的信息；对于商人，商机就是发财的机会；对于记者，商机就是新闻的由头；对于作家，商机就是创作的灵感。去商业街购物，没有可口的餐饮，自己创办一个的想法就是投资人经营的商机；狗咬人再正常不过，偶尔出现一次人咬狗，就是记者写新闻的商机；经历了很多事情的沉浮，就是作家写小说的商机。

　　发现商机还得行动果敢，迅速出手，因为商机可能稍纵即逝。我一个朋友很长时间以前就要买二手房，阅房无数，总是因为这样那样的问题没有当机立断，若干时日后再回过头来决定买下当初犹豫再三的房时，已经被别人捷足先登，痛失机会，后悔不迭。

　　决定出手时还要适当冒险。任何一个成功的人都是带有一点冒险精神的，没有现成的钱等着你去赚，但风险是可控的，不是无限大的。你决定投资一个项目时，会对风险有一个评估，高风险必须有高回报，高风险必须在承受范围之内。一般来说，心理承受能力差的不要冒高风险，即使面对的是高收益。这和炒股是一个道理，投入多少，是补仓还是清仓还是观望？不仅取决于资金雄厚的程度，还取决于能承受赔多少

的心理估值。

没钱难倒英雄汉，如果万事俱备，只欠资金注入这个东风，也会让很多人只能把挣钱的想法停留在想法，不能体现在行动上。当然，如今筹集资金的渠道很多，已不是问题，国家没钱可以发行不菲国债或通货膨胀，只要开动印钞机，就能吐出来哗哗的崭新大钞，美国就经常这么干，让外汇储备为美元的国家，美元资产迅速贬值缩水；上市公司可以公开配股或通过私募股权，小公司可以通过创业板融资或银行贷款；个人可以通过抵押典当或亲戚朋友挪借。不过，借贷总是要还的，连本带息，挣不挣得出来，值不值得借贷，需要考虑好。

项目运行过程中还要耐心经营。笑到最后才能笑得最好，三年不开张、开张吃三年，无不是在说明耐心的重要性。当然，仅有耐心是不够的，除了辅以雄厚的资金支撑，更重要的是对市场前景准确的判断。这和养店是一个道理，凡是开店者，必会留出培育期，少则数月，多则数年，能挨到曙光出现，就是柳暗花明，否则结果不是倒闭就是转让。从投资角度，转让已然就是倒闭。

制造业等实体经济也好，物流业等商贸经济也好，创新能力是否强则体现了经营的后劲儿是否足。你做起来之后，别人肯定会跟风，一窝蜂地仿冒，这时候只能依赖有雄厚的科技做后盾的产品创新，真正的利润永远都是在新产品上，而新产品多则一年少则半年三个月就会沦为旧产品。

有时候，我们对钱的理解，决定了我们善于稳健型投资还是冒险型投资。我们对钱的态度，决定了我们是不是有机会站到富人的队列之中。稳扎稳打和大开大合是两种理财风格。

有魄力的人投资时会把十块钱当一百块钱投，花钱时会把十元钱当一块钱花，因为需要省出来时间继续做挣钱的事。这叫能挣会花，财源茂盛。会管理的人总把计划的列支项目压缩，恰到好处地节流，使原料成本、生产成本、物流成本和管理成本下降，把节余的钱迅速投入到扩大再生产中。

贪婪的人确实更有可能成为富人，富人也肯定都有贪婪的一面，因为在挣钱上瘾的惯性驱使下，必定对钱有着出奇的狂热，不仅全力以赴、全神贯注，还能不择手段，挣不该挣的钱。但贪婪是把双刃剑，成也贪婪，败也贪婪，贪得无厌会适得其反，毁了自己已有的令人艳羡的

一切。

　　克制的人或者叫节制的人，钱挣到一定程度后对钱会不像原来那么在意了，会选择急流勇退，或涉足风险投资，高山流水，帮别人玩大手笔，自己只是挣稳健的佣金；或通过投身于慈善公益事业回报社会赢得避税和社会荣誉；或修身养性，彻悟人生，做某种爱好的发烧友，热衷于旅游、摄影、书法、绘画，等等。

如果有钱

　　如果有钱，这是一个充分条件的假言判断，有钱必然要有一个花钱的计划，没钱未必没有花钱的计划。那些目前还算不上有钱的人，不妨先去制订一个有钱的计划，既是满足憧憬，也是未雨绸缪。说不定有一天就能把"如果"去了，变成真的有钱，已经有钱。在没变之前，只好咽下口水，坐而论道了。

　　如果有钱，当然不是不义之财，而且不必抱着多多益善的心态，因为太容易地拥有太多的钱绝不是一件好事，拥有的快，失去的也快；绝不会领悟钱的真正价值，自然难以钱尽其用。

　　如果有钱，原来朝九晚五的工作时间、按部就班的工作节奏、并不微薄的工作收入，都统统会变得面目可憎、乐趣全无。工作方式的改变只是一个方面，更关键的是生活方式的改变、人生态度的改变。

　　如果有钱，未婚一方的会找一个经济条件相当的另一半，而有钱之前的准婚姻伴侣就可能会面临改弦易辙的危机；已婚的一方有钱，可能就会渐渐对相对没钱的一方不满，甚至横挑鼻子竖挑眼，至少有颐指气使的优越感。如果有钱的是男方，婚姻基础牢固，女方就基本上可以提前退休了，做一个悠闲的宅女，在家学学相夫教子的功课就好。如果有钱的是女方，男方就会压力陡升，要么奋起直追，也尽快证明自己也有变得有钱的能力；要么急流勇退，道不同不相为谋，离为上；要么端正姿态，摆正位置，性别角色互换，温良恭俭让，小心加小心地博得对方欢心。

　　如果有钱，对于徜徉在精神河流里的那部分人，恐怕在保证生存的基本前提下，最愿意做的是有一间属于自己的书房，一整面墙壁上充实着整齐划一的大书柜，书柜里充实着鳞次栉比的文史哲类书籍，取之不尽，读之不竭，让自己变得丰富并且高雅起来，睿智并且豁达起来。美国现代派女诗人狄金森针对书写过这样的诗句："没有一艘船能像一本书／没有一批骏马能像／一页跳动的诗行那样／把人带向远方"。而叔本华

从另一个角度表达了书籍的重要性：使一种存在高于另一种存在，使一类人高于另一类人的东西，是知识。

如果有钱，就有了很多不同，以往的很多东西就会受到颠覆，生活方式发生了改变，朋友圈子发生了改变。以前没钱时去过的地方在有钱后肯定是不去了，以前没钱时认识的朋友在有钱后会渐渐疏远了。而新的去处和新的朋友会让你体会到新的资源、新的欣喜，从而带来潜在的新的财富，使有钱的人有可能变得更加有钱。因此，掘到自己人生的第一桶金，便成为每一个有志跻身有钱人行列的人的最大梦想。

也许我们中的大多数人，都还不是能让自己的计划和梦想充分实现、能让如果变成已经的幸运者，但我们还是应该有所准备，一旦具备了实现的契机，就要让钱花得像露水对植物的意义、阳光对生命的意义。这样的准备不只是停留在向往和幻想上，而是要卧薪尝胆和厚积薄发。否则机遇来了凭什么接受呢？如果接受不了，说明暂时还不具备资格，包括有钱的资格，因为还没有完全透彻地理解钱的价值，尚不知道如何科学利用。

我们在一生中会萌发无数个如果，如果每一个如果，都能建立在深思熟虑和切合实际上，这样的如果才不会只是滞留在假设上。必须承认一点：如果有钱，是绝大多数走在逼仄小道上的人视野意义上的宽阔，是没钱人很多时候里的一种精神自慰和不乏积极心态的乐观愿景。

将赌博拒之门外

　　很少有人认为赌博是应该发扬光大的事情，也很少有人在生活中能够一尘不染地彻底排斥赌博。赌博的诱惑无处不在，尤其在亲人和同事的怂恿下且金额的流动性不大，就很难抗拒，比如年节假日，比如工作之余，都是扑克牌乃至麻将牌的用武之地。其实只要真的是亲戚朋友，只要真的是以娱乐为要义，偶尔"方桌会议"倒也没什么大不了，既不伤风化，也无伤大雅，关起门来自娱自乐，只要不会引出事端，不会反目成仇，不会误入歧途，自得其乐就好。

　　怕得是本想小打小闹，因为大输或者大赢（大赢一般都是陷阱或是大输的前奏）深陷不拔，痴迷赌博，变成大赌徒、大赌棍，这问题就有点严重了，轻则影响家庭和谐，重则影响社会和谐，成为不安定不稳定的因素。一个人在没有输到倾家荡产、债务缠身的窘境下是不会认识到逢赌必输这个词的。当然，逢赌不一定就真的必输，也有相当多运气好的人体验过赢的喜悦，只是这种喜悦总是比输的沮丧来得少之又少。

　　抱着去其糟粕的眼光，我曾光顾过国外某合法赌场，在一个赌桌边上观察过一个晚上，亲眼见过赌赢的和赌输的人，发现凡是能赢的人或者阶段性能赢者，都是先前输过的人、善于总结的人、极为克制的人、见好就收的人。凡是最后输得一塌糊涂、一败涂地者，都是心高气盛的人、焦躁不安的人、一意孤行的人、孤注一掷的人。一个本来把玩的初衷和心态，最后演绎成了必须要赢的执著信念，而且还要发扬百折不挠、宁死不屈的大无畏精神，冲锋陷阵、昏天黑地。这已然是被赌博冲昏了头脑，有点奋不顾身了。这样的人，越输越觉得如果赢不回来对不起自己，侮辱自己的智商，其实任何一个迷恋赌博的人，都在侮辱自己的智商，都在蔑视自己的亲人和朋友，于亲情友情不顾，对赌博热爱到赴汤蹈火、飞蛾扑火的程度。

　　愿赌服输似乎是对的，给人感觉很有定力，赢得起就输得起嘛！其实不然，服输的心态值得肯定，但是愿赌的心态值得批判。只要是有了

愿赌的心态，一般都不愿意服输，服输不过是显得自己的素质高于不服输的人而已。有两种情况下是真的愿意服输：一种是自己的钱太多了，确实不怕输，即使输很多也不介意，或对自己信心满满，期待着下一次战绩辉煌；一种是故意输，哄对方高兴，主动参与者和被动参与者有积极的配合，有会心的默契，将输钱视为一种投资。

手气好坏全在于赌博工具，甚至全在于庄家的操控，让迷恋赌博的人永远有赢的希望，永远是输的结果，是庄家设赌捞钱的宗旨。否则就是庄家的大脑进水了，或者想无私奉献为人民服务了。奉劝有赌瘾的人，如果没有强大的自我约束能力和强大的闲散资金支撑，不管愿不愿意赌，想不想赌，都不应该涉足其间，否则平时不赌就会变成了偶尔小赌，偶尔小赌就会变成偶尔大赌，偶尔大赌就会变成经常大赌，经常大赌就会变成经常大输，从而人格扭曲，变本加厉，发誓不赢回来决不罢休，陷入万劫不复的深渊。这样一来，就会将一个正常的人逐渐变成一个不正常的人，直至铤而走险，触犯法律。

一个心智健全、积极向上、有着崇高理想和追求的人，必然不会叩响赌博的大门，也不会整天异想天开幻想买彩票撞大运，而是脚踏实地、兢兢业业地做好自己本分的事情。耐心足够多的，完全有可能让自己喜欢的事情，变成事业。

将赌博拒之门外，将健康的人生观迎进门里，让生活充满欢快的歌声和明亮的阳光。

企业"变脸"实为变钱

"变脸"不要紧，只要带来金，没了原来样，还有后来新。不管你相不相信，知名外企总是比普通国企有着更多值得效尤的东西；不管你承不承认，创意不断总是能让一个在市场经济下以生存为己任的企业历久弥新。我们大家基本上都是伴着肯德基、麦当劳一起长大的，从小就受到"上校"和"大叔"的饮食熏陶，古堡乐园式的儿童区、简洁明快的店堂设计、门外醒目的"M"或"KFC"的字母标志，无一不是说明洋品牌的咄咄逼人，洋气逼人。

最先在国人心中留下根深蒂固记忆的麦当劳近年来已经渐渐式微，这无论从扩张的速度上还是品牌的推广上都能看出端倪。我的报道商业新闻的记者生涯中，以往"上校"和"大叔"请媒体到场的次数相差不多，渐渐"大叔"则整体被曾经是小弟弟的"上校"迎头赶上，而且还被超出了一大截儿，就开店数量而言，已经不在一个起跑线上，一个"天上"一个"地下"了。说在天上一点不假，而且还不是一般的高，因为百胜旗下的肯德基已经成为世界上第一个能从太空上看到的品牌。8129 平方米的巨幅山德士上校标识在美国内华达州 51 区沙漠地带揭开了神秘面纱。据说这个太空可见的标识坐落于著名的"世界不明飞行物（UFO）之都"的美国内华达州雷切尔，而该地区正是星际联络的中心。

对于我们外人，面纱依然神秘，因为没到现场亲自证实；标识依然陌生，因为大洋彼岸遥不可及。不过我可以给你简单描述一下：它，更加具有绅士风度，更加具有时尚元素，更加具有敬业精神，更加像个勤恳的"老肯"家的大厨。这是我参加其新闻发布会看到画面后的第一印象。具体来说，人家的新标识保留了"上校"招牌式的蝶形领结，但首次将经典的白色双排扣西装换成了红色围裙，红围裙代表着"老肯"家乡风味的烹调传统。不就是精心打造了一个特色高级伙夫嘛！一个小创意往往会回报大利益，因为顾客感到了新奇和亲切，愿意为喜欢的美食和企业文化买单。

毛主席老人家说过，一个人做一次好事不难，难的是做一辈子好事。套用过来、做企业有一次标识的创意不难，难的是要有永远的创意，能接二连三地推陈出新。比起国企，外企似乎更热衷致力于此，致力于花样产品层出不穷、琳琅满目，让顾客耳目一新。但洋快餐确实压力更大，既有外患（中式快餐）的咄咄逼人，也有自身（孩子们常吃不利于健康）发展的局限性，如果不居安思危，岌岌可危是迟早的事，而如此把太空概念引入食客眼球，既是标新立异，也是形势所迫。

如果说"老肯"的创新，以前更多地体现在内容上，即食物本身的新款，那么这一次创新则体现在了形式上，以改头换面的形式出现，而且还映入了广袤太空的眼帘，高高大大、气宇轩昂着。有首歌唱的是"你看，你看，月亮的脸"，那是从地上往天上看，如果从天上往地上看，就是"你看，你看，上校的脸"了！好在这张脸挺耐看的，尤其是在饥肠辘辘、渐渐升起对丰富的美食无比向往的时候，老是想啃！

当然，"变脸"绝不仅仅是"老肯"的独门秘笈，凡是想在商业战场上站稳脚跟、立于不败之地的企业，无一不需要通过形象创新、产品升级在消费者心目中留下清新、长久的深刻印象，让消费者高高兴兴、自觉自愿地从口袋里掏钱，为企业"变脸"花出去的成本买单。当然，变脸也是有很多学问的，别弄巧成拙，"画虎不成反类犬"，消费者不买账。

这真是：企业老脸不吸引，顾客难免起外心，利润下降身受困，发展势头晴转阴，若想继续向前进，创意为王形象新，出奇制胜变为先，新脸带来滚滚金。

律师青睐非诉讼业务

别看头上笼罩的光环，别看能言善辩的机巧，别看社会巨大的需求，别看职业地位的崇高，一枚硬币都有不同的两面，一名律师自然也有自己从业的阴暗面，台湾的陈水扁应该是律师原生态的一个典型，极其生动的典型，他靠着台独理念和利用国民党内讧，投机登上台湾领导人的位子，先"风光"了四年，然后又靠着匪夷所思的两颗子弹再次跌跌撞撞、跟跟跄跄地勉强霸占着四年位子不下，自己幕僚和家属在贪腐丑闻中几乎全部落马，任由舆论和民意的呼声一浪高过一浪，脸皮真是比城墙拐弯处加钢板还厚还硬。这就是一个律师的从政生涯，当面一套，背后一套，让无数有正义感的岛内外人士大跌眼镜。

对律师界"吃完原告吃被告"的流传并非空穴来风，那些很多时候有理甚至特别有理但却决定放弃打官司的原告或者被告，不打官司完全是明智之举，因为很可能打了也是白打，花钱花精力不说，一纸败诉的结果，肯定影响身心健康。但有时具体到这样或那样的官司，又不能不打，讨回经济上的损失是一方面，更重要的是要讨回一个做人的尊严，捍卫本应至高无上的人权。

非诉讼业务如今已成为律师行业最大的聚宝盆，律师事务所都是以非诉讼业务为主，涉及资产重组、跨国公司常年法律顾问以及涉外法律服务等非诉讼业务已是律师们最抢手的业务。由于工作关系，我曾经和一些律师事务所打过交道，了解一些鲜为人知的事情，很多律师早年也和大家一样，辛辛苦苦自己找案源，为一些小刑事、民事案件做辩护，忙活一年半载也就挣个几千元，取得证券律师从业资格后，专做金融证券业务，收入就会直线上升，上万元的月薪不是新鲜事。

北京这几年大量兴建商品房、高档公寓，随着房产纠纷案件的直线上升，也给律师行业带来了无限的商机：消费者买房子发现问题要找律师；地产商办贷款上、当法庭被告同样需要律师；购房者按揭贷款也要请律师；买房后转手过户还要找律师，总之，几乎每一个环节都需要律师的参与。如果某律师和某个银行关系很好，被委任负责办理某个楼盘的按揭，那么这个楼盘凡是要找此银行贷款的，都必须通过这个律师来办理，如果一个月销售出去了 10 套总价 100 万元的楼房，那么按照总房款的 4‰提取律师费，这个律师可以获得 4 万元，扣除上缴事务所的 50％到 60％，该律师自己当月最后可获得 1.6 万到 2 万元的收入。

打官司的律师未必赢，不打官司的律师最能挣。律师也是拿人钱财，替人消灾，大律师都是不管对错，只管输赢，赢了官司就是硬道理，管你是不是有道理。我们身边也确实有很多这样的案例，几千几万的花钱请律师辩护，只要是告来头大的诉讼主体的，到头来几乎都难胜诉，甚至在开庭之前就能接到主审法官客气的"劝降"电话，这几乎是在挑明：识相的就乖乖撤诉，对大家都好，如果还有不明就里者非坚持要诉的，那就只有一个结果，判你败诉。这样的待遇已经很幸运了，倒退几十年几百年，来个屈打成招、颠倒黑白，再来个株连九族什么的，也得受着。

除了律师，同样容易支起腐败温床的职业还有社会地位较高的法官、警察、教师、医生、记者等，毕竟他们中大部分人恪己奉公，奠定了让老百姓信赖和尊敬的基石，不过是被少数败类所玷污。但在老百姓心目中，一个人往往就代表了一个行业。

八、男女观象台

男女之间的恋爱可以归为两种，一种是循序渐进型，一种是一触即发型……恋爱，就像是走在一支行进的队伍里，走得太快，或走得太慢，都会渐渐与队伍无缘。

拒绝融化

一束平静的光线，一幅定格的画面，一处机械的场景，一顿高调的午餐；一段怅然的时间，一场被动的交谈，一次灵感的触摸，一些文字的盘旋。

——题记

一片江南的风景摇曳生姿，一扇期待的心门尚未打开，一段忧郁的时光如影随形，一份渴盼的温暖远远相望！

在 CBD 商务区中一座上流的大厦里，他不是独自却是孤独地坐在一家有着典雅布置和异国情调的西餐厅一角。和蔼的光线婆娑着他木讷的脸颊，他静静地聆听来自异邦印度的带有宗教色彩的音乐，极不熟练地用刀叉调教着自己的手指，佯装专注地聆听着对面她的絮语，而思想早已逃开，飞向辽远的极地。

她看上去和她出生地的江南一样秀丽，和他有着同样的江南痕迹，她想试着融化他，一起沐浴爱情的阳光，告别北方的肃穆和北风的坚硬。她努力营造着热烈和话题，空气中弥漫着食物的温暖气味，彼此呼吸着窗边绿植提供的新鲜欲滴的氧气。

隔着烛台的她也是邀请他来的主人，在一家印度驻中国的公司总部做事，多年耳濡目染后适应并喜欢上了印度的文化，从饮食文化到宗教文化。而他对印度文化的了解仅仅限于佛教，望着四周印度风格的装饰，他流淌的思想进入了佛教圣地，进入了"菩提心中接佛光……苦海得慈航"等使人大彻大悟的禅语，理解了为什么有越来越多的人皈依佛教。陷入氛围的他似乎已离涅槃不远，不那么中国、不那么人间。

他小心翼翼地配合，硬着头皮让精力集中，飞驰的思想似乎进入了一首歌曲："孤独是我今生的宿命，痛苦是我唯一的表情，我是一块拒绝融化的冰。"他做不到顾此失彼，心已然在彼不在此，他远离装腔作势，远离进入眼里却没有进入心里的她。

她似乎察觉出他的异样，试探着极力想抓住他悠远的思想。他无意惊动别人，即使惊动不是一种对氛围的破坏。他习惯一个人离开，这一次不是身体的离开。她不知道该怎样向他融化可爱，而他也回避了向她融化，进入世俗的交谈。他习惯背对诱惑的入侵，比如美食的诱惑，比如其他被公认是好东西的他也喜爱的诱惑。他把自己包裹起来，免得在所谓的上流社会露怯，或被指责是对物质的诱惑过于挑剔，就像一个人因为疼痛而扭动，却被人说成是在舞蹈。

　　他终于等到了尾声，起立时感觉吃过了非常美好的食物，却不是餐桌上别具特色的琳琅佳肴。事实上他也真的很抵触用一堆金属就餐，也不习惯饮食习惯受英国影响以汁类为主的印度西餐。他本来就与贵族式的东西格格不入，随他是遥远的西方还是毗邻的东方。

　　拒绝融化，他认为属于物质的食物再好从根本上也不可能代替精神的食物所带来的舒适感，而作为物质的食物不过是为了精神的畅通服务，最终还是要虚拟地转化为一种结实的载体。他想起波德莱尔说的"精神创造的东西比物质更有生命力"。尽管没有谁能彻底离开物质，能真正地不食人间烟火，但他仍然对精神的东西情有独钟。他说精神就是一种物质，它不过是尚未转化为直接可以看见的物质罢了。

　　爱情的阳光无意从天而降，无意让苍白的她红润起来。她有些懊恼，表情矜持，落落寡合。他细敏的神经捕捉到异国风情餐厅的一角，一株生机勃勃的以诚相待的植物，总想和另一株经历坎坷的情绪不佳的植物，混为一谈。

　　一张静止的脸不露声色，一面无形的墙继续伫立，一扇厚重的门依旧紧闭，一块冷峻的冰坚硬如初！

最坏的是没有爱

恋爱模式

　　每个人从一个人的单身到两个人的婚姻，情感中都要留下一些脚印，经历一些波折，有幸能够进展顺利、情节美丽的，就可能演绎成为楚楚动人的美好故事；不幸遭遇磕磕绊绊、寻死觅活的，就可能演绎成为痛不欲生的凄惨事故。每个人从孩提到青年再到成年，未必都能理解一个并不深奥的概念：不是所有的男孩都能长成男人，也不是所有的女孩都能长成女人。不同年代的差异，不仅体现在生理年龄上，还体现在伴随着成长出现的越来越练达的心理认知上。

　　一般来说，男孩和女孩的恋爱质量优于男人和女人的恋爱质量。男孩和女孩的恋爱富于青春活力和浪漫情怀，但较少持久，难以可持续发展；男人和女人的恋爱更具备一种历尽沧桑后酒逢知己的默契，但较少纯真，也略有远离纯粹爱情的嫌疑。如果说男孩和女孩的恋爱以感情为主，那么男人和女人的恋爱就是以理智占先。在具体的生活中，这样的例子屡见不鲜：有情人不一定都能成为眷属，而结为伉俪的也不一定都是有情。抛开客观因素，很多时候双方之所以交往后不尽如人意，还主要在于选择对象时的阴错阳差。根本上讲，男孩不和女孩而是和女人的恋爱，女孩不是和男孩而是和男人的恋爱属于旁门左道，不属于主流价值观认可的模式。

　　男女恋爱，变化多端，悲欢离合，奥妙无穷。在爱河中沐浴和畅游的男女，凡是始于一见钟情的，很少会注意对方的心理年龄所处的阶段，一旦在接下来潜移默化的发展过程中双方的差异日趋明朗，摩擦日益增大，对比日渐悬殊，其赖以维系两个人密切关系的根基——爱情，通常会走向畸形的受伤的歧路。

　　恋爱中的男女，无疑需要避免以下四种倾向：

　　第一种，男孩和女孩的恋爱，容易以自我为中心，率性而为，甚至一旦偶像不再成为偶像，就会破罐破摔，沦落为一场玩世不恭的感情游戏。第二种，男人和女人的恋爱，容易工于心计，容易夹杂着世俗势

利，会把对方的硬件条件和软件条件了解彻底；会精于算计自己的付出，是否和回报成为正比。第三种，男孩和女人的恋爱，这是相对比较少见的模式，但有逐渐增多的趋势。如果双方在交往中出现问题，责任可以全部归咎到女人一方，如果作为女人的一方不是在某一方面拥有强势地位，怎么可能会吸引一个涉世未深的男孩委身于她？比如女方在事物认知方面、爱欲方面、物欲方面的优越感。作为女人一方，不是在恋爱，而是在谋爱，谋取时过境迁的本来与自己毫不相干也不相称的爱情。第四种，男人和女孩的恋爱，是生活中最常见的一种恋爱模式，但不是很多局外人乐见的一种。作为这种模式中的男人，有与众不同的一面，容易故作高深，有可能积累了抑或物质抑或精神领域的巨大财富，但却放大了女孩的仰视。作为这种模式中的女孩，必定是娇小可人、小鸟依人的，必定是想通过"恋爱"一步到位，迈向世俗羡慕的婚姻殿堂，但也同时放大了男人的俯视。其实，无论男人的俯视还是女孩的仰视，日久天长都会很辛苦累人，严重的还会变换角度。只是生活中的男女对这种恋爱结构乐此不疲，继续飞蛾扑火。也许，这个世界上可以称之为男人的和可以称之为女孩的太普遍了，成功的案例也在与日俱增，亦步亦趋者随之增长。

波德莱尔说："爱情是唯一的，最高的快感就在于确信使对方痛苦，一切快感都在痛苦之中。"这痛苦我想应该指的是让对方爱上你，并为不能不爱你而痛苦。如果处在恋爱状况中的你，感受到了对方的痛苦，那么恭喜你，你在被人深深地爱着。

一份合适的爱情，会演出一个动人的故事，不仅能触动心灵，还能触动身体，化为具体的行动，小到跃跃欲试后的微妙变化，大到豁然开朗后的身体力行。一份不合适的爱情，会发生一起伤人的事故，不仅能伤到心灵，还能伤到身体，也能化为具体的行动，小到心生芥蒂后的局部挂彩，大到万念俱灰后的轻视生命。它们都有可能是惊心动魄的。

恋爱的节奏

　　唱歌需要节奏，工作需要节奏，步伐需要节奏，感情需要节奏。很多恋爱中的男女，最终不能走向婚姻，全在于双方的行驶速度出现了问题，在前进中，既没有驾驭好自己的节奏，也忽略了另一半的速度频率。就恋爱速度而言，男女之间的恋爱可以归为两种，一种是循序渐进型，一种是一触即发型。

　　循序渐进型：双方开始交往时并无心发展成恋爱，至少不是刻意想发展成恋爱，彼此是一种友谊式的朋友关系，随着了解的加深，志趣的相投，双方渐渐从萌生好感到萌生爱意，自然而然地进入了"情况"，这时候只要其中一方提出来，另一方一般都会应允，恋爱关系在潜移默化中水到渠成。我将其定义为循序渐进型，也是一种建立在理智基础上成功率极高的恋爱，但有时候也是一种缺少罗曼蒂克，平静无波的恋爱。

　　一触即发型：双方初次见面，或只是经过简单的交谈，彼此就都对对方心存好感，被一见钟情、相见恨晚的感觉笼罩，而分开后会各自都陷入相思的沼泽，不能自拔。事实上这种恋爱源于在双方心中已经形成一个关于对方的外在形象、言谈举止的自定的框架，一旦有机会接触并发现对方符合，感情就会以排山倒海之势喷发，就会迫不及待表白，迫不及待继续，只要都是急性子，很容易在澎湃的激情下让感情温度急速上升，风驰电掣般建立恋爱关系。我将其定义为一触即发型，也是一种波澜壮阔、波涛汹涌的恋爱，但有时候也是一种审慎不足、冲动有余的恋爱。

　　问题的严重性在于，如果两个人相识，一方是循序渐进型，一方是一触即发型，那会比较麻烦。循序渐进型的一方会认为是一触即发型的一方即使不是另有所图也是急于求成；而一触即发型的一方则会认为循序渐进型的一方即使不是无动于衷也是谨小慎微。恋爱，就像是走在一支行进的队伍里，走得太快，或走得太慢，都会渐渐与队伍无缘。这两

种类型的人，如果不能充分发挥协调机制，让快的慢下来，让慢的快一些，最终只好都走出恋爱的队伍。

那些想恋爱或者正在恋爱的人需要注意，一个可能的婚姻不可或缺地需要在打下恋爱基础时就考虑到双方是否能够在速度上保持高度一致。很简单，先确定自己是哪一种，再确定对方是哪一种，如果不是同一种，要么自己改变迎合对方，要么改变对方，迎合自己。

在爱情中小心谨慎还是必要的，欲速则不达，任何操之过急做出来的事情往往都可能事与愿违，甚至走向愿望的反面，一时的冲动总是不如深刻了解、反复斟酌来得准确。作为恋爱中人，你不仅要了解对方的现在，还要了解对方的过去，包括对方的家庭。一个知书达理的家庭，总会把孩子培养成懂得教养，彬彬有礼。

我赞成美国心理学家布罗瑟思说的："当我们和某人结婚时，实际上，我们是与那人从孩提时代所带来的一切结婚。"为了能使婚后少花一些精力用于维系婚姻的和谐与牢固，奉劝所有陷入恋爱的人们，一定要在婚前的恋爱中多花一些精力去"刺探军情"，这对未来的生活大有裨益。这需要付出广泛而具体的耐心和热情。

同心圆

　　同心圆是初中数学里一个冰冷的几何名词，套到生活中可以赋予其
新的含义，增加人情味，成为解读婚姻和爱情的模型。理想的同心圆一
定也是心同此圆、圆同此心。婚姻就像同心圆里的圆心，圆心的大小决
定了婚姻的长度和婚姻的质量，暂且将红色代表有爱情的圆心，蓝色代
表有爱情的圆弧，白色代表没有爱情的圆心和圆弧，黄色代表有性的圆
心和圆弧。所谓婚姻之外，就是处于圆弧位置，圆弧的颜色可能是蓝
色，也可能是白色，也可能是蓝黄相间，也可能是白黄相间。也就是
说，婚姻之外可能有爱情，也可能没有，可能有婚外有爱情的性，也可
能有婚外无爱情的性。

　　红色和圆心的关系，理论上讲应该是一种递进关系，先有红色再有
圆心，即先有爱情再有婚姻；实际上看往往是一种并列关系，颜色和圆
心没有必然联系，红色就是红色，与圆心无关，圆心就是白色，与红色
无关，即很多纯粹的爱情和纯粹的婚姻遗世独立。

　　因为"爱情红"走向"婚姻心"或因为"婚姻心"走向"爱情红"的人比比
皆是，不因为"爱情红"而走向"婚姻心"或不因为"婚姻心"而走向"爱情
红"的人也俯首皆拾。还有一些人不管有没有颜色都不愿意涉足圆心，
只青睐有蓝色或没蓝色的、有黄色或没黄色的圆弧。

　　有的人既无白色圆心也无红色圆心，有爱情的婚姻和爱情本身都没
有，甚至没有圆心；有的人拥有蓝色却试图不进入圆心，拥有爱情不想
拥有婚姻。保加利亚伦理学家瓦西列夫在《情爱论》一书中说："两性的
爱情有很重要的意义，如果它得不到满足，受到禁锢或者压抑，就往往
导致惨痛的个人悲剧。"这就是说最好还是保持圆心的红色。他还说"爱
情上的不幸妨碍一个人才智的充分发挥，而在社会生活的特定条件下，
会决定他的个人命运"。圆心的红色褪色或失去肯定会影响诸多方面，
但未必都是消极的影响，也可能会促进才智的发挥。至少英国思想家培
根认为具有积极的意义："真正伟大的人物，没有一个是因为爱情而发

狂的，因为伟大的事业抑制了这种脆弱的感情。"

　　不在圆心上的人，即在婚姻之外的人，可以远远地看着婚姻，看着神采飞扬的人们走进去，少数人进去了又神情沮丧地走出来；多数人进去了不想出来，有的人是因为进去麻烦出来也麻烦，有的是因为进去就喜欢上了婚姻，建设着婚姻。

　　一生中没有进入过圆心，是不完整的一生，进入圆心缺少黄色的调剂，是不快乐的一生，缺少红色的伴随，是不幸福的一生。而进入圆心后再回到圆弧，是不完美的一生，是没有解决好问题的一生。不过，那些对圆心的婚姻充满好奇和渴望的人们，一定要提前学习驾驭的本领和过硬的技术，免得进去圆心后不得不退到圆弧，免得走出来时伤痕累累。在婚姻之外，很多都是进去了受伤、出来后不想再进去的人。

　　无论是在同心圆的圆心还是圆弧，无论是在婚姻之内还是婚姻之外，已演变成工作程序的两个分支，已演变成人生的两种态度，不存在我好你坏，不存在孰优孰劣，不存在谁对谁错。

最坏的是没有爱

重视婚姻项目

任何一样事情都需要悉心经营、照料，婚姻更是如此。婚姻就像一棵小树，不去精心浇灌、呵护备至，就不能茁壮成长，否则形式再完美的婚姻也会像花儿一样枯萎，像阴天一样暗晦。怎么经营？像经营企业一样去经营婚姻，像经营爱情一样去经营婚姻，像经营关系一样经营婚姻，像经营人生一样经营婚姻。

一个成功的婚姻，就像做一个投资项目，大致需要经历寻找项目（萌生结婚的愿望）、前期市场调研（选择可能的对象）、考察市场前景（是否能带来幸福美满的婚姻）、项目风险评估（恋爱成功率和分手的风险）、销售渠道（恋爱模式及地点，比如是去看电影院还是去划船）、确定生产规模（恋爱和结婚预算）、选址（婚后的住处及大小）、提出可行性方案（郑重的情书表白）、实施前的准备工作（婚期、婚纱照、婚礼布置、资金准备）、正式运作（结婚）和稳定的收益（稳定的感情回报，能持续地爱着）等几个阶段。

一个不成功的婚姻，一定是上述哪个阶段出了问题，又没能及时防微杜渐，导致小问题变成了大问题，量变形成了质变，对项目的投资人来说，就是一个失败的赔钱的项目，对婚姻的当事人来说，就是一场错误的伤心的婚姻。

一场美满的婚姻大致可以分为三个阶段：恋爱的阶段、婚姻的磨合期阶段、婚姻的和谐期阶段。第一个阶段，有的人要经历好几次，甚至十几次、几十次；也有的人只经历一次就进入了第二个阶段。第二个阶段，也是一个能否走向幸福美满的坎儿，有的人要经历不止一次，要反复的磨合，口角、吵闹不断，最后或恼羞成怒、分道扬镳，或重归于好、金光大道；也有的人有的放矢，一次成功；第三个阶段，能走到这一关的人，一般已经可以经得起任何风雨的侵袭，能够相濡以沫、执子之手，成为老来伴儿了。

优秀的婚姻，一定是情爱和性爱结合得恰到好处的婚姻，一定是情

215

趣相投、志同道合的婚姻，一定是饮食习惯、生活起居同步的婚姻，一定是感情牢固、信任有加的婚姻，一定是无私奉献、无微不至的婚姻，一定是美丽与哀愁此起彼伏的婚姻，一定是不在一起渴望在一起，真在一起还渴望在一起的婚姻，一定是性格互补、价值观趋同的婚姻。

重视婚姻项目，但项目的运作多少带有赌博的性质，运气差的、经验欠缺的、重视不够的生手，总是找不到兴奋的感觉，最后泱泱退出；嗅觉灵敏的、善于驾驭的、评估充分的高手，总会找到合适的切入点，规避可能的风险，保证长久的盈利，成为婚姻的赢家。

重视婚姻项目，很多时候，感情投资和物质投资的力度决定了项目的好坏和成败。很多时候，项目进展到一定阶段，面临着要么追加投资要么前功尽弃的两难抉择。要想确保稳定长期的回报，理想的婚姻取决的因素主要是感情，同时辅以物质的保障。

重视婚姻项目，用心都不一定能赚钱，不用心就根本赚不了钱。当然，在婚姻里所谓的赚钱，就是赚取一生的家庭幸福。衷心希望每个人都能在婚姻这个项目上大赚一笔。如果不能大赚，小赚也好；如果不能小赚，不赔就好。

最坏的是没有爱

左手是男，右手是女

　　一个人的左手和右手，如果配合得好，就能够"手"领神会，做起事情来就会得心应手、从容不迫。如果把一个婚姻比作一个人，遵循男左女右的惯例，左手就是男人，右手就是女人。双手健在，彼此礼让，相敬如宾，合作愉快，自然就是模范婚姻、和谐婚姻。

　　有时候，左手和右手，都在忙忙碌碌，各做各的事情，走近一起的时候，偶尔也会轻轻一握，表示信任或者甜蜜，偶尔深深一握，表示深情厚意或者动物本能。

　　有时候，在一些美丽的夜晚来临时，大部分的手们开始行动起来，洗干净的左手和同样洗干净的右手，在私密性较好的空间里双手合十、紧紧相握，反复摩挲，直到手心出汗，湿漉手掌。

　　有时候，两只手各奔东西，左手握的不再是自己熟悉的右手，而是别人陌生的右手；右手握的不再是自己熟悉的左手，而是别人同样陌生的左手。这样的手有痛苦也有欢乐。这样的握手还是属于异性的握手，但容易把手弄脏，让手得病。

　　有时候，一只左手执意要握到另一只左手，其中一只左手甘当右手。一只右手执意要握到另一只右手，其中一只右手甘当左手。这样的握手成为同性的握手。在国外，这种同性的握手还有可能在法律允许下结合，成为一个人的一双手。

　　有时候，左手根本不想握右手，右手不想握左手，相安无事，波澜不惊，长此以往，就有点问题，就不是一个健全的人。或者在夜晚安睡之前，一只手想握另一只手，另一只手不让握，并以"今天累了、明天握吧"等各种理由推辞。

　　有时候，一只手不仅不想握自己身体（婚姻）中的另一只手，甚至还想远离另一只手。要么是另一只手缺少可爱的元素，或者曾经可爱，后来变得不可爱了；要么是其中的一只手被别人的手吸引，萌生了握别人的手的想法。

也有的时候，一只手出了事故，小到有恙不能使用，大到发生意外提前消失，只能成为记忆中的美丽的手。安然无恙的没出事故的手，适应一段时间以后，找得到能代替原来另一只手的新手就安上了假肢，找不到代替的手就缺失，成为一个只有一只手的残疾人。

还有的时候，一只手从来不会爱上也不想爱上另一只手，甚至讨厌生活中出现另一只手，如果不是被另一只手伤害，就是被自己的手钟爱。这只手早已看破红尘，习惯了自由自在，自得其乐。

一双打算追求幸福生活、渴望生活美满的左右手，一定会从手心发出这样的声音：为了人长久，双手都要有，彼此互尊重，成为好朋友，左手爱右手，右手爱左手，左右手恩爱，携手向前走！

最坏的是没有爱

奔放的女人

奔放不是解放，更不是性解放，而是一种爽朗、一种豪放。在传统社会对女人的定义中，好女人应该是温柔的女人、婉约的女人、贤良的女人、顾家的女人、生育的女人、低调的女人。这似乎也是千百年来男人选择家庭另一半的标准。但随着文明的进步、时代的变迁，女性解放运动使女人们的面貌和性情发生了前所未有的改变，经济上的独立自主，政治上的渐趋活跃，文化上的空前开放，心理上的极大释放，社会环境赋予了女性更为宽阔的舞台，提供了更多施展才华的机会。一些勇敢奔放的女人终于撕下了贤淑、忍耐的标签，展示出全新的自己。

奔放在很大程度上代表进取，代表闯荡，代表叛逆，代表热烈。奔放的女人不仅仅是性格奔放，而且做事雷厉风行、一马当先，绝不优柔寡断、多愁善感，类似北方的汉子。

奔放的女人，是热情洋溢的女人、落落大方的女人，有时也是彪悍的女人、严厉的女人、事业心强的女人、我行我素的女人、叱咤风云的女人。

奔放的女人，如果过于在事业上奔放，就显然不适合于担当家庭的角色，尤其不适合对方有着大男子主义情结的家庭，一个天空不能有两个太阳，一个屋里不能有两个主人，只能有一个太阳时，另一个人必须做月亮。

奔放的女人大多是前卫、时尚的女人，虽然不是精致、精巧的女人，但也不是粗俗、卑下的女人，顶多是个粗心、高亢的女人。

奔放女人的爱情，没有优柔女人的纠结，会像涨潮的水，一点一点逼近过来，不留回旋的余地，轰轰烈烈，刻骨铭心，需要退潮时也能表现出坚毅，内心里可能已满是伤痕和痛楚。

奔放的女人大都有粗犷豪放的一面，不拘小节的一面，急躁冒进的一面，心灵脆弱的一面。但这并不妨碍她们在职场上左冲右突、刀光剑影，跨过一个个险要地形，攻克一个个工作堡垒，吹响胜利的号角。

因奔放而成功的女人，在现实中为数众多，演艺界的巩俐、赵薇，文化界的于丹，新闻界的吴小莉，政界的吴仪，出版界的洪晃，商界的杨澜，模特界的马艳丽，体育界的邓亚萍，音乐界的那英、田震、李娜、李宇春，都是这种类型的典范。

当然，奔放不是开放，热情不是多情。如果奔放的女人同时还是一个开放、多情的女人，就会击中花心男人的软肋，就会让很多成功男人傻傻地败下阵来，中了埋伏，乖乖地依附。于是就佐证着一种说法：男人征服世界，女人征服男人。换句话，世界在男人脚下，男人在女人脚下。

一个成功的女人，必定是奔放的女人、豪爽的女人、奋进的女人、聪慧的女人、渴望自我实现的女人。

奔放的女人，更多的时候属于北方的女人、达观的女人、奔波的女人、奔命的女人，她们像风一样涤荡，像火一样燃烧，像江一样奔腾，像树一样独立。

最坏的是没有爱

细腻的男人

细腻不是细碎，更不是腻歪，而是粗中有细、以刚克柔。细腻在很大程度上代表精致，诸如考究的瓷器和不考究的沙砾，华丽也好、朴素也好，都有一种能让人为之心动的高贵存在。细腻的男人是在突飞猛进、日新月异时代里的一种温馨展示，让很多懂得沧桑滋味的女人欣悦不已。

细腻的男人在感情上会一往情深，在每一件细小的事情上会精心营构，对真正喜欢的女人会通过体贴入微的呵护关怀，尽显男人风度。细腻的男人大多是细心的男人，在表现形式上有那么一点光滑柔软。

细腻的男人像南方的梅雨，每一次对空气的抚摸都是和蔼可亲，不像暴雨砸在身上形成的轻微痛感。但梅雨气候容易让天空长时间的表情忧郁，严重时还会导致一些往日的故事泛潮。

细腻的男人容易敏感，一有风吹草动马上就会察觉，甚至有时候会小题大做、草木皆兵。敏感过了就是多疑、不自信。学会让细腻的男人将敏感转化为灵感，而不是反感，是一种强大的能力。

细腻的男人缺少阳刚之气，附着女性的阴柔，但他们的儒雅和广博造就了他们内在的阳刚，一种内敛于心的隐忍气概。细腻的男人身边同样会有拥趸自己的"粉丝"，和粗犷的男人分庭抗礼。细腻的男人有时给人感觉像亲人，是渴望安全感的女人可以依靠甚至可以依赖的人。

细腻的男人缺少大将风度，不以自我为中心，不野心勃勃，考虑别人的感受多于自己。但过于细腻的男人就像女人，过于求全责备和事无巨细，过于言听计从和唠叨不停，时间久了容易让男人的本色褪色，变成了琐碎的男人。

细腻的男人容易深沉，因为松弛的时间比较多，思索的时间比较多。深沉是忧郁的结果导致，忧郁是文艺情结的延伸。

细腻的男人是一种文化，粗犷的男人是一种气势。一个沉静，一个张扬。细腻的男人在生活态度上可能不如粗犷的男人豁达、自信，但细腻的男人很少夸夸其谈、信马由缰，而是脚踏实地、步步为营，每一个决定都是缜密思考后的高瞻远瞩。

细腻的男人大都拘泥小节，大都在意自己和旁人的每一个行为举止；细腻的男人做事力求尽善尽美、玲珑剔透，由于冒险的系数低，保险的系数高，往往成功率就高。但细腻的男人很多时候注定在过程中充满浓厚的悲剧主义色彩，有时候会因过于优柔寡断从而举棋不定，痛失取得辉煌结果的好局。

细腻的男人在生活中为数不少，演艺界的梁朝伟、张国荣、李亚鹏，新闻界的朱军，地产界的潘石屹，财经评论界的谢国忠，音乐界的罗大佑，化妆界的吉米，都是这一类型的代表人物。

细腻的男人展示的是另一种美，能偶尔带来温情与震撼，和粗犷的男人并非水火不能交融。如果一个男人，能够把粗犷用在宏观战略上，把细腻用在微观战术上，这样一种优秀品质和宏大气魄，简直是完美男人的化身。

女人中性化容易成功

除了性器官还是自己的，其他的性别特征恐怕都在进行着颠覆。这些年流行"男女通吃"，流行"第三性"这个词，从秀场、赛场到职场，男性化的女人们大行其道，赢得男人尊重的同时，也赢得女人推崇。和谐社会促进了性别的和谐，男女出现明显向中性和谐靠拢的迹象。社会学者李银河曾表示："我觉得女人的第一性征和第二性征是天生的，而第三性征，也就是强调女人应该具备什么样的气质和举止方式的一整套性别识别系统，我觉得是社会建构起来的。也就是说，第三性征是没有天然合法性的。"但现象已然存在，看看男女各自的装束打扮，不知从何时起，女人留短发，穿夹克、牛仔服，走路火急火燎，说话快人快语；男人蓄长发，服装色彩鲜艳，说话温文尔雅，举止彬彬有礼，一派绅士风度。

历史总是要不断地向前，社会发展和科技进步必然会带动风潮的兴起，人们的观念也会受到剧烈的冲击和影响。女人中性化，甚或男性化一方面是性格与生活习惯造成的，另一方面是一种社会发展的必然规律，女性角色的偏移是女性参与社会工业流程中自我锻造的一种生存之道。当男人不再是上层建筑，女人不再是家庭为主，男人和女人的思考模式、行为模式愈来愈趋同。

在职场上，女人似乎还有独特的优势，某些领域表现得更加专业和职业。放眼世界，"铁娘子"、女强人比比皆是。英国前首相撒切尔夫人是 150 多年来在位时间最长的首相，德国女总理默克尔夫人是该国历史上的首位女性，差一点登上总统宝座的美国民主党领袖之一希拉里独立、坚强，勇于面对一切攻击，包括最亲密的人给她带来的丑闻。

女人越来越趋于中性化符合生物进化的法则，因为中性化是生存的条件。时代要求女人要有女人的身体、男人的能力。女性又急切地渴望分享男人的话语权，女人只能在残酷的社会角逐中愈来愈坚强和刚硬，将阴柔之美挤压到极小的空间之内。瑞士精神分析学家荣格认为，在人

的性格特征中同时具有阳性（也就是男性化）和阴性（也就是女性化）的特质。当外部需要人表现哪种性格特质时，人就会展现哪种性格特质。聪明的职业女性不会在生活的各个场合只表现一种性格特征，她们会注重性格表露与环境的吻合。当然，并不是所有职业女性都能表现出较强的吻合能力即社会适应能力。有的职业女性因为工作忙，顾不上家庭，也就失去了在家庭中展示女性柔情的机会，这种女人展现的往往多是职场中硬朗的那一面。

女性在迈向成功的道路上之所以给人感觉中性化还因为她们自身缺乏安全感，缺乏自信心。女性心理研究专家许燕认为，女强人主要体现在职场范畴。职场竞争并不会因为员工是女性，就会有所照顾。职业对一个人性格的要求，是从能确保工作圆满完成的角度出发的。因此，一些男性化的特征，如理性、雷厉风行、不徇私情等，往往占据着优势地位。这些特征有些与女性原有的性格特征相吻合，有的则需要在工作中去塑造。曾为超女总决赛做造型设计的创意总监 maya 透露，像李宇春、周笔畅、黄雅莉这些"中性女孩"做造型之前均提出不喜欢也不习惯穿裙子，希望以裤装出场。"给她们安全感才是最重要的"，结果，观众对中性设计的反响之大完全在她的意料之外。"如果说超女能够给时尚界启示的话，不是阴阳结合本身带来的刺激，而是证明了中性作为一种创意性的成功。"

也许是女人比以往更加在意自己、欣赏自己、肯定自己，也许是男人对女人的要求越来越挑剔、越来越多元，尽管强调女性温柔一面的呼声一直此起彼伏，但中性化的风格已让职场中的女人爱戴不已。

这个世界必定是需要阴阳调和的，美国科学家、思想家本杰明·富兰克林说"太阳底下没有什么新的东西，有的只是无限的组合"。女人中性化无疑是一种组合。当女人没有能力改变社会而只能适应社会时，男人会适时地加以配合。配合还体现在男人也在中性化，甚至露出了女性化的端倪，后果就是进入职场、收入颇丰的女人，和进入厨房、钱包瘪瘪的男士，都在越来越多。

男色消费的时代来临

　　男人的地位每况愈下、女人的地位蒸蒸日上正在成为不争的事实。从欣赏女色到欣赏男色，从女色消费到男色消费，大众的审美和消费倾向如今发生了巨大的变化。而男人受宠的时代，就是女人更受宠的时代，因为男人受宠不是受社会的宠，而是受女人的宠。所以，男人受宠的前提一定是女人更受宠，这样女人才有话语权，才能支配男人受宠，从而消费男色。

　　男色消费作为近年来愈演愈烈的生猛时尚，在审美权一直不被女权控制的世界里，男人以姿色博得名利，获得女人们赐予的消费利益，无疑是让女权主义者拍手称快，让男权面临阳痿的尴尬事件。

　　男色一词的出现，并非是最新的潮流，狭隘地理解男色，自古就有美男被女人们供奉，作为梦中情人聊以解忧。武则天算是一个佼佼者，而且是身体力行，直接消费，她对男人的痴迷几乎到了登峰造极的程度。圣历二年（699 年），武则天有意使自己的特权制度化，让男女在相互压迫上处于她认为的平等地位，她在这方面的一大杰作就是设立了一个颇似"后宫"的控鹤府，由张易之做长官，里面任职的官员大多是女皇的男宠及轻薄文人。这一机构为武则天集聚男璧，以娱晚年的宫制之一。这一府内的官员，除了曲宴供奉之外，另一重要职能是向女皇提供"男性温存"。"每因宴集，则令嘲戏公卿以为笑乐。"内殿设宴，则由男宠张氏兄弟和诸武侍坐，陪女皇玩榕蒲戏或说笑话，老人家高兴了，便赐给众人赏物。为了武则天的开怀大笑，大臣们不仅要奉承女皇本人，还要大肆吹捧她的男宠，说张昌宗仙姿潇洒，是周灵王太子王子晋的后身，一升仙太子的转世等等。如此多的男人拜倒在她的脚下，屈辱地接受她的调笑和玩弄，并心甘情愿地充当奴才，作为女人，武则天以一花独放唯我独尊的形式提高了女性的声望。

　　武则天到底消费过多少男色？史书上并无确切记载，床上生活又是女皇帝的床上生活岂能载入典章？但她以国家权力让男色消费合法化却

是真实的，开创了皇家先例，建立了中国古代第一个也是唯一一个"男嫔妃后宫体系"。武则天也当仁不让地成为中国古代第一个合法消费男色的女人。

女性在社会上的作用正在日益重要。人类学家海伦·费希就曾经预言：女人将是 21 世纪的"第一性"。而一项调查表明，美国双薪家庭中妇女所挣的钱与男士相当或是超过男人的已经占到 45％，而英国酒店行业如果不针对女性服务，就会失去大约 40％的客源。这说明风起云涌的男色消费，已是女性在掌握决定权。据统计，给"好男"、"快男"投票的粉丝们与给超女投票的粉丝们其实是同一群体，女人既可以为男色买单，也能为女色投票，她们成为这种美色经济的最大消费者。而她们也正是在用"消费"这种形式向男人们证实，真正能自由消受男女美色的，是女人而非男人。就连一向以女性为目标群体的日韩偶像剧也开始盛行女扮男装。如掘北真希的《花样少年少女》和尹恩惠的《咖啡王子一号店》是一度流行的日韩偶像剧，片中假小子大受欢迎，穿男装的都是美女。美女扮演男人让观众觉得有了双重的收获，令他们在接近中找到美感和共鸣。一句话，需要男色消费。

男色消费还体现在女人青睐男人用品。现时的男士化妆品市场，男用洗发乳、喷发剂、摩丝、香水等品种最为畅销，选购的多为年轻人。但有趣的是，购买者和使用者却并不是男人而是女人。如今，大多数女人也正在开始尝试选用古龙、POLO、巴百利等男士专用香水。男用香水之所以吸引女人，是因为男用香水所具有的皮草味、清花味或烟木味，芳香清雅、庄重，更适合职业女性，而女用香水普遍气味太过浓烈。在服装方面，浅灰色的系列衬衫、领带和西装女士套装系列也很对职场女性的胃口。

三十年河东，三十年河西，何况人类已经繁衍了亿万年。女人主导世界的时代也许已经为期不远，让男人耳提面命、唯命是从，人类似乎重新回到了母系氏族社会。

九、解读记者圈

行行都能出状元，行行也都有挣钱的门道，做记者虽然不能发家致富，但丰富的采访资源对于「机灵」的记者来说，就是在职与否都能为个人创收留下的伏笔，就是可能发家致富的引线。

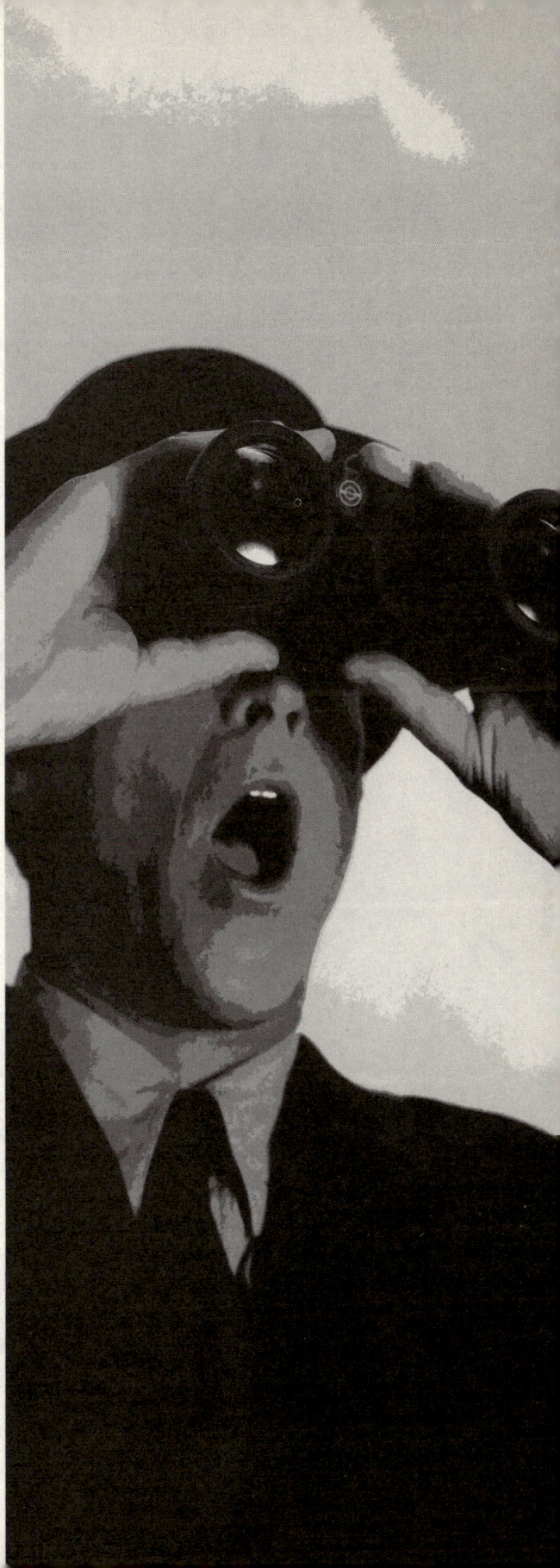

"编前会"让记者头疼也让记者期待

  有些会是可以不开的，但有些会必须开，比如记者不参加不行的工作例会——"编前会"。"编前会"一般是指每期报纸出版前，由报社领导人主持，编辑部各部门负责人等参加的确立和协调版面的会议。对于从事记者这个行当的人来说，恐怕最能体现准时到岗的，就是参加每天或每周一次(取决于刊期)必不可少的"编前会"了。"编前会"也叫选题会，但叫"编前会"更准确些，因为有对新出报刊评议和领导发布指示的内容。那些平时没有时间观念、散漫自由惯了的记者，这时候也很少能不到场，因为不到场意味着自己负责的一摊儿工作无法进行，就无法汇报选题和对选题的简要说明以及自己的选题是否能够通过。虽然有个别记者(主要是资深记者)可能偶尔会因为身在外地采访或临时确有急事不能出席，那也会提前委托同事将属于自己说明的工作内容代言。

  参加"编前会"的人员一般是：实习或见习记者、正式记者、采编部门负责人、总编辑(主编)或主管副总编辑(副主编)，对于小一点的或采编分离的媒体，还会加上版面编辑。这样的会议，从人数上，少则仅仅为新闻部自己的五六个人，多则为全体采编队伍和辅助部门负责人参加的三四十人；从时间上，短则半个小时，长可能会超过半天；从内容上，以报刊为例，一般有四个：第一个是领导讲话，内容包括中宣部和新闻出版署以及主管上级单位的最新精神和指示；第二个是评议最新一期出版的报刊(主要是问题和瑕疵)；第三个是讨论下期选题；最后一个是中长期的选题规划，可能还会牵涉报道方向即刊物编辑方针的调整。

  作为一个例会，一个制度，一道不仅仅是用来梳理新闻线索、指挥采访和统筹安排版面，还是报社贯彻新闻理念的重要程序，"编前会"是保证出版物质量的必要前提。一次正确的甚至出色的"编前会"，一定是简明扼要的，一定是长话短说的，一定是领导很职业，记者很敬业、选题很专业，一定是大范围的会就说需要大范围群体知道的政策"大事"，小范围的会就说需要小范围个体知道的针对性强的"小事"。如果有交

集，就会导致时间的拖泥带水、效率的大打折扣。对于爱表现的领导就是在体现领导的存在、领导的权威，对于最不爱开会的记者（有太多属于听会的采访已经让记者们深恶痛绝）就是无的放矢、浪费光阴。一次对付的甚至蹩脚的"编前会"，一定是参会人员准备不足的，一定是对自己的责权利不能分清的，一定是领导是外行或者是新来的，一定是短会短到只有效率没有效果的，一定是长会长到游离主旨、与采编业务不沾边儿的。

一名记者，工作进展的如何，有时甚至不用看稿件，只要在"编前会"上听其发言即可立见高低，对选题准备不够充分的记者或者仓促应付选题的记者，总是拿出来的选题分量不够，而"编前会"往往就是一张试卷，需要通过对自己工作进行准确陈述的考试，而确有很多记者在这样一场考试中现出了捉襟见肘的原形。还有一种记者，不是能力不行，而是做记者做成了老油条，五个选题里能有四个选题有为企业做宣传的嫌疑，或者报选题时感觉还不错，真正做成了新闻，就发现大相径庭，根本就是企业的吹鼓手。当然，充分利用多年建立起来的良好的采访资源本无可厚非，怕的是就有那么一些记者，个人利益当先，选题都是和个人的经济效益挂钩的，选题的做大还是做小，完全取决于得到费用的是多还是少，置新闻价值而不顾。这样的记者最好去广告部或者活动部，如果确实有创收的想法和能力，有记者的职业历练，也可以给优惠政策，创办特刊，即人尽其才，又皆大欢喜，避免了影响其他记者的效仿。

一位采编负责人，部门主任也好，副总编、总编也好，是否得到广泛的认可，也能从主持"编前会"的水平上看出来。"编前会"就像一块试金石，是不是金子，发言便知，领导的发言也不例外。确有很多采编负责人不懂新闻采编业务，或者一知半解，没有曾经长期记者出身的基础，说话冠冕堂皇，指挥指不到点子上，给不出记者富于建设性的有营养的指导，全靠记者自己摸索着前进。这样的领导该民主的时候不会民主，不能形成各抒己见、畅所欲言的宽松氛围；该集中的时候不会集中，不能消除记者提出的疑虑，不能循循善诱、正确决策，不能树立在记者心目中的权威形象。

做记者，最不能小看的就是"编前会"，它不仅是众矢之的，还是检验自己辛勤劳动果实的第一个也是极其重要的环节。它让懒惰的记者头

疼，让刻苦的记者期待，好记者可能好几天对选题的苦思冥想和付诸行动，就是为了能在"编前会"上成功地亮相，继而出色地完成稿件采写，久而久之，自然会成为一名优秀的记者、媒体的骨干。

记者应是多面手

因了一点写作功底和一点社会地位，记者的职业总是能让人心生羡慕。但单一新闻领域里的专业人才已经满足不了日新月异的时代需要，优秀的媒体人才一定是多才多艺，术有多攻。复合型的记者于是成为媒体的香饽饽，很多初当记者的人认为会写写新闻、会编编稿件就 OK 了的想法早已落伍。在市场经济的大潮下，在快节奏社会的转型期，一名优秀的记者必须是复合型人才，既要横向多领域精通，又要纵向多领域涉猎。所谓横向，就是本单位的不同岗位；所谓纵向，就是除了懂新闻，还要懂政治、懂经济、懂历史、懂趋势，懂各行各业的变革。新闻媒体的记者大都按行业分工，传统的分法有工业、农业、政文等，每一大类又分为若干小项，像政文记者就分为时事政治、文化教育、科学卫生、艺术体育等等。在工业记者当中，通常又包括财政贸易和交通运输等等。这样做的好处是便于记者深入一行一业，掌握一行一业的可持续发展。

记者进了单位刚开始做的若是社会新闻或体育新闻，会相对容易，一段时间以后，可能会因工作需要或个人需求改做政经新闻、产经新闻、财经新闻，如果仅仅是中文系或新闻系毕业，知识的储备就肯定不够，还需要触类旁通、"兼听则明"；作为采编合一的记者既要会写也要会编，甚至还要会写评论，如编者按、时评、开篇的话等；遇到路途遥远的采访，没有自家车的记者需要提前判断最佳的交通路线，和保证采访时间的万无一失，有自家车的还要像出租司机那样熟悉路况，知道哪里哪个时间节点堵不堵车；遇到词不达意、信马由缰的采访对象，还要学会既不能强行打断对方的说话，又能巧妙委婉地把话题引到自己需要的内容上来；遇到连采访机会都不给的对方，就要千方百计地像一个保险公司的销售员，通过如簧巧舌让对方觉得不接受就是自己不对，就已然不好意思；构思一篇长篇通讯，既要写出事实的部分，也要文采飞扬，让读者不会因为长篇累牍而生厌，不能说记者一定要是作家，但确实应该具备作家的某些素质；记者还应该是个心理学家，面对采访对

象，要知道什么话该说，什么话不该说，要心思缜密，要演技一流。

我曾经为了企业和报社可能的合作，派过一个记者去采访某家以开咖啡连锁店著称的跨国公司 CEO，去是容易的，因为有我以前采访打下的良好基础，但去了并不能保证接下来顺利，该记者的采访就非常失败，事后对方负责宣传的人给我打电话说，在老总问及这位记者爱喝什么咖啡时，这老兄居然说"我从不喝咖啡，怕太兴奋了无法睡觉"。当得知有一些新产品的价格因为针对的是高端人群定价比较高时，这位记者马上流露出不满的神情，并武断地得出结论说不会成功。采访草草收场，最后没办法，只好亲自出马，让对方高层重新配合再接受采访。

作为文字记者，并不是所有的时候都有机会和摄影记者一起各司其职地完成采访任务，很多时候因为名额有限，文字记者只能文字、摄影一担挑，在采访的间隙独立拍照，如果对摄影一知半解甚至一点不懂，拍回来后采用率就会极低。如今的新闻现场经常会看到许多文字记者也用数码相机抢拍图片，从报端上也呈现越来越多的署名某某的"摄影/报道"，证明文字采写与拍摄图片"两手抓"的记者渐渐多起来。在做好文字报道的同时，多学一门摄影技能，成为新闻行业中能写会拍的记者"多面手"，工作中不会吃亏。

总之，一名优秀的杰出的记者，一定是善于在学习中研究、在研究中学习。不仅要会当记者，还要十八般武艺样样精通，应该集策划人、作家、心理学家、公关高手、销售精英、摄影师包括司机于一身，才能出色地完成任务。英国 BBC 对自己的新闻从业人员有相当高的能力和素质要求，根据英国权威广播电视新闻教科书的总结，BBC 的择才标准为：1. 对新闻和时事充满兴趣；2. 对新闻有敏感的判断；3. 具有新闻写作能力；4. 具有交流能力；5. 具有想象力和创造力；6. 具有协作精神，善于在一个团队中承担各种角色；7. 掌握一定的电脑技术，包括文字处理能力。在个人素质方面，BBC 要求新闻记者要有：旺盛的精力和奉献精神；在压力下不屈不挠的毅力；应变能力。

在知名的大牌的新闻单位做一名合格的新闻记者很不容易，也很难进去，但在一般的小一点的媒体做一名记者还是相对容易的。即使小媒体，也需要记者业务娴熟，全方位发展，有成为多面手的志向，不能为了一点蝇头小利，就局限于满足于甘当企业的"吹鼓手"，不思进取。

记者入门指南：漫谈采写基本功

会写稿，尤其是要会写大稿、好稿，是当好记者必备的硬件。每年的寒暑假，在媒体实习、见习的大学生就会多起来，作为多年采编部门的负责人，我也常被这些没有任何经验的生力军重复问"怎么做好一个记者，怎么找选题，怎么写稿……"找出自己 2003 年在经济日报内部刊物《经济报人》上连载六期的《漫谈采访基本功》的"教材"，归纳了自己多年来一线采访和二线管理积累的经验，可能对于在纸媒实习的大学生乃至刚刚走上工作岗位的记者来说仍具现实意义。当然，对于那些业务素养好的记者来说，有很多内容是废话，是一个称职记者最基本的要求。本文只针对难度较大的大稿采写谈谈管见，略去消息、短讯、特写和侧记的写法。

善于寻找新闻线索

新闻线索又称新闻由头或选题，是完成采访任务必不可少的第一关，它关系到最终文章的内容、方向和价值度，即内容好不好、方向对不对、价值度高不高？其根本取决于选题是否出色。出色的标准，一个是考虑是否独家，一个是考虑是否及时，如果既不独家也不及时，就要考虑是否可以开掘新的视角，或者做第二落点，想办法形成一篇有分量的深度报道。

由于各个媒体的名称、编辑方针、报道方向均有所不同，导致了受众群体的差别和文章角度的迥异，以定位于商务人士阅读的都市休闲类周报的某报为例，新闻部的工作就是以商务人士关注的身边的事情为报道对象，提供有价值的服务性的热点新闻，力争在经济生活领域发出自己独特风格的声音。鉴于该报所受的一些客观条件的制约，就新闻的时效性、时新性、专业性、权威性及服务性等方面，有一大批不同办报理念的竞争对手，那么如何在强手如林的市场上分得属于自己的一块蛋糕就成为了当务之急。就新闻部的记者而言，确立好的选题是工作的重中

之重，也是难中之难，毕竟缺乏都市日报当天新闻次日就可见报不可比拟的优势。但周报具有能够提供详尽资讯和进行深度分析的优势，因此组稿时就要讲究策略，重点放在选题策划、采访专家、报道角度上，比如在采访过程中充分让受访对象积极配合，为最终完成一片出色的报道夯实基础。

关于选题的来源，应该强化并密切关注以下几个方面，并从中发现适合的可操作的选题：一是关注其他媒体的有关消息看看是否值得扩展和延伸；二是其他关注媒体的热点文章能否挖掘出新角度；三是利用自己已经建立的行业人脉关系主动进行沟通和寻找，和行业专家、业内人士成为朋友，使自己成为一个行业知情人士、消息灵通人士；四是从日常生活中从现场中捕捉和撷取有可能成为选题的事件，如通过逛街或者与同行、亲戚、邻居的接触和交谈发现可能的新闻线索。当然，这只适合于社会新闻的选题，财经新闻的选题还是需要策划先行，尤其需要长年跑财经口的资深记者担纲。

关于选题的方向，原则上还是应与记者所负责的行业一致，但遇到朋友的关系介绍或有资源的跨界的行业也可变通，不过要和与原定跑该行业的分口记者提前打个招呼，说明缘由，以免造成同事不快。

善于电话沟通联系

选题确定后，第二步是通过各种渠道搜集与该选题相关的业内详细资料，提前做好功课，为现场采访提问问题时做储备。刚开始熟悉行业的新记者，一般都要给陌生的受访企业打电话约见采访，但可能为了一个有效的电话和找到一个相关的部门和相关的人，就要先从打114查询开始，打无数个电话，即使这样很多时候也难找到需要找的人，找人困难时一方面可以上对方网站尝试突破，一方面也可虚心问问老记者，说不准以前谁跑过这个行业，能提供方便。

在和陌生的企业初次电话沟通时，往往都会遇到很大的阻力，比如对方会因近一阶段不想宣传或者觉得报道对企业自身可有可无，配合的意义不大，从而不想接受采访，并名义上以工作忙或者不知情找借口推诿，表示无能为力，等等。这时候记者不能气馁，更不能半途而废，要耐心解释，表明采访有利于对对方的正面宣传，同时提议把自己提出的

有关问题以采访提纲的方式或传真或电子邮件发给对方，一般都会接受。在以传真或电邮的方式将采访提纲发出后，记者要立即与对方沟通进行确认，尽快进展到下一步：面谈或者等待书面问题的回复。

如果对方地处本市，则一定要力争约见当面采访，好处是会比电子邮件采访来得更加全面、生动、亲切、准确，这对人物专访尤为重要；坏处是如果准备不充分，交流起来会显得是外行或因问题太简单和太少而草草收场，会给对方留下稚嫩的印象，且难以有后续的接触。当然，遇到对方地处郊区偏远位置，会奔波辛苦，但作为记者，比起采访顺利和成功地完成写稿任务，应该是必须克服的，也是微不足道的。

采访提纲切中要害

鉴于采访提纲在采访过程中的重要性，就必须事先精心策划好想问的若干问题，包括哪些是真的与自己行文有关的问题，哪些可能只是作为铺垫、为引起对方兴趣而提出的问题，同时巧妙地表达自己对所采访的内容强烈渴望和报纸发布后对受访企业扩大影响的重要性。

采访问题的角度一定要有新意，不落俗套，更不能说外行话，要表明自己对对方的了解所到的程度，阅读过相关媒体的介绍文章。做财经报道提问的问题，一般既会问到企业宏观上的品牌、营销、转型等发展战略，也要问到微观上的具体措施办法等成功经验；既要问到能出新闻的"变化"的起因、背景等事情发生后对企业自身的影响，也要问到对整个产业甚至对社会可能带来的冲击波，等等。

采访提纲上所列问题的数目以选出 8～12 个为宜，最好不少于 6 个，不多于 15 个，太少了影响当面采访的交流时间，也不利于写稿时素材的充分；太多了可能会游离主题，使目标分散，会使想要的内容挖掘不深刻，同时又做许多无用功，浪费不必要的时间和精力。

采访提纲在格式上开头要表示礼貌问"您好"，最好接下来是一段过渡的话，说明自己是谁，为什么要做这件事以及想采访的人；中间是按顺序列出的问题；结尾仍然要不失礼貌地对对方能在百忙之中抽出时间来回复或面晤表示真诚的感谢；落款要留下详细的联系方式，包括地址、邮编、邮箱、传真、座机、手机，以便联系。

"以我为主"控制过程

在动身准备当面采访之前，应检查一下是否带好采访本、圆珠笔或签字笔、采访机或录音笔、照相机这"四件套"。看看所带工具是否有足够的空间进行记录、录音和拍照；后两项还要检查电池的电量是否充足。当然，照相机不一定每次采访都能用上，如果是有对厂房、车间、产品等参观项目，且有较好的视觉冲击，则有照相机的用武之地，如果是单纯地采访人物且该人物的职务和知名度不够高，不方便配文刊登，则不必拍照。

如果对方没有订阅自己的媒体，并且了解知之甚少，记者在去的时候应自带一些近期的样报样刊，有助于见面后沟通时的介绍，同时也有必要自带一份先前传给对方的采访提纲，并在此基础上发问。

在倾听并记录采访对象的回答时，一般要注意两点：一是能够善于从对方回答的内容中发现新的提问角度，并在下一个环节中顺其自然地问出来；二是能够善于主导采访进程，尽量不让对方在回答时偏离记者拟定的问题和预设的轨道，记者最怕的是被采访对象信马由缰，自说自话。很多受访者都会在兴致上来后滔滔不绝，却又因为无的放矢脱离记者的初衷，讲出的内容对记者形成文字的素材用处不大，甚至毫无关联。这时候记者要巧妙地打断并就其刚刚说过某一点继续追问，不让其想当然地任意发挥。

采访时间一般以 1～2 小时为宜，太短了双方还没有充分地熟悉，交谈起来会比较拘谨，不能完全放开；而太长了双方都会感觉比较疲惫，注意力难免会不集中，使效果大打折扣。如果采访进行得出奇地顺利，只用半小时或 40 分钟就大功告成，不妨找一些生活中的话题和对方随意多聊一会儿，一来加深一下感情联络，二来新的话题可能也会有助于写作素材的完善和丰富，甚至会带来意想不到的额外收获。

行文结构因地制宜

重要的采访一般很少写成消息体，以特写、言论、调查报告等体裁出现的就更少见，而使用通讯的形式并以若干小标题加以区分则较为普遍。问题是通讯的写法早已不是早年书本上要求的那样平铺直叙，而是

经历了多次的结构创新。但具体到某一篇，究竟适合用那种结构，还需要具体情况具体分析，大稿件或者可以上头条的稿件至少有以下三种可以操作的模式：

一种是根据事件本身的脉络，按时间的顺序将清楚即可，只谈其一，不谈其余，或详谈其一，略谈其余。这种稿件只要是大品牌、大事件，或来自政府部门的决策，就比较好做，不用太在结构上费心思，因为有较好的新闻点；第二种是从局部切入，以点带面，以小见大，通过现象看本质，即通过新闻的典型事例扩展到整体格局，根据翔实的数据来前瞻性地分析整个行业的代表特征和未来发展趋势。文中小标题以概念题为主，每个小标题下的内容会涉及多个企业；第三种是行业内有不止一家有代表性的企业具有同一性的新闻特点，彼此不相上下，在写法上需要面面俱到，文中小标题以典型企业为主，突出典型事例，高度概括浓缩，每个小标题下的内容只说一个企业的事件如果是三个小标题，就是分别三家不同的企业。

写法肯定还有许多，一千个新闻就会有一千种写法，除了必备的新闻要素之外，往往是没有什么章法可循，每一篇的素材也都不尽相同，只能是对症下药，具体情况具体分析、个别问题个别对待了。新上路的记者刚开始都发怵写大稿的行文结构，我的观点是：先去模仿，再去创新，即模仿本报写得好的同事的，模仿外报写得好的同行的，比如跑财经和产经领域的记者，就要多看《21世纪经济报道》、《经济观察报》、《中国经营报》和一些专业财经杂志。只有在模仿的基础上进行创新才会游刃有余。

制作标题反复推敲

对于喜欢先写文章的记者来说，最后一关就是制作大标题，对于喜欢先做大标题再写文章的记者来说，最后一关就是修改大标题。有的记者习惯先做标题然后再行文，有的记者习惯先写完了然后根据内容再起标题，两种各有优势。比如我一般是根据想写的内容，先起一个能够大致框定范围的标题，写完之后再重新修改，有时需要修改多遍，满意为止。做题也有很多学问，是做实题还是虚题，是做既有实题又有虚题，是做一行的主标题还是两行的主标题，是只做最后一道工序单题还是连

眉题和肩题(也叫引题和副题)一起做成复题,是做成肯定句还是疑问句,等等,这些问题看似不大,解决起来还是会费尽心思、绞尽脑汁。讲怎么做题没案例不行,必须要知道稿件的内容和报道的要求。需要强调并引起注意的是,如果是新闻,一定要起新闻题,包括长篇通讯等大稿中需要出现的若干小标题,要在标题中体现出来最有价值最有新闻的内容,不能起带有主观色彩的言论题。

当记者将精心制作的标题连稿件按程序送交编辑后,很可能最后见报的内容已经被改得面目全非,因为版面编辑和总编辑要从报纸的整体考虑,别说有所改动,就是重起一个名字也再正常不过。比如记者某篇稿件可能觉得自己做的标题挺好,甚至还很鲜活,但报纸会考虑到严肃性、政治性乃至可能会涉及竞争对手的不满等而不能采用。从另一个角度,也说明编辑乃至总编辑重视你这篇稿件,希望它出生后能够完美得没有一点瑕疵。

做标题的宗旨应该是准确、生动,先求准确,再求生动。有的记者做标题时经常苦思冥想、字斟句酌,标题的字要么太少了以偏概全,挂一漏万,表述不准确;要么标题的字多了啰里啰唆,有面面俱到之嫌。做标题时尽量把握三个原则:一是尽量言简意赅,用一句话概括;二是不好一句话概括时,尽量选择最有说服力最有新闻价值的点提炼成标题,如果点比较多,再辅以眉题和肩题作为补充;三是不特意考虑上版后的编辑修改因素的束缚,充分地尝试创新,即使最终采用的标题与自己做的标题大相径庭,也无可厚非,因为自己先做的标题可能已经为新标题的出笼做了铺垫,提供了思路。

每一个想成为好记者的同仁如果致力于出色完成采写任务,以上六个方面是不可或缺的步骤。当然,把采访和写稿工作做好,还离不开一个前提,就是记者的敬业精神,即对职业的满腔热情和不辞辛苦,态度决定一切,态度决定工作。

新闻写作,上路容易,要比文学创作容易很多,最重要的是新闻线索、视角独特和真实准确,辛苦之处在于酝酿和写稿时需要反复推敲、斟酌。很多新闻工作者,踏上新闻这条路,一开始还能热情高涨,时间久了就会乏味,要想一直保持饱满的工作状态实属不易。但最大的困难还是无米下炊和无从下手,这是新入门的新闻记者最为头疼的问题。

做记者的利与弊

　　没有一种职业是只有利没有弊的，即使是国家主席、国务院总理也会为棘手的问题头疼不已。小时候的想法都是不知天高地厚的，比如自己小学时就觉得国家主席很好，全国人民都归他管；后来又觉得作家很好，就像一台工业流水线机器，总能源源不断地创造出优美的文字产品——对喜爱的人来说就是美味可口的精神食粮；再后来理想和现实经过折中，发现记者的光环也不亚于作家，甚至在改革开放后，记者似乎比作家更能在市场经济的大潮中得到认可，恰好一些高校敏锐地捕捉到市场的需求，顺势而为，打破了只为媒体尤其是官方媒体提供中文专业或文史哲专业的大学毕业生，纷纷开设新闻课程、新闻专业、新闻系，甚至新闻学院，但学位一般还是归到中文学科，仍然会注明是文学学位。

　　即使是新闻科班出身，也不一定能做记者，更不一定能做好记者，但真正能风光无限做记者的无非在以下几种单位：主流的知名度高的和非主流的知名度低的报纸杂志和广播电视、企业内刊和定向直投广告为主的 DM 期刊，其中又尤其以电视盒报纸最受青睐甚至成为了新闻主演也学生的首选。这也难怪，毕竟作为电视出镜记者可以有机会露脸，作为节目主持人更是可以长时间地露脸，而且被采访的对象也会极其配合，毕竟可以风光一回，上一把电视；报纸又尤其是都市日报的社会新闻、经济新闻和体育新闻记者，也是牛气冲天的，几乎每天都有机会让自己的大名见诸报端，即使是小小的豆腐块消息。

　　因为自己在电视台和报社都有幸做过新闻记者，故重点谈及；杂志短期接触，简单谈一下；电台没有涉足，没有资格就没有发言权。电视当天播出的新闻画面和报纸当天出版的新闻版面凝聚了一大批采编人员（制作人员）前日或连日来的心血，而为了这短短的瞬间或几百字，几乎大部分人都是奋战到半夜。作为电视记者，不仅需要选题好，还要事先对需要拍摄的画面进行踩点，要和与自己同行的摄像师配合默契，遇上

饭点，还要请其吃饭，要会使用编辑机，自己做剪辑和配画外音。报纸记者相对好一些，但都市日报的记者也是辛苦得不行，如果赶上当天下午甚至晚上一个采访，次日上午一个采访，基本上就别想睡觉了，当天的新闻不能漏报，必须在截稿时间前交上去，交上去还不算完，还需要忐忑不安地等待，稿件是被毙掉了还是需要按值班主任或总编要求加工修改后在交上去？这都是极有可能的。不论当哪种记者，最苦的莫过于不能按时吃饭，尤其去偏远的地方采访和需要加班赶写稿件，那是必须要将吃饭置之度外的。还有一些新来的不够领取记者证资格的"见习记者"，就更是心里没底，生怕采访哪个单位，被告知必须确认有记者证才能放行或才能接受采访。

当然，记者的职业，除了苦，也有甜，不管到哪去，因公也好因私也好，尤其是去地方上，又是自己的媒体能让对方特别在意的，恐怕都是接待规格高高，被众星捧月般鞍前马后地小心陪伴，非常能满足个人的虚荣心，而好的记者，往往也会捕捉到有适合本媒体的新闻由头，继而形成一篇出色的甚至独家报道。做记者还有一大好处，就是自由，大都有不坐班的自由，早晨从中午开始，到单位先吃饭，然后一直忙到天黑，夜深人静，半夜甚至凌晨回家休息。周而复始，乐此不疲。记者的早晨从来不是从真正的早晨开始，都是从中午开始。

记者的好处还包括人脉关系广泛，因为工作的关系，有机会和各行各业打交道，而且采访的都是在某一领域的成功者、佼佼者，而企业领袖也非常愿意和记者成为朋友，一是得罪不起，记者写篇负面报道（前提是确有负面新闻），企业形象受损时小事，产品无人问津，损失可就大了；二是能省下钱，省了广告的钱，企业推出新产品，靠记者的妙笔生花，当新闻就给发布了，不需要再去媒体的广告部交上几万十几万元的广告费。

相比之下，我更喜欢因为记者的职业使自己第一时间知道最新发生的事情，比如科技时尚的新产品，比如高层内部发生的事情。有的很有趣，有的很独家，也有的很肮脏。虽然为了采访，起早贪黑、不远数里辗转跋涉是常有的事，但既然选择了记者这个职业，就要学会苦中作乐。

一个人年轻的时候，做做记者真是一种很好的历练，可以见多识广，可以站在时代的潮头上，与时俱进。这个年轻的界限最好是40岁之前，否则就会失去真正的新闻记者所应具备的朝气和锐气，就会增生老记者身上的懒气和油气，即不爱实地去采访调研，仅靠电话采访和对方发来的公关通稿，一番润色之后，完成自己的工作量。不是大牌媒体的记者，过了40岁，要么就往上走，利用自己的经验带带新人、做做管理；要么就改行，挑战自我，重塑自我，在广阔的新天地里获得重生。

最坏的是没有爱

有偿新闻为何屡禁不止

　　"拿人钱财，替人消灾"的理论如今在不少记者中也大有市场。记者的职业和国家的公务员相似之处的地方在于，都不是高薪养廉的职业，都隐隐存在着某种权钱交易的潜规则，即孕育着有偿新闻的肥沃土壤。所谓有偿新闻，是新闻工作者将新闻价值不足以刊出的信息，按照出资人的特定要求，满足出资人的宣传意图，撰写并发布出来的新闻，也可以说是新闻工作者采取不正当手段向被采访报道对象索取物质报酬的活动。

　　学过新闻学专业的都知道，老师在专业课上讲授的陆定一在1943年所作的新闻定义"新闻就是新近发生的事实的报道"，演变到今天已经多少有点走样，事实不再是绝对的第一性，新闻也不再是绝对的第二性。但新闻在时下越来越成为了策划、炮制出来的产物。有偿新闻都是新闻职业道德所明令禁止的，是拜金主义在新闻领域的反映，是新闻界的不正之风，无论东方西方，是任何意识形态、任何社会制度的新闻从业人员都不耻的行为。但就有那么一些个别的记者，要么不务正业，占用私事的时间比占用公家的时间还多；要么搂草打兔子，看到有人主动提着猪头来，就手心痒痒，想当一尊庙门，热衷于小到三、五百元的交通费、车马费，大到三、五千元的版面费、软广告费。在当下，有个人银行账户号码在公关公司或企业的公关部、宣传部、市场部登记备案的记者比例不在少数。

　　本来确有新闻价值的报道，发表后就有可能带来收益，更有甚者，企业或公关公司居然能按字算钱，按所要求报道的企业名称在文中出现的次数支付金额。我的记者生涯中确实对有偿新闻耳濡目染、见怪不怪，而且无能为力改变，因为上到总编辑都明里暗里这么干。我在某报做记者期间，主管采编业务的副总编辑更是把这种交易发挥到了极致，凡是有偿的新闻采访都不亲自出面，委派下属按新闻规律和程序完成之后，这位领导大人的银行卡里，每个月会按时收到根据上一个月在本媒

体发布情况核算的不菲的费用。这是后来成为朋友的某公关公司负责人亲口向我透露的真实内幕。而且这在媒体中是普遍现象，以报纸为例，有版面的记者能比没有版面的记者挣得多，有多个版面的能比只有一个版面的记者挣得多；小记者只能挣小稿的钱，大记者就能挣大稿的钱；部门小领导只能挣本部门管辖范围里的钱，报社大领导就能挣所有版面的钱。我的总结可能有失偏颇，未必是普遍现象，但也绝非空穴来风。

《舆论学大辞典》上，把"有偿新闻"这个词条按有偿形态解释为七类：1. 接受劳务费、误餐费等形式的红包、礼金、有价证券，获取各类消费、好处，以及可能会影响到公正采访和报道的礼品，如餐饮、娱乐，为亲友解决工作问题等，这些无疑是最为典型的有偿新闻行为；2. 以新闻为诱饵换取经营利益（如广告、发行）或赞助；3. 以内参、曝光等为要挟，迫使对方提供钱、物等好处；4. 参加被采访单位、个人安排的在营业性歌厅、舞厅、夜总会等公共娱乐场所的娱乐活动；5. 利用发布新闻报道谋求外单位住房、房屋装修、制作家具、旅游邀请以及占用对方交通工具；6. 向被采访单位提出为个人或亲友谋私利提供便利条件；7. 到被采访单位报销应由个人承付的票据。这七条可谓面面俱到，几乎把记者可能染指的领域和收益的形态表述得淋漓尽致，而当下符合一两条的记者也大有人在。

有偿新闻导致的负面影响巨大，至少有三个危害性：一是炮制虚假新闻。不少有偿新闻受到既得利益集团的利益驱使，不惜歪曲事实，混淆黑白，颠倒是非，原本不是新闻，活生生地给拔成了新闻，包装新闻，通过提供信息服务来获取不正当的利益，严重损害了公众利益，违背了新闻的真实性、客观性、公正性原则。二是降低了新闻报道的质量。众所周知，大众传媒判断信息的取舍在于新闻价值，而有偿新闻选择标准是为了其服务对象需要的宣传效益，将一些毫无新闻价值或者新闻价值不高的东西充塞版面和节目，挤占了真正有新闻价值报道的时间和空间，从而影响了新闻宣传报道的质量，也让读者感到失望，久而久之，会失去媒体的权威和价值。三是腐蚀了新闻工作队伍。有偿新闻使一些新闻工作者腐化堕落，蜕化变质，成为了记者中的蛀虫、败类，不仅个人价值观沦丧，也使所在媒体的公信力遭到破坏。

　　当然，也不能把责任全部归咎到新闻工作者头上，司空见惯、约定俗成、见怪不怪、制度缺失等等因素都难辞其咎。何况处在一个变革的时代，各行各业都会滋生有得天独厚的垄断性的权力寻租土壤，这种心照不宣的潜规则，只要有人热衷"开发"，就会有人"得大于失"。

房地产记者危险与诱惑并存

　　人不能没有爱心，更不能没有良心。时下的开发商在购房者的心目中几乎就是奸商的代名词。各区县的信访办和消协接到的投诉也大都与开发商有关。我在记者职业的某个阶段还专门跑过房地产新闻，对凡是楼盘无一没有问题可谓深有体会。我相信 10 个人买的房子中，会出现 11 个问题，多出来的是一个人买了两套。

　　很多年前，我和另一名资深跑房地产口的记者，曾经联合对北京 CBD 区域某高档楼盘持续调查采访了半个月，了解业主反映开发商的问题，在一家都市日报上连续刊发了七篇对开发商的系列负面报道，反响很大，报社支持这么做的原因是想行使潜规则，要挟开发商在报纸登广告，但开发商自恃来头大，根本不买账，虽然在几次推诿之后不得不接受我们采访，言语中却暗带威胁。我和搭档后期几次前往采访、核实都是怀着忐忑不安的心情，采访结束出来后也是迅速离开。在曾是退伍军人转业的搭档提议下，有时我们还会绕远路回家，或不断地变换交通工具，怕被采访对象跟踪到家，伺机报复。有一次本应该地铁里乘坐九站地出来换公交，搭档拉着我在第六站后就出站，一路小跑换乘其他路线的车次，辗转一番才到家。自己还思忖，有那么严重吗？遥想当年白色恐怖的战争时期，地下党甩掉跟踪的尾巴可能也不过如此吧！

　　其实不仅是做房地产负面新闻面临危险，跑其他行业的记者，只要是批评性、揭露性的报道，遭遇言语甚至生命威胁的风险系数同样比较高，比如跟踪、暗访假冒伪劣产品生产和流通领域的违法犯罪问题，比如采访问题企业的老总不是让你屡次吃闭门羹就是顾左右而言他，有的干脆流露出希望跟记者本人或记者所在媒体进行良好合作的软招。所谓良好合作实则也是一种软威胁。作为房地产新闻记者，面对不法房地产开发商，不能站在老百姓的立场上说话，捍卫作为弱势群体的业主们的权益，就是在为既得利益者摇旗呐喊。结果就是减弱记者职业的神圣光环，践踏无冕之王的光荣称号。

　　相对于危险，跑企业跑商业的记者更多的是面对诱惑，从几百元交通费的小诱惑，到数千元版面费的大诱惑。有聪明的商家把"行贿"做得很隐蔽，并不直接支付给记者现金，而是"曲线救国"，送一张价值好几千的购物卡，或者请记者的家人出游，欣赏祖国的美丽山川甚至远赴异国领略风光，跑房地产口的记者更是有过之而不及，不仅发一篇小新闻能让企业出手阔绰，长期和企业合作密切、关系良好的记者，还会成为开发商老总的私人朋友，贡献大的，送一套房也不是没有可能，打个5折6折的那就更是不在话下了。当然，钱也不是白拿的，你总得给人家抬轿子，总得为了让新闻好看、有价值，别出心裁地想出一些概念。例如：最贵的地就号称"地王"，最贵的房就号称"楼王"，地处商业繁华地带又是建的最高就号称"城市地标"，地处二环以内的城区中心就号称"中央静地城邦"，虽然离城市很远但临海不远就号称"绝版海景房"，离CBD数十公里就号称"CBD后花园"，插在云集写字楼之中就号称"精英专属领地"，建在老城区就号称"传承千年文脉"，建在新郊区就号称"生态典范"，普通住宅就号称"成熟人居"，价格奇高就号称"尊贵府邸"，毛坯房就号称"自由境界"，精装修就号称"给你一个五星级的家"……

　　靠山吃山、靠水吃水，近水楼台先得月。这话一点不假，确实有很多人干一行"爱"一行，爱到极致，通过交换，爱到利益最大化。不客气地说，一些昧着良心的记者已然成为了不法开发商的帮凶，通过自己被企业认可的稀缺资源（不可替代的媒体和驾轻就熟的"新闻"策划），为房价一轮又一轮的高涨推波助澜。

资深记者容易成为 "枪手"

做演员做到了一定程度，容易走穴；做教师做到了一定程度，容易办班；做会计做到一定程度，容易避税；做医生做到了一定程度，容易自开诊所；做律师做到了一定程度，容易原告被告通吃；做公务员做到了一定程度，容易滋生腐败；做记者做到了一定程度，容易当"枪手"，为代言的企业或产品捉刀。"枪手"就是枪法好的高手，就是文章好的写手。

新闻界曾流行这样的顺口溜："一流记者拉广告，二流记者跑龙套（热衷参加新闻发布会），三流记者写写稿"。这是暗讽脑体倒挂、本末倒置。我看不够准确，应该改成：一流记者写独家头条，二流记者写常规报道，三流记者写外部约稿，四流记者一门心思拉广告。确实有很多记者不擅写稿，却擅长交际，对新闻发布会主办方支付交通费的兴趣、对广告提成的兴趣超过了做新闻本身。

主流意义上的记者只有会写稿和不会写稿之分。不会写稿的记者不仅不会写大稿，诸如长篇通讯、人物专访、调查报告之类，连小稿也不会写，诸如一句话新闻、简讯、消息甚至消息中的导语。不会写稿的记者一般有三条出路：一个是选择了知难而退，因为发现自己根本就不是做记者这块料；一个是在虚心学习中磨炼，在领导的毙稿中提高，真正熟练掌握所有的新闻文体写作，至少需要两年；再一个是对付、应付，写出来的文章狗屁不通，还不如小学生的作文，全靠关系硬和编辑加工，一般写出来两千字，编辑能删一千八，余下能刊发的二百字，有一百字是编辑根据文中原意加进去的。

而会写稿的记者，也分三种出路：一种是全心全意为本报本刊本台的敬业记者，以报纸为例，头版头条、大稿的策划能力和时评，都是少不了要贡献的。从职称的角度，就是走从"助理记者"（初级职称）到"记者（中级职称）"再到"主任记者"（副高职称）最后到"高级记者"（高级职称），只做业务，不做管理；还一种是稿件写得不错，在单位的人际关

系也不错，又有一定的权力欲望和管理能力，从职务的角度，几年的采写之后就可能升为采编部门的副主任、主任、总编辑助理、副总编辑甚至总编辑。第三种属于具备前两种的一部分，种种原因未能全部实现，故只好墙内开花墙外香，被企业认可，能揽到写稿的活儿，成为出色的"枪手"，而润笔费也会远远高于做记者自己本职工作的稿费。

一般来说，"枪手"都是在一次次采访过程中和企业或公关公司建立了良好的互动关系后结盟的产物。"枪手"擅长以新闻的形式揉进广告的内容，业内称"软文"。"枪手"的挣钱方式有三个：一个是写出能让企业满意、编辑满意、领导满意的"新闻"在自己所在的媒体刊发，获取稿费之外的劳务费；一种是只为对方撰稿，负责撰写新闻通稿或广告隐蔽性很强的副刊故事文字，再由对方负责联系媒体记者发布，或对方直接与目标媒体合作，以合办栏目或活动形式发布；还一种是彻底脱离本媒体，被外面看好的企业招致麾下，做专职文案，外带奉送熟络的圈内媒体同仁资源。

行行都能出状元，行行也都有挣钱的门道，做记者虽然不能发家致富，但丰富的采访资源对于"机灵"的记者来说，就是在职与否都能为个人创收留下的伏笔，就是可能发家致富的引线。当然，如果同样都是能写好稿的记者，那么跑社会新闻、体育新闻、教育新闻、文化新闻的记者，明显会吃亏一些，肯定不如跑时政新闻、财经新闻的记者含金量高，无论是风光的机会还是捞外快的机会。

记者要对得起头上的光环

头上的光环不是人人都有资格有，都有有机会有；头上的光环也可以是花环，也可以暗淡。新闻工作是艰苦而又神圣的职业，在一般人眼里，既有光环也有花环，记者第一时间亲临现场，亲眼目睹事件经过，不畏条件简陋，甚至冒着生命危险到一线采访，无疑是职业的使命感所在，也是记者工作的魅力所在。即使太阳也有黑斑，总有一些缺少职业素养的记者喜欢"拿人钱财，替人消灾"，为诱惑所动，遇到采访负面报道且对方小恩小惠封嘴时不那么坚守新闻职业道德，甚至违反客观报道的原则。

任何一种职业，从业者都必须具备相关职业素养和社会责任，两者通常是相容的。教师是教书育人的，医生是治病救人的，他们在工作中发挥职业素养的同时，也在履行社会责任。而有些行业，职业素养和社会责任偶尔会发生冲突，律师和记者就是这样的一群，以当事人的利益为重与公平正义产生的矛盾，以事件即时报道的新闻性为重与参与事故营救的社会责任产生的矛盾，常常让他们感到茫然和挣扎，面临痛苦的取舍……这也是人性不容易做到的地方。

记者也好，律师也好，医生也好，教师也好，表面上似乎都属于冠冕堂皇、职位诱人的上乘职业，甚至具有一些"权力"，让其他阶层的人羡慕不已，但事实上早已经不是一片净土了，在这些行业早已默认了潜规则的存在，而记者行业应该是受灾比较严重的。当然，看问题要用辩证法，作为记者，出去采访，肯定要有成本支出，而交通费和误餐费并不会由记者所服务的媒体支付，于是就给了一些觊觎已久的企业可乘之机，他们需要记者前往并给予报道（不排除确有值得报道的新闻），出一些车马费聊表心意也是自然而然的事情。只怕长此以往，记者被惯出了心安理得接受好处的毛病，甚至没好处即使是新闻也不给予报道的权力滥用。

治标还是应该治本，从源头上着手，比如是重大的有价值的新闻，

采访的成本不应该由企业买单，应该由记者所服务的单位或第三方机构
"记协"之类的单位来介入解决，解除记者工作的后顾之忧；再一个就是
媒体平台要把关严格，让记者采写的稿件，只要是宣传对方的，都不提
及对方名称，看看哪个企业还愿意当冤大头。

令人崇敬的职业最容易产生腐败，最容易滋生权力寻租的土壤。作
为无冕之王的记者，众矢之的，更应该珍惜头上美丽的光环，不辜负人
民赋予的权力和信任，对得起记者这个神圣的工作，努力做老百姓的喉
舌，关心老百姓的疾苦。虽然在中国做记者还是会囿于来自各个方面的
限制，但这并不是不做一名有良知的记者的理由。

从国家的层面上，对记者的工作还是给予了充分肯定的，11月8
日在1999年被国务院明确为"记者节"。记者节与护士节、教师节一样，
是我国仅有的三个行业性节日之一。按照国务院的规定，记者节是一个
不放假的工作节日。不但自己的节日不放假，即使是国家法定的节日也
放不了假，而且对于跑时政新闻和社会新闻的记者来说，越是节日，越
可能出新闻，越需要加班加点，以工作为己任。由衷希望记者都能够像
警察要对得起警官证、军人要对得起军官证、律师要对得起律师证、作
家要对得起作家协会的会员证一样，克己奉公，良知先行，恪守新闻记
者职业管理条例，对得起自己的上面印有国徽图案的记者证，对得起头
上人民赋予的神圣光环。

记者对政治面貌的诉求不可或缺

作为一个在社会系统中运转的"部件"，没有组织的引导和指挥，肯定是"自由化"的，是散落的，是孤独的，是盲从的。即使是一个彻头彻尾的唯物主义者，也难免在自己的历史生涯中被命运选择；即使是一个对政治兴趣不大的人，只要做了记者，基本上都会关注政治，喜欢政治，爱上政治，同时建立自己的民主诉求，渴望加入组织。而在中国做一个媒体人，本身就和政治密不可分，不可能脱离政治。事实上，一个人在成年后，只要有愿望积极，在工作中好好表现，总能有机会使自己的政治面貌脱离"群众"的身份，绝大多数人会加入执政党，也有少数人阴错阳差或者"一意孤行"地选择了参政党。很多人最终对党派的取舍只是因为偶然的变故，导致离开本已靠得很近的唯一一条主路，改走八条（我国现有合法的民主党派数量）辅路中的一条。

一个人若是做了很多年的记者，经验的累积和敬业的精神就会使自己的职场生涯发生微妙的变化，比如在业内的话语权渐渐权威了起来，比如在部门主任出现了空缺后升任的机会突然大了起来，比如执政党的组织和参政党的组织都会对你伸出橄榄枝，希望你加入他们的队伍，成为他们的一员。当然，各个民主党派都有必须具备本科以上学历和中级以上职称的硬性门槛，在此前提下，文字写作功底和关心政治的职业历练无疑可以成为入党后的巨大优势。而立足本职工作，从信息搜集做起，乐于奉献精神，发挥民主党派成员的监督监察职能，努力献计献策，积极调研并撰写提案……这些应该是错过或未能加入中国共产党又不想让自己的政治诉求式微的每一位公民尤其是记者的政治生命的延续。

通过对比不难看出，中国内地这些年的经济发展和政治改革都远远好于台湾地区，大陆自 1949 年的第一次政治协商会议上确立了八大民主党派，1989 年确立了多党合作制度，2007 年国务院出台中国政党白皮书等。一系列标志着中国民主进步历程的事件，说明了执政党对参政

党的重视，而各个民主党派长期致力于机制建设、能力建设和思想建设，又反过来对国家的民主进程起到了很大的推动作用。当然，不排除一些基层组织建设进展缓慢，一些基层党员几乎不问政事，亦很少参加组织活动。但主流还是应该肯定。

中国没有反对党、在野党，只有执政党和参政党，中共非常重视作为参政党的各民主党派所起的重要作用，每年党中央都会在决策前召开党外人士座谈会，虚心听取意见和建议。而加入民主党派就等于对国家有了一份责任，有了责任就要尽到责任，在参与当中体现价值，提高自身素质和政治把握能力，在参政议政的实践中得到自身的锻炼和成长。我国的民主主要是选举民主和协商民主两种，两种民主相辅相成、相得益彰，协商民主的参加人员更为广泛，所起作用更加巨大，已经纳入到国家政治体制的范围之内。而以合作协商代替内部斗争可以减少内耗，以便大家都能集中精力搞建设。

民主党派人士对自己的要求无疑要高于普通群众，不仅要学会承担社会责任和政治责任，还要在社会观察中重视政治把握，有捕捉社情民意形成信息报送的意识，信息做到有情况、有分析、有建议；还要善于把本职本专业的能力迁移到本党内的参政议政工作上来；还要积极踊跃地参加自己所在党派活动，开阔视野，对国家大事充分了解，基层党员每一次参加都是一次认识的提高和知识的增长。党员参与组织活动与否是不一样的，就像从事媒体工作，写稿件必须要到现场采访，获得来自一线的真实信息，这样才能形成鲜活生动的为客观报道准备的一手材料。作为民主党派的一员，只有近距离地听取最新的情况介绍，畅所欲言地进行座谈交流，实实在在地进行调查研究，结合自己的感受和自己所在工作岗位的优势，才能提出有分量的建言献策的内容和研究课题，才能提升参政议政水平，加强自身政治修养。

一个加入组织、成为党员的记者，无疑素质较高，在工作中会更加自律，会站在更高的高度上审时度势，会积极地阳光地看待一些存在于角落里的消极面、阴暗面，从而自觉地维护安定团结的局面。这是组织欣慰的，也是国家乐见的。

写作舒展了压抑的心灵（代跋）

一

十七八年前第一本诗集《爱之沧桑》面世前，有未曾谋面的某文学刊物总编辑主动写序，过了四五年的第一本散文集《有一种眼泪流向心里》面世后，有既未曾谋面也未曾相识的文学青年以《热烈与悲怆》的标题在某杂志上品评，让自己觉得被关注和肯定是一种莫大的幸福。于是到了本书，总觉得应该对自己的文学创作和文学情结来一次系统梳理，毕竟自己的事情自己最清楚，不妨写它个洋洋洒洒、林林总总，写它个昏天黑地、一泻千里……我写得肯定要辛苦，你看得可能也辛苦。

这个时代，做一个生产文字甚或以文字为生的爱好者着实不易，尤其想以文字为生，这个"生"不是谋生，而是生命。客观上说，外部的大环境缺少成就诗人和作家的土壤，那样的时代有过，比如鲁迅、林语堂、巴金、徐志摩、戴望舒、郁达夫那样政权黑暗的时代，比如北岛、舒婷、顾城、杨炼、欧阳江河、芒克那样动荡而且物质贫瘠的时代。

划时代的真正意义上的留下闪光思想的文学名人大家（小说家在严格意义上不算），已经过去了，不是过景了就是故去了，只有很少的，越来越少的，还会被同样越来越少的研究者和喜爱者偶尔提及，喜爱文字甚至超过了喜爱的人。坚持喜爱本身就好。

不以物喜，不以己悲。我会坚持自己的写作以及朝着自己喜欢的方向跋涉，即使这是一次永远没有鲜花和掌声的旅行，即使这是一次被主流社会不屑一顾甚至摈弃的失败旅行。写好了归功于你的鼓励，写差了归咎于我的乏力。

二

环境决定爱好，爱好决定性格，性格决定命运，命运决定人生。孩提时家庭的熏陶、小学时兴趣形成的爱好、中学时爱好决定的专业，是一个人在上大学前就已然大致确定的人生方向。有时候想，一个生长在

美国的人，如果喜欢文学、历史和哲学，肯定不如一个生长在中国的人更容易满足心愿，实现夙愿。毕竟区区二三百年的历史跟遑遑上下五千年甚至更长的历史相比，不可能琳琅满目、美不胜收，不可能浩瀚纷繁、博大精深。

一个理工科毕业的学生，理想自然是科学家、技术专家；一个文科毕业的学生，理想自然是诗人、文学家、哲学家。我不是中文系的科班出身，没有系统地上过文学理论和文学创作等相关课程，纯粹是摸索着来，在长期的创作实践中领悟提高，为了弥补起点低的先天不足，还算勤奋地学习和涂鸦，好在自己新闻专业毕业时发的学位证书是文学学位（当时没有新闻学位），也算是沾了文学的边儿，既然和文学有缘，就深入探求一番，搞出点名堂来，管它结果是亦庄亦谐还是大俗大雅，管它过程是真实体验还是凭空杜撰，只要有那么点文学的意思，有那么点文学的味道。

一个自幼喜欢文史哲的人，一个在人生境遇中遇到过横亘在面前的巨大的墙的人，热爱阅读、思考和写作乃是自然而然的事情，只有写作才能让自己过去，阔步前行。本书收录的散文随笔等文章，希望在压力重重的当代社会下，在忙忙碌碌的现实生活中，能为读者提供一个放松的驿站、一处小憩的场所、一点精神的养料。本来还有一辑叫"性爱的秋千"想通过"大俗"对本书其他部分的"大雅"起到一种调剂，毕竟性也是人人需要的，也是很多人不明就里的，也是很多人想深入学习的，而且符合本书书名的意旨，毕竟性爱也是爱。但围绕性爱的话题和学问太多，篇幅体量过大，在我编排本书稿目时已经超过30篇，和本书其他诸辑不成比例，最终还是在交付出版社之前拿了下来，等假以时日增添计划中未竟的内容后单独成书，书名叫《拯救性爱》。

三

巴尔扎克说："生活是一只洋葱，剥开它你就会流泪。"流泪是人的天性，从生理学的角度认识还有助于人体新陈代谢。问题是，有时候想哭哭不出来、场合不便不能哭出来、能哭出来又不想哭出来。于是种种隐藏起来的表面上看不见的眼泪就只能流向心里。

没有眼泪的人生是平淡的人生，有眼泪的人生是丰富的人生。有眼泪能留出来是酣畅的人生，有眼泪不能流出来是窒息的人生。没有人愿

意选择最后一种，但谁都不能保证不在人生的某个阶段遇到。只要遇到，就无法不让人心力交瘁，而这种影响也很难在以后的其他阶段中淡出。

每个人的人生轨迹都是不一样的，即使差别细微，也没有可比性。我相信很多人都有自己的不幸，甚至超过了我。我的不幸更多的来源于童年的家庭，比如在很小的时候，生前做过浙江多所中学校长、新中国成立后在北京八中工作期间被打成右派回到杭州老家抑郁而终的祖父，比如生前一生都被血友病折磨、一度被祖父右派身份连累被单位下放劳动、拖着病体打扫厕所的父亲，比如生前8岁时即被送人、40年后才找到已在上海定居的亲生父母、患有美尼尔氏综合症并伴随轻度精神分裂症的母亲(一个身体残疾的人和一个精神残疾的人的结合绝不是美妙的结合)，比如自己少年成长时城乡结合部的周遭环境治安极其混乱、每次公安严打是都是先制订名额再抓捕犯罪分子以免造成拘留所人满为患、安置不下的奇特现象。仅仅与常人不同的成长环境还不足够，首次高考失利后的匆忙就业，用掉了我超过10年的光阴，先后身体力行于建筑工、锅炉工、水暖工、油漆工、电气焊工、化学操作工六个工种的劳作。期间充分利用业余时间孜孜不倦地进行着阅读和写作，并最终自费和不完全自费出版了四本诗集，并最终考上了某大学新闻学专业的本科，再就业后又攻读了中国人民大学区域经济学专业的研究生课程班，在媒体浸淫了16年之久。

外部的问题显然自己无法左右，能够左右的是自己的内心。我少年成长的历程中，尤以诗歌为重的一切文学力量的坚挺可谓影响深远，也使我偏爱低沉的相对消极的文风。我当然也希望我的文字最终能给读者带来积极向上、乐观有益的东西，即使沿途的路上还是会不经意地刮出来血雨腥风。

四

20世纪80年代，是人人开始告别精神匮乏、社会进入改革开放转型期的年代。那个时候的我，必须让自己转移，借以消解至少是减轻对健全家庭以及成为奢望的对家庭温暖的渴望。于是，文学的力量成为了活着的力量。于是，在繁重并危险(化工厂发生爆炸并死人是常有的事)的工作之余，着迷于读诗、写诗，和至今依然同样喜欢诗歌的一群人浸

淫其中，其乐陶陶。直到现在，我昔日学诗时铭记的一些名家们的谆谆教海还能记得：孔子说"不学诗，无以言。"英国诗人华兹华斯说"诗是一切知识的发端和完结，它同人心一样不朽。"美国诗人布罗茨基说"作为人类语言的最高级形式，诗不仅是表述人类经验的最简洁的方式，而且它还为任何语言活动尤其是书面语言提供最高的标准。"不能说这些观点对我后来的诗歌写作的题材开掘、关注生命没有起到决定性的作用。虽然我最初的习诗动力从根本上还是源于青春年少、情窦初开、寻找温暖、寄托情感。

我对诗歌的先是好奇继而钟爱再是痴迷，很大程度上让我丰富、细敏的情感找到了一个宣泄的场所。在诗歌的围场，我可以信马由缰，尽情宣泄我的渴望和忧伤。在始于26岁出版的几本诗集里我曾这样阐述自己的诗观：外面太脏了，尘土飞扬，只能回来，在闪闪发光的诗歌照耀下回到内心，抵达某种柔软，或者坚硬；渴望真诚、洒脱地成为自己，把生活筑成诗行，让真善美得到弘扬，让假恶丑遭到唾弃；确信找到了诗也就找到了人生的方向，愿灵魂在缪斯的熏陶下净化和健旺；某种意义上，一个真正的诗人，也是一个深邃的哲人，这样才能真切地感受亦丑陋亦美丽的一道道人生风景，才能准确地表述生命本源蕴含的深层变化和独特体验……

除了周而复始的年轮形成的岁月镌刻的痕迹，现在也没有改变。

五

与我同是浙江籍的一位名叫黄永武的台湾文艺评论家在他的鸿篇巨制《中国诗学》之思想篇写过这样的话："一首不朽的诗歌，常常显示人生的情趣与生命的境界，因此诗歌自有其哲学基础。文学的最高境界也往往是哲学的最高境界。这是呈现一个知识与智慧、自然与人生、自我与社会圆融和谐的境界。"毫无疑问，这也是我追求的境界，尽管有时候会被强大的客观力量干扰，强烈到无以为继的程度。这样的过程很难用市场经济中看不见的手自动调节，达到一个经济意义上的收支平衡。就回报率而言，没有恰到好处的边界，要么少，要么多。没成功就是少，几近于无，成功了就会多，铺天盖地。

英国哲学家培根说得也很好："读诗使人灵秀。一个喜欢读诗的民族，不至于粗俗，不至于堕落成让世人反感的经济动物。"而法国哲学家

马尔库塞在他漫长的《文化的肯定性质》一文中一句"人在诗歌中可以超越所有社会的孤独和距离"更是在我的心上留下深刻的烙印，缩短了我们之间的距离。

对于一个曾经在天堂和地狱之间转徙、在洁净与龌龊之间周旋、在高雅与庸俗之间穿梭、在半梦与半醒之间流浪的对当代社会产生强烈的孤独和巨大的距离的人更是如此。他必然会在诗歌作品中反映出来，也必然会树立一种消极的低迷的诗风，并理所当然会遭到养尊处优的刊物的拒绝，笑眯眯的柔软的拒绝。

尽管如此，我长久以来还是坚持喜欢并在自己的写作中身体力行着法国诗人波德莱尔在谈论诗歌主题时所言的"诗歌的目的就是把善同美区别开来，挖掘恶中之美。"

六

好的诗歌应该以其新颖的角度、新鲜的语言表达真实独特的感受。我在自己已经过去的生命的一半年头里创作的成百上千首诗歌习作，大部分谈不上优美，但具有不同时期和不同心境下的代表性，包含了我对不同表现手法、写作风格的尝试，比如诗集《爱在风中啜泣》中一些可能浅显但不乏情意的爱情诗和诗集《美丽背后站满忧伤》中一些可能晦涩但不乏深远的生命诗。

总有一些事物需我们全身心的介入乃至投入，死而后已。但具体到诗歌，毕竟和散文和小说相比，属于与小众有关的事物，如果喜欢，如果热爱，最好的方式就是沉潜下来，在一群为数不多但爱诗写诗的小众圈子里自得其乐。人群熙攘的地方，应该保持沉默，躲开大众的视线，不失为明智之举。

一切繁赘的语言都是形式，一切添加的形式都是多余。对于诗歌爱好者，我赞成以一种匍匐却绝非漫不经心的姿势深入诗歌的内核，真正探寻到诗歌的本质。抒情也好，言志也罢，习惯在风花雪月里为赋新诗强说愁，不过是在诗歌的边缘徘徊，不得进门的要领。

七

散文也是我不能不说的体裁，毕竟你刚刚阅毕的本书也是以散文为主的，毕竟散文也是我除了诗歌写作以外的一个重要部分。我的散文始于散文诗，过渡到随笔、杂文和评论。德国哲学家海德格尔认为"纯粹

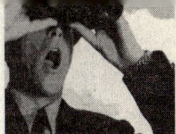

的散文从来就不是无诗意的"。这说明散文和诗歌之间有某种相同或相近的东西存在。

很多人都知道，写诗的人大都激情澎湃，容易走火入魔，容易陷进去出不来，容易神经质，而散文是一种相对平静的写作。如果把他们比作河流，诗歌是一条大江，波涛汹涌；散文是一条小溪，涓涓细淌。

相比于其他体裁，散文还是一种形式最自由、相对不受写作技巧束缚的恣意而为的写作，是本我的自然显现。正因如此，散文、随笔是当今最广泛最时尚也门槛最低的写作，几乎人人都想挤进来过把瘾，而新兴起来的博客又恰到好处地为人们搭载这样一个人人都可以成为文章写手甚至作家的平台，我从中也看到过灵光闪现的优秀作品。而所谓优秀，在我看来就是让人看了能有激动，能有共鸣，能有启发，能有愉快产生的文章。作者都是像我一样来自民间的草根作者。

八

美丽的诗歌和美丽的散文，已经流光泻影般地成为我忠实的"相好"，同样不失光泽的小说也没有理由受到冷落，毕竟我和很多人一样，都是从看小说的年代过来的，不管是名家名著还是报刊连载，不管是改编后搬上荧屏的电视剧还是搬上银幕的电影，都给我们的人生成长或多或少地添加了多姿多彩的调味剂。

我理解的出色小说是一定要有跌宕起伏、戏剧化故事情节的，其次才是叙事的技巧，对悬念、冲突的设置和处理，以及对人物的刻画，对场景等细节的描写。毫无疑问，一个好的故事已经让小说成功了一半。

英国经验主义哲学家、作家休谟对小说这样评价："小说能很自然地引起心灵的注意，唤起心灵的活动。它所唤起的这种活动总是能转变为对于小说中人物情景的某种感情，并且赋予这种感情以力量。"而德国哲学家叔本华则从另一个角度阐述自己的观点："小说家的使命，并不在于叙述伟大的事件，乃是使细小的事件变得引人入胜。"

至少有一点是我以为的小说比诗歌的好处，那就是可以借助小说的体裁，把某些不合时宜的观点通过小说中的人物表达出来，免遭很多不必要的麻烦，如果担心发表或出版之后引起事端，早期一些港台电视剧片尾时打出一行字幕就能解决：故事纯属虚构，请勿对号入座。

诗歌和散文一般都是通过主体表达意识的流动，尤其诗歌，写作技巧的运用非常重要，超过了小说技巧在小说中的运用。通常说的无技巧并不是真的没有技巧，而是把技巧运用的相当娴熟，让读者看不出来。诗歌尤其是当代诗歌，往往更在乎一种感觉，一种心情，通过冷峻、平静的机智语言跃然于纸上。相对于整体上带有明显的主观色彩的诗歌和散文，小说则是一种对客体的把握过程。小说相比于有浪漫主义痕迹有抒情色彩的诗歌，更注重现实生活的描写。打个比喻，如果说诗歌和爱情有些相像，小说就和婚姻差不多。后者是以表现实实在在的世俗生活为主。英国诗人济慈说过一句有意思且形容恰当的话："她们（指未婚女子）希望嫁给一首诗歌，却得到一部小说作为答案。"

小说大都和作者的经历有关，只是成分的多少，否则就不可能栩栩如生，真实的部分就像我们需要干果里的果实，而不是干果的外壳，外壳大都是作者虚构上去的包装。我期待自己业已积累了差不多的关照人文社会的创作题材以及反映职场和官场的故事素材，早日有序地进入计划编制，比这些文字多一些轻盈，多一些趣味，这可能也是你期待的。

写作是一件属于个人的事情，没有人帮助你。法国启蒙思想家伏尔泰认为文人是孤立无援的，他举了这样一个例子："文人像飞鱼，如果它升出水面，飞禽就会吞噬它；如果它潜到水下，大鱼就会吃掉它。"我想伏尔泰是指文人在"环境恶劣"的状态下进入写作而不被世俗理解的一面。

身处世俗的社会，和我一样钟爱写作的人，需要学会一点妥协的本领，既然不能超凡脱俗、脱离社会，也就不必孤芳自赏，我行我素，把握好一个融入社会的原则：世俗但不庸俗、介入但不投入。17世纪英国诗人约翰·堂恩说得好："谁也不能像一座孤岛，在大海里独踞，每个人都似一块小小的泥土，连接成整个陆地。"

但泥土和泥土也不一样，怎样成为一块芳香的有用的泥土，要看这块泥土用于何处。如果你需要的泥土是为了栽培精神的作物，让心灵安宁和快慰，我愿意做这样一块泥土，为你提供一种舒心的服务。那么我是否可以说：如果我们曾经陌生，让我们从此熟悉；如果我们曾经熟

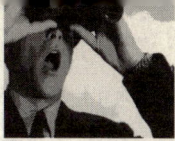

悉，让我们更加熟悉。在你也有同样想法的时候。

当然，我并不会为了迎合你的欢心、你的口味，而让丰沃的土壤长出华而不实的作物。如果你因为阅读我的作品而心生愉快（哪怕一篇），或者能有共鸣产生，甚至提出中肯的建议，我会敞开我的表情，回报给你会心的微笑和真诚的感激！

十一

众所周知，艺术源于生活，但又高于生活。不能源于生活，就像一棵盆景、一朵绢花，因为不需要阳光和雨露的滋养，所以缺少生动的表情，严重的不仅看上去失真，还会显得做作；不高于生活，就是小学生的日记，就是流水账，就是纪录片，没有最大化的对立冲突，缺少艺术的美感。

任何一种写作，都可以进入艺术的视野，即使不是小说、散文、诗歌，比如新闻。虽然新闻写作需要艺术加工的痕迹不太明显，但新闻写作的行文结构也有很多差异，尤其属于深度报道类的通讯，具体到报道视角、导语提炼、结构布局、详略安排……都有很多讲究，不同的记者会有不同的功力，产生不同的风格，达到不同的效果。

文学是一种文字的艺术，作品与作者本人的关联度并不完全和值得关注，就像你买一份可口的食物、你买一件称心的衣服，不一定需要严丝合缝、密不透风地了解制作者情况。创作好比一个人体，真实是其存在的必要条件，但要是一丝不挂地站在大庭广众之下，恐怕也不是什么美妙的事，还是要给真实加以修饰。但究竟是穿上一条短裤还是披上一件大衣，取决于作者想表达什么样的寓意和主旨了。

十二

相信每个人做的每一件事都有一些缘由，比如学生时代选择什么样的大学和专业，比如青年时代选择什么样的工作和伴侣，比如居住的位置和房屋的格局，比如汽车的品牌和性能的搭载。我选择写作的原因很简单，因为它物美价廉，除了必要的时间和独处，必要的房间和灵感，几乎不需要任何投入。我选择写作的原因也很复杂，因为我遇到了问题，难以解决的问题，比如情感出现了问题，比如价值取向出现了问题，比如命运出现了问题。总之，一切的问题发端于：心情出现了问题。

海德格尔说过："人的存在具有一种问题的形式。"米兰·昆德拉也说过类似的但更加悲观的话："再没有什么是可靠的了，一切都变得成问题……一个价值崩溃的世界呈现在我眼前。"我在自己一度情绪低落到极点时非常赞同大师们的观点。但没有理由放弃追寻问题的答案，必须致力于解决自己遇到的这样那样的棘手的问题，直到自己眼中的这个世界变得可爱起来、温暖起来，就像曾经爱过但是后来不爱我们的人和我们不爱的人。怨恨只会徒增烦恼和冷意。为了获取温暖的感觉，学会可爱起来吧，然后再去热爱可爱的人，热爱可爱的生活，过上可能的生活。

再虚的梦也有实的时候，再弯的路也有直的时候，再错的爱也有对的时候，再坏的人也有好的时候。活着本身还是可以产生很多滋味，有意义的滋味。也许这滋味只有身在其中的当事人知道，自己咀嚼和回味。

十三

写作和诉说，可以让心情进入到最好，但最好的总是留不住，树欲静而风不止，滚滚巨雷迫近，传来阵阵天籁之音，是否昭示着一种玄机抑或恐惧？一切都在接近虚妄，包括我的写作，包括你的阅读，伤口的疼痛是隐蔽的真实；一切都在接近终极，包括我的诉说，包括你的倾听，灵魂的思考是仪式的继续。

当蠢蠢欲动的语言在璀璨的夜晚，愈加肃穆庄严之际，是谁还在屏息谛听？是谁比谁更有清澈的眼眸和灵敏的反应？神性的光弥盖思想的上空，辉映着清洁的精神。我们穷尽一生追寻的家园，一度万劫不复，好在经历了九死一生，还能万劫犹存。

如果有人也和我一样，热爱写作，即使不是毕生的热爱，也会在这一过程中受益良多，不仅不会轻易忘怀，还能提振时而萎靡的精神状态。写作，更多时候只有在夜晚才能进入的写作，一直都在露出和蔼的光芒。而白天，喧嚣的流动，作为另一种光芒，闪耀着刺眼，过度的亮。

十四

写作的最初年代，感觉良好多于感觉不好，写过很多年后，开始反过来。这似乎在印证着鲁迅的话："小时候，我以为自己也会飞，可是

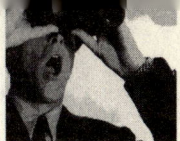

长大了仍然留在地上。"于是，一些心高气盛的想法随着不可违背的长大，开始变得朴素起来、惶恐起来。脚踏实地，总是能避免从虚妄的空中跌落下来，总是能避免跌落得很惨。

很多年前喜欢一首歌，开头部分是："一条路走了许久，天黑了也走不到头；一把伞撑了许久，雨停了也舍不得收；一句话想了许久，分手了也说不出口；一朵花开了许久，枯萎了也舍不得丢。"其实生活就是这样，开始时为了实现追求的目标，全部身心地投入，无怨无悔地陷入，像陷入一个湍急的漩涡，难以控制，难以自拔。

这是一条崎岖的山路，被一些像我这样想以写字谋生的人踏上，没有终点没有尽头。当初只是身不由己，不走不行，后来走得久了，产生了感情，成为了习以为常，一旦停下来，反而突兀，反而别扭。一个走惯了险象环生、荆棘遍布的山路的人，突然看到前面一马平川后总是有点不适应，总是不敢麻痹大意、掉以轻心。

十五

法国哲学家卢梭说自己不是为了谋生而写作，但又不仅仅凭热情，还有责任和使命。这大概也是我生活的目的、幸福的源泉。令我欣慰和兴奋的是，对于写作而言，必不可少的养料之类的东西总是能够出现，源源不断地过来。尽管我并不能保证所制造出来的产品每一件都质量上乘，所形成的作品每一篇都属于佳作。如果只有一篇，应该 100% 合格；如果有 10 篇，应该允许有 10% 以内的误差，即有一篇质量稍差；如果有 100 篇，大多数值得一看就好，指望篇篇都是字字珠玑也不现实，如果其中能有不少于 50% 还算不错，能有 30% 左右还算可以，能有不多于 20% 属于很一般，也算能交代过去了。当然，那 20% 篇幅的题材，也可能是寄托了作者的感情，也可能是作者一段重要的经历，导致文章的文学性不那么强，缺少了文学味道，但也并非毫无阅读价值。本书中的"解读记者圈"应该属于此类。总之，这样一部自认为还有一点思想光亮、还有一点文学痕迹的书，我还会继续写下去，源于对文学、对孤独的坚持和守望，我相信优美的文章会绽开美丽的花朵、散发诗性的光辉。但能否出版是另一回事。

荷兰哲学家斯宾诺莎在《知性改进论》中写过这样的文字："在通常的环境中，那些被人们公认为最高的幸福大约不外三项：资财、荣誉、

感官快乐。这三件东西萦绕人们心灵，使人们不能想到别的幸福。"而法国诗人瓦雷里以他诗歌以外的表达让我仿佛看见了幸福的模样："作家比一般人要幸运，他活过两次，一次是普通的自然生命，另一次是他在战胜了自己的自然生命以后创造出来的精神生命。"

为了让日益壮大着的精神生命长久，郁郁葱葱，能继续获得来自阅读和思考带来的丰富滋养，我已然视写作为毕生的幸福。这样的幸福，在普通的自然生命出现了前进的障碍之际，尤其显出幸福。

十六

蜿蜒而出的文字，从四面八方集结过来，饶有兴致地展示出来，无疾而终。就像你在火车上隔着玻璃看窗外的景色，短暂地出现，短暂地消失，比昙花开放还短，过眼的一瞬。但对于作者本身却具有完全不同的意义，它根本不可能完结，它会深深地嵌入记忆的皮肤，定格在记忆的视线，成为一种命运的缩写，成为一个时代的微观。

每一篇文章，最终都不是文字意义上的结束，结束的只是文章本身。每一篇文章都是一个脚印，而无数的脚印可能会形成一处迷人的或不迷人的风景区。那些熟悉的或者陌生的脚印，弯曲的或者笔直的脚印，新奇的或者普通的脚印，光辉的或者黯淡的脚印，如果没有鲜明的特点，就不够引人注目，就会被后来新鲜的脚印覆盖，观赏者都有猎新猎奇的心理，不够抢眼，只有出局。这也是写作的真谛，人生的真谛。活着，本来就是一次又一次地出发，即使崎岖不平、泥泞难行，也要百折不挠、持之以恒。

一个笔耕不辍的人，永远都面临着否定自己的问题，如此才能超越和创新，包括形式和内容。总是做一种食物，总是吃一种食物，再好也有腻味的时候。何况，是真的好么！一种反复熟悉的风格，自己也会乏味，乏善可陈。

别去小看读者，读者可能不会写，但读者的阅读视角和阅读品位未必会差。除非带有自恋性质的写作只是闭门造车、自娱自乐，只是针对学生，高中生，甚至初中生、小学生。

十七

有些事情并非可以全部以我们自己的意志为转移。比如就有不多却致密的朋友，为我执意在文学之路上走下去的决心泼着冷水，他们认为

还是要过这个时代的正常人的生活，即普遍意义上认为的拥有多到令人羡慕的收入和好到令人羡慕的家庭。这就衍生一个问题，多少的收入叫多？多好的家庭叫好？见仁见智。不够多和不够好，只是别人认为。或者说，可能相比之下确实不够多和不够好，但就有人偏偏执拗地无意改变现状，不打算过一种自己不喜欢的生活。不喜欢的生活，还不仅仅是流于世俗，更是因为了无可避免或避免不了地流于庸俗。除非总是能够为之一振的写作，使基本的物质生活苍白无力且难以为继。

没有人是不食人间烟火的另类，没有人否认经济基础的重要性，它不仅决定着上层建筑，还几乎决定着一切领域。家庭同样如此，美好和谐的即使需要付出很多精力的家庭，是每一个生理和心理健全的人都百般憧憬的。可是一个依赖写作养活心情的人，一个顽固存在家庭阴影的人，奢求一份完美的物质和家庭生活，本身就是一个悖论，两难的选择。如果不遗余力地建设物质和家庭，必然会疏离写作。况且，没有选择之前的被动性选择、意向性选择和已经选择之后的主动性选择、颠覆性选择，是不一样的。今非昔比，此不是彼，在家庭外壳下的两全愿望，必然是顾此失彼、厚此薄彼的。世俗的东西和脱俗的东西还是有本质的区别。

我相信真正的道路只有一条，要么这一条，要么那一条。对一方的偏爱照顾必然会影响到另一方的可能的蔚为大观，对一方的偏爱如果不断的累积，日久天长，自然而然就会偏移。偏移多了，就是另外一条路。

十八

罗曼·罗兰认为任何作家都需要为自己筑造一个心理的单间。这是一个很好的主意，为自己筑造一个心理的单间不失为解决偏移的一种上佳方案。在心灵的空地上修建这样一间外人无法企及和进入的屋子，让自己能够在里面体会宁静，超然物外，思索一些意义深远的哲学命题。想起来很美，做起来很累，却不会后悔。

为了"单间"的整洁，装饰得称心，有两件事情是我一定要极力回避的——不正当的钱财和不可爱的女人。我可以为了有意义的事情付出很多而得到很少，但不可以拥有的钱财是充满错误的；我可以为了真正能契合的女人改变常态的生活，但不可以拥有的女人是格格不入的。换句

话说，钱财可以不很多，但不可以不择手段；女人可以不美丽，但不可以俗不可耐。众多的钱财和美貌的女人不过是一时的存在，浮在表面上的东西，只是附着而已，难以熠熠生辉。而自己认为的高质量的生活方式，会散发出迷人芬芳的气味，可能看不见摸不着，但心能感觉到，一俟存在就会坚固无比、经久不息。

我想大部分人过和我一样，有着不太富余的钱和过着不太满意的称为家的生活。这样一种人生，究竟是一种圆满还是不圆满？其实圆满不圆满不是别人说的，而是自己过的。如果所谓的圆满不能带来内在的力量，不能让心灵和谐与安宁，再刻意追求的圆满也会大打折扣。应该说，没有用于基本生存保障的钱(比如真正的乞丐)和没有一个必要的亲人的家(比如孤儿)的确是一种不圆满。而不圆满就会导致不满，就会心理扭曲甚至滋生事端。这也不是我们国家大力倡导的建设和谐社会应该出现的场景。

十九

作为一个纯粹的文学写作者，经历常人所没经历过的苦难是一种必然的历练，但仅仅写出来还不够，还得下工夫推广，却不一定能推广出去。不被接受也是有充分理由的，也许你选取的题材过于阴暗，不属于鼓励积极向上的主旋律；也许你选取的体裁过于少见，采用诗歌总是不比采用小说能吸引更多的人关注。

要做好这样的心理准备，即用你花费好几年收获的精神和心灵的体验写一些文字，然后再用好几年收获的物质和无意义的时间去发扬光大，获得唯利是图的出版商的配合。这是不少苦心经营的文学爱好者中常见的事实，一点都不残酷和悲哀。造成这样的后果，如果不是你写得不够出色，就是你可能写得还算出色，或者过于专业，使多数读者莫名其妙，不知所云。如果不够出色，只能说明你为收获精神所花费得时间还不够多。如果还算出色，就不是你的不对，你的向纯粹接近怎么能说不对呢！也许肯定你的人不多，但一定不会不重要。

如果一个人活着都很勉强，活好就是一种遥远的梦想。如果有一天活好变得容易起来，只怕不是自己认为的那般神采奕奕的风光。

二十

作为首先要在现实生活中存在的物质生命，精神生命固然重要，却

不可以成为全部。德国作家布鲁因在其《论作家是个发现》一文中谈到一个观点值得每一个投身写作的人重视："在文学中孤身一人为自己的认识而战当然不意味着是一种错误。反过来也不能说永远是正确的，文学不能光靠语言上的本领、发明和意识形态，它也需要发现现实。"

一个优秀的作者，优秀之处不仅应该体现在作品上，还应该体现在做人上。如果通过形成作品的过程使做人有了明显的进步，别人不肯定你又有什么呢！毕竟你的写作让你在思考中成长、成熟，让你可能的自命不凡、自以为是大受打击，然后变得小心翼翼、诚惶诚恐，变得收敛、含蓄，变得豁达、从容。保持低调没有什么不好，何况你想高调，可能还不具备高调的实力。

倘若太在乎别人怎么看，还能写得自然么？其实有些东西就是写给自己看的，不是因为写得不好才拿不出手。不过，既然拿出来给别人看了，就不可能丝毫不在乎别人的看法，毕竟你的一些可以称为作品的东西融入了你的观点，你的思想，你要是不在乎，别人会比你更不在乎。你需要在乎的，是你想表达什么；你不需要在乎的，是你想达到什么、怎么达到。至于表达的好坏，那是评论家的事情，你需要选择性在乎。

二十一

对于想面向更多读者的作品，传播和一定程度的包装是必不可少的一个环节，很多时候，往往与写得好坏没有直接的关系，与发行渠道和发行手段有密切的关系。一个成功的宣传策划可以使一个濒临倒闭的企业起死回生，同样可以使一个作者不必太依赖自己的力量体现作品的价值。但宣传也有局限性，不是万能的，对于巨大的市场，有的放矢的宣传最重要；对于挑剔的读者，耳目一新的内容最重要。凡是为了读者尤其是大众读者的，就要掌握大众的阅读心理，巧妙地写，高明地写。只想写给自己的另当别论，但也少不了要去认真地写、持久地写。

这世界没有救世主，一切要靠我们自己。写作的成功也不例外，我不因为拯救一部分人的灵魂而成为他们的上帝，一部分人也不因为成为我的读者而成为我的上帝。只是，如果有一样东西，是我们共同的渴望、共同的追求、共同的目的，这样东西就是我们共同的上帝，比如某种信仰、某种文化以及它们所散发出来的睿智的美丽，氤氲缭绕，展示出来深邃、高贵、明媚和绮丽，能带来酣畅淋漓的奇妙快感。这是真正

属于我们性情中的。简言之，我们共同喜好并为之虔诚地付出投入的东西，是我们的上帝。

作家西蒙·德·波芙娃有句很好的名言，她说写作是对一种呼唤的回答。我想这呼唤的声音一定是发自内心，发于真情，而不是来自外界的喧哗、功利的指使。

二十二

写作对于别人或者给别人带来怎样的收获我无从知晓，坦率而且毫不夸张地说，写作让我活了下来，在我最不想活的时候活了下来。我从来不认为死亡是一件多么令人恐惧的事情，也从来不认为实践死亡是一件多么难以抉择的事情。每个人的一生中都会有少到几次多到几十次甚至几百次的轻生意念，大部分人仅仅是意念而已，但还是有很多人化为了实际行动，留给我的不只是悬念和怀念，还有无力和迷茫。我在某个年龄段中，经历了多个身边朋友的这种抉择，他们在很大程度上影响了我的价值观，他们在很多时间里消极了我的情绪，比如很多年前我熟悉并且要好的曾耐心教我吉他和弦的发小邻居李某，比如很多年前我熟悉并且要好的慧眼发过我诗歌的中国青年报绿地副刊的编辑王某。他们刻意地走了，一个自焚，一个自缢，离开了这个世界。而我，刻意地还在。

把文学看成是生活全部意义的另一位德国女作家伊津·艾兴格尔得出过一个痛苦的结论：写作就是学习死亡。换一个角度认识，写作何尝不是再生呢！我想相反地说，写作就是学习生存，因为诞生和死亡同等重要，轻视生命是对生命的亵渎。虽然对一部分选择轻生的人而言，死亡不是以什么方式，而是以什么理由的问题。如果一部分人的价值观与生存观严重冲突，那么这个理由所形成的死亡意念是可以理解的，但不值得推崇，一旦真正上升为行动，势必会影响到那些深深懂你，却又无能为力帮你的或远或近的朋友。

艾兴格尔的另一句话我是认可的："我之所以写作，也许是因为我看不到有保持沉默的更好的办法。"写作是一种很好的沉默的方式，它让我们从表面的活动回到内心的活动，潜伏于世俗的下面，冷静地潜行。但这种沉默充满力量，就像拂晓前的太阳，即将冲破黎明前的黑暗。但这种生之壮观并不震撼那些懒惰的人，那些依靠想象完成的人。你得精

神抖擞，亲力亲为，至少要牺牲一些夜晚的娱乐、清晨的梦乡。

二十三

写作这条路还能走多久？当然是想走完短暂有限的空间后继续走在无限辽远的时间。是不是可以这样认为呢：想永远留住时间的人，是追求名——通过抽象的意识；想永远留住空间的人，是追求利——通过具象的物质。事实上，绝大部分人是不可能既拥有名又拥有利的，文人和商人恰恰是这两种选择的极端。而真正拥有了名的人，生命是在肉体的完结之后开始的，当下的存在不过是为了再生甚至永生的艺术生命做准备。而真正拥有利的人，不过是此生的利，甚至会伴随恶名，因为活在当下的目的就是拼命地攫取物质的财富，然后去消费，享受自以为舒畅的洒脱，等到生命完结的时候，就是真正的完结。这两种选择都无可非议，不过是人生态度不同罢了，但至少都还有共同的特征，就是都在努力着，忙碌着。相比之下，不思进取、碌碌无为的混日子态度就显出可悲的一面。这样的生命，无论存在或是消失，无论安静或是躁动，都已然是一种浪费。

我坚持这样的观点：即使奋斗了很多年，最终证明了是失败的也比什么都不做、什么都没有强。只要是自己喜欢的事情，就会产生意义，至少对生命产生意义。失败没有什么不好，它所提供的价值未必会比成功少，很多只有在失败中才能提供的宝贵经验，确保了正确地指引我们前进的方向。我们虽然屡战屡败，但我们只能屡败屡战，必须屡败屡战。

二十四

写作这条路还能走多久？我不断地在问自己这个问题，朋友也不断地问我这个问题，反对多于支持。不管走多久，只要还在走，就要尽量走好，或者说尽量写好，对得起自己的良心，对得起读者的时间。就像一个舞台，一批批节目，顺序表演完毕，退隐，或深或浅地进入记忆，进入历史，也进入读者的视线。作为编剧，我要从幕后走向前台，向台下的观众鞠躬致谢，表情诚恳。

我加工出来的文字中，完全真实的我出现的机会并不多，但在"洋洋洒洒"的后记这里肯定是本我的活动，在其他文学作品里则亦真亦假地以第一人称或第二人称、第三人称的面目出现，他们是我或者别人的

影子，他们和真实的我时而如影随形，时而形单影只，时而形影相吊，时而无影无形。

尽管时空和名利都是无限的，没有一个终极的彼岸，但一个人不能永远拥有时间和空间，不能永远拥有荣誉和富贵。面对两极的诱惑，既不可能全都视而不见，也不可能全部占为己有。那就致力于拥有其中之一吧！只要能遵循古人的"业精于勤"、"行成于思"，不至沦落到"荒于嬉"、"毁于随"，就都值得肯定。

人人都想名利双收，但能实现的毕竟是少数。如果能在写作的过程中，靠自己的耕耘拥有一小部分属于自己的东西，想必比起连一小部分也不愿或无力拥有的人，就是一种进步。作为精神食粮的缔造者，太多的名利无疑会干扰需要潜心和独处的写作，除非已经不想写了，或者才枯智竭写不出来，那是可以享受以往成功的作品所带来的好处的。如果还能写，愿意写，为什么不呢？

二十五

写作这条路还能走多久？我心深处隐约传来高亢的声音：这条路还要走很久，直到自己的时间终结。这样的回答至少代表了主观愿望。事实上可能存在着一个速度的问题，生存的压力太大时，我会走得慢一些，写得少一些；生存的压力较小时，我会走得快一些，写得多一些。但不论走得快慢，写得多少，最重要的还是要走得铿锵有力，要写得回肠荡气。尽管一篇比较满意的文章出炉，轻则总是伴随几个时辰几个时日的点滴时间的集合，重则总是要经历几个全神贯注的失眠的夜晚，伴随着头痛的夜晚。正如我在另一部书中写到的一句："你的一生，不就是一种不断扩张的疼痛？"

写作这条路还能走多久？还取决于影响心情的风。风不大的时候，我们和风一起奔跑，奔向阳光和蔼的地方；风太大的时候，为了不迷失清澈的双眼，为了不迷失清晰的方向，也会选择躲避。1992 年瓦雷里写道："起风了，只有试着活下去一条路。"活下去不是问题，但活下去总要对得起一些东西，如果对不起，就不会心安理得，甚至不是唯一的选择了。

起风了，我不知道会遇见什么风，也不知道风从什么地方过来，又向哪一个方向吹？

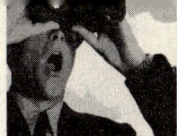

二十六

　　写作这条路还能走多久？这是一个难以准确回答的问题，别的人怎么走我不知道，可能比我顺当，也可能和我一样不顺当，不一样的不顺当，但我知道一定有很多人在走，默默无闻的和风光无限的。我们不过是走走看，而走好不是一件容易的事，也并非大量的阅读和缜密思考就能实现的，也许正如梭罗所说："大部分奢华和许多所谓的生活舒适，对人类的进步是个积极的妨碍。"叔本华则认为艺术家除了少数人外，从未被赏识和关心，反而常受压迫，或流离颠沛，或贫寒疾苦，富贵荣华则为庸碌卑鄙者所享受。

　　每个人能做自己喜欢的事情就好，已然是保守的幸福。既然与文字为伍，就注定应该怀着铁肩担道义的使命，把文字发扬光大。既然与文字为伍，就必须彻底地全身心投入，毕生热爱，蜡炬成灰。当然，专注并不意味着做好，并不意味着成功，但只要朝着自己的既定目标去努力，实现只是一个时间问题，也是一个可以忽略不计的问题。

　　在我自认为还算成功的媒体生涯中，或引为同事或缘于工作或至爱亲朋，下面的名字，一些属于总编辑一级的恩师领导和一些属于单位业务骨干的圈内同行以及一起度过很多美好时光的挚爱挚友，是我需要提及并需要致以诚挚感谢的，尽管其中有几位因为工作变动中断了联系，但我发自内心的感谢不能中断，亦不能减少，他们一度以花朵的和蔼绽放过芬芳，一度以枝条的清秀伸展出刚劲，相信仍然会在以后的岁月里，在我的脑海甚至在我的眼帘里次第出现着：陈小川、刘爽、王林、王小伟、王秋波、王红、王芳、张燕、王燕霞、王海鹰、王君凤、王丽军、王树、王蕊、王卉、王秀全、程平、张明非、杨滨、廖雁、程三国、郭虹、陈小力、程小玲、康健、曹华、房毅、桂华、李妮娜、陈婷、陈衡、牛雁、封艳、蔡跃、刘慧、任业海、刘立彤、贾兰、谭笑、边敏、姚鸿飞、梁红秋、冯致煜、袁季亮、何广庆、马瑞霞、马婧、孙雪飞、李昆、夏晓琪、朱弘朗等，以及所属党派的主委和其他老师朱尔澄、越雅君、魏玉芬、翟淑新、王钢、丁迪红、邱长乐、杨文增、王连福、严冬同志等，还要感谢北京市新闻出版局对我这个新闻老兵的文学情怀给予发扬光大，感谢首都师范大学出版社为本书出版付出的辛勤劳动。

二十七

　　踏上写作这条路，走得久与否有时候也取决于路上的景致，取决于心空的气候。这个时代，真正的诗意已经食不果腹无处栖居，真正的美丽能自然而然显现出来的太少，就像在干枯的越来越少的冬天里，真正的大雪久盼不至。在室内，充足的暖气能够温暖身体却未必能温暖心灵，对走在路上的人甚至连身体都温暖不了。走在路上的人也不需要这种温暖。

　　置身于寒冷的没有雪的季节，身体可能麻木，目光可能黯淡，思想却仍然一如既往活跃。走在路上的人常常就是这样靠着微弱的体温，靠着强大的缪斯，为自己的信仰取暖。唯如此，意识中冰冻的湖水才会荡漾开来，沿着春天的方向，向远方的召唤流动。

　　阳光妩媚天空晴朗，照耀文字充满灵光，通向心灵神圣殿堂，书写喜悦抒发忧伤。这样一群走在路上的人，有钟爱的写作理想陪伴和鞭策，坚信冬天的记忆一定不会停留太久，坚信一定会矢志不渝地走在路上。志向有多远，思想就有多远，人就能走多远！

　　不管路有多远、风有多大，不管心有多痛、泪有多咸，不管境有多差、运有多背，不管聚散依依、情有多堪，总有执著的人目光透着清澈、脚下忘我跋涉。

　　踽踽在路上，蹒跚在路上。

　　是为跋。

初稿于 1997.2 北京

终稿于 2009.10 北京

后 记

  北京市新闻出版局在北京市委宣传部的领导下,自 2008 年 4 月起实施"出版原创推新工程",推出并启动了"青年写作爱好者作品征集出版"活动,在社会上产生了强烈反响,全国各地青年写作爱好者的作品纷至沓来。我们组织专家委员会和出版单位反复审读、严格把关,遴选出优秀作品,以"青年原创书系"的形式陆续扶持出版。

  组织实施"出版原创推新工程"是政府行政部门推出的一种出版创新模式,目的在于以实际行动贯彻落实党的十七大精神和科学发展观,进一步转变政府职能,不断完善公共文化服务体系,充分发挥人民群众在出版业大发展大繁荣中的主体作用,推动新闻出版业又好又快发展。人民群众不仅是出版成果的消费者,更是出版业的开拓者、建设者和实践者。青年人激情飞扬、勇于开拓、熟悉生活、热爱生活,是出版业的未来和希望。当前,由于受传统思想观念、管理体制机制和出版业向市场转型等各种因素的影响,图书出版存在原创活力不足,人才队伍结构不合理,重复出版、跟风出版现象突出,原创民族文化特色和时代特色不鲜明,原创作品和人才低迷等问题,我们希望通过深入持久地实施这项工程,为青年写作爱好者搭建展示才华的公共服务平台,提供实现理想与梦想的广阔渠道与空间,激发他们的创作热情,着力发掘培植一批有潜质的写作新人,为出版业持续繁荣发展培育新生力量,丰富出版资源。

  为深入推进"出版原创推新工程",进一步拓展作品征集范围和形式,提升征集作品质量和数量,取得更好的社会效益,北京市新闻出版局与盛大文学有限公司于 2009 年 2 月正式签订了战略合作协议,共同致力于青年原创作品的发掘与出版。从此,凡发表在起点中文网出版频道的原创作品,均将参与"出版原创推新工程",由盛

大文学公司评选后进入"出版原创推新工程"的遴选程序。此举，为广大青年原创作者施展才华开辟了更为广阔的空间和更为畅通的渠道。

"青年原创书系"推出的这些作品，一方面显示出了青年作者们不凡的创作潜质；另一方面也因为其"新"，所以在艺术创作上不可避免地会存在这样或那样的不足。但是，我们相信，有广大读者的热情支持，有青年写作爱好者坚持不懈的努力，"青年原创书系"一定会推出更多更好的优秀原创作品，"出版原创推新工程"也一定会朝着"推出新人、打造精品、引领导向、繁荣出版"的目标迈进！

"出版原创推新工程"组委会

二〇〇九年十一月二十日

注：

"出版原创推新工程"长期征稿，征稿方式：

1. 纸质稿件请寄：北京市东城区朝内大街 55 号 405 室组委会办公室，邮编：100010，电话：010－64081996（来稿一律不退，请自留底稿）

2. 网络投稿请登陆：起点中文网（www. qidian. com）"出版"频道专栏，提交作品。